我的哈士奇男神

MY Mr Husky.

NOVEL 安就

ILLUST 細雨中

目次

第一章 萬萬沒想到

蘇小棠是個土肥圓宅女。

她在大學的時候利用閒暇開了間網拍零食店，本來只是為了打發時間賺點外快，沒想到小店在她這個吃貨的經營之下蒸蒸日上，大二的時候蘇小棠已經能夠自理學費生活費，在同學間儼然是個小富婆。

大學畢業後，大家都在忙著找工作，蘇小棠則是不再做代理商，租了間兩室一廳自己囤貨，繼續經營她的小店。

只是，這個零食店讓她發家致富奔小康的同時也讓她在土肥圓的道路上越滾越遠……

【酥小糖：對不起啊親，這個蔓越莓曲奇餅乾已經沒貨了哦~】

【我吃吃的等：可是我之前看還有一袋的啊！】

【酥小糖：不好意思啊，我剛剛拆開吃掉了(*^_^*)】

【我吃吃的等：OO」……】

蘇小棠披頭散髮毫無形象地盤腿坐在椅子上，肉肉的爪子一塊一塊地往嘴裡扔著餅乾，正勸買家買其他吃的，一旁的手機響了起來。

好姊妹李然然帶來了噩耗。

「可別怪我沒提前通知妳，明晚大學同學聚會，把妳自己好好收拾出個人樣來！」

「啊？一定要去嗎？好麻煩，我還要洗頭換衣服……」

「蘇、小、棠！妳是準備宅到壽比南山地老天荒嗎？」手機那頭傳來李然然的怒吼。

蘇小棠撇撇嘴把手機拿遠了一點，「我真的不想去。」

「不准不去，妳自己算算妳都幾個月沒出門了？再這麼下去妳都要退化成山頂洞人了！聽班長說咱們班還有好多優質青年單身，多好的機會，說不定就能脫團了呢。」李然然說著似乎想到了什麼，放軟了聲音，「那個……妳是不是不想見到宋明輝啊？」

一提到這個名字李然然就有氣，「妳在他身上花了那麼多錢，供他讀研究所，他倒好，上班沒多久就跟公司裡的小妹妹勾搭上了，我當初跟妳說什麼來著，吃軟飯的男人靠不住，網路上那麼多討論還不夠妳引以為戒的啊……」

就在李然然憤憤不平的時候，蘇小棠喜氣洋洋地又做成了一單生意。她一邊跟買家確認發貨訊息，一邊跟李然然說話，「然然，那些錢他已經連本帶利都還給我了，再說過去的都過去了，我不想去純粹就是因為懶，沒別的。」

「什麼叫過去的都過去了，錢還了又怎麼樣，那是一點錢就能算清的嗎？」

「好啦，不說不開心的事了，明天我會準時到的，行了吧！」

「記得把妳家狗帶上啊，好久沒見到肉球，想死我了！」

「知道啦，明天見。」

肉球是蘇小棠跟宋明輝戀愛時一起養的哈士奇，宋明輝說她一個女孩子單獨住外面不安全，所以買了隻狗回來陪她，除去買回來才知道哈士奇是多麼的犯二無節操壓根不能指望牠保護主人這一點失誤不說，宋明輝這份心還是值得她感動的。

當初宋明輝提出分手的時候，她不是不傷心。雖然沒有轟轟烈烈的愛情，但她卻認真地以結婚為前提跟他交往，這年頭養條狗跟人跑了還會傷心呢，何況是交往了這麼久的男人。

可是，這種傷心的程度大概也僅類似於買家吃了一半要求退貨。

她這輩子的大起大落和刻骨銘心都給了一個叫方景深的男人。從高中到大學，暗戀了整整七年，直到大四畢業那年，男神終於有了女朋友，而且女朋友還是她的室友，本校校花舒甜。兩人郎才女貌天生一對羨煞旁人……那種突然失去信仰般的傷心失落，就像是讓她這輩子都不能再吃好吃的。

後來，沒過多久宋明輝就跟她告白了。他說她胖胖的很可愛，很喜歡她，問她要不要在一起試試。然後他們就順理成章的在一起了。

直到半年前，宋明輝突然跟她說找到了真愛，跟她提出分手，幾天後匯給她三萬塊錢，一副不想再跟她有任何瓜葛的姿態。

其實當年方景深跟舒甜交往了沒幾個月就分手了，可是她還沒傻到以為他們分手後自己就有機會。一開始就沒有抱過希望，所以七年的暗戀才從未轉成明戀，舒甜的事情只是讓她連遠遠看著的念頭也斷掉了而已。

第二天，兩人一狗來到包廂的時候裡面已經坐了十幾個人。

一看到蘇小棠，李然然便拉她在身邊坐下，以眼神示意她看對面，蘇小棠順著她的視線看過去，便見宋明輝正跟一個女人親密地膩在一起說笑。

宋明輝正巧抬頭看到她，神色微變，很快便移開目光，好像多看一眼都受不了似的，眼裡清楚地寫著嫌惡以及戒備。

包廂內的其他人都知道宋明輝和蘇小棠的關係，這會兒看著三人的眼神裡都透著幾分八卦。有人覺得宋明輝這麼光明正大地把新女朋友帶過來羞辱人很不厚道，也有人看著蘇小棠圓滾滾的身材表示很是理解宋明輝。

過了一會兒，包廂的門吱呀一聲被推開，陸陸續續走進來幾個男男女女，似乎都不是他們班的人。

班長姜華一見來人，立刻迎了上去，「剛才還在說你們怎麼還沒到呢！」

「來來，我給你們介紹，我們學校醫學系的高材生們！大學聚會能到的人太少了，我又叫了其他班的人！」

醫學系？窩在角落裡的蘇小棠像是垂頭喪氣的小樹苗陡然被潑了一桶肥料般，頓時精神抖擻起來。

蘇小棠伸長了脖子望眼欲穿，卻沒有看到那個人出現，於是又營養不良地蔫了回去。

「抱歉，我來晚了。」

過了大約半個小時後，低沉溫潤的聲音突然像做夢一樣縈繞在正昏昏欲睡百無聊賴的蘇小棠耳邊，又如黑巧克力的滋味化開在舌尖，讓她只感覺一陣暖風拂過，整個人都春暖花開了。

一抬頭，果然看到門口熟悉的頎長身影。

方景深穿著英倫風的灰色線衫，白色襯衣的領子從裡面翻出來，手上搭著件黑色大衣，整個人清俊無雙，看在蘇小棠眼裡如同太陽一樣閃閃發光。

不過，蘇小棠眼裡的神采卻在看到他身後跟著的舒甜後瞬間黯淡。

方景深和舒甜當年在學校都非常有名，大家寒暄過後紛紛打趣，「你們倆居然一起出現，難道是復合了？恭喜啊！」

舒甜看著方景深，笑而不語。

方景深掛好衣服坐下來，隨口說了一句，「只是碰巧。」

舒甜眸子裡的黯淡一閃而逝，隨即落落大方道，「你們就別老拿我們倆開玩笑了，我已經有男朋友了。」話鋒一轉又調笑道，「不過我們方醫生可還單身呢！」

這話聽得好像方醫生對她還餘情未了似的，畢竟方景深至今為止只交過她一個女朋友。

然後大家又開始討論起方景深。

「真的？方醫生，我有個表妹，長得超正，要不要介紹給你？」

「去去，人家方醫生那麼受歡迎哪裡需要你介紹！」

「哈哈，也是！說起來我們這幫人裡混得最好的就是方醫生了，年紀輕輕就評了副教授，找他看診的人都能排到明年去，前途無量啊！」

「那算什麼，人家方醫生家裡才叫厲害……」

不過短短幾分鐘的時間，蘇小棠又經歷了久違的大起大落。原以為自己已經完全放下了，可是內心壓抑的感情在見到他的那一刻卻像海嘯一樣洶湧地席捲而來，一個浪就把她拍死在沙灘上。

蘇小棠正發著呆，李然然不知什麼時候坐了過來，一摸她的臉，嚇了一跳，「蘇小棠妳臉怎麼這麼燙，不會發燒了吧？」

「啊？什麼？」蘇小棠目無焦距，恍恍惚惚地問。

李然然看了眼方景深，又看了眼蘇小棠，遲疑地問：「妳該不會……還喜歡他吧？」

當年方景深是大眾情人，學校裡十個女人九個都肖想過他，李然然也不例外，所以她並不覺得蘇小棠這種對可望不可即的男神是認真的，這時卻有些不確定了。

她突然想起蘇小棠跟宋明輝戀愛的時候正好是在方景深跟舒甜在一起之後，而且蘇小棠跟方景深還都是本市人，高中似乎還讀同一間學校，難道……該不會是她想的那樣吧？

「畢竟是男神嘛，喜歡他有什麼奇怪的！」蘇小棠心裡咯噔一下，面上卻不在意地笑著。

聽她跟往常一樣的語氣，李然然又把內心的想法給壓下去了。

即使宋明輝和女友林雪就坐在自己對面膩膩歪歪的秀恩愛，蘇小棠也完全看不到了，方景深一出現，她全身上下每一個毛孔都在為他呼吸，每一根神經都在捕捉他的一舉一動，還要調動防備系統以免被人看出來。

方景深坐得離她不遠，中間只隔著兩個人，正在跟身邊的人聊著一些專業的問題。她注意到他一直沒有動跟前茶几上的飲料。

她記得他從來不喝這個牌子的飲料。於是蘇小棠想偷偷地把自己那罐還沒開封的飲料跟他交換。她知道他常喝的牌子，漸漸的自己的喜好也被他影響，每次都會點一樣的。想知道他喜歡吃的東西是什麼味道，所以自己也去嘗試，想知道他在想什麼，所以去看他喜歡看的書，關注他的每一項榮譽和成就，默默為他驕傲……如果一定要問方景深對於蘇小棠而言是怎樣的存在。那是一種一看到好吃的就迫切想要跟他分享的心情，如果他吃了，就比自己吃了還要滿足。

「呵呵，蘇小棠，想不到這麼多年了，妳還記得景深最喜歡的飲料牌子！」

舒甜說話的時候蘇小棠還沒來得及收回手，聞言一下子僵住了。在場那麼多人，舒甜不知怎地，一眼就發現了角落裡的她不起眼的小動作。

蘇小棠就這麼保持著伸長胳膊的姿勢遭受所有人的目光洗禮，包括……方景深。那種感覺就像是在考場作弊被當場抓到一樣。然而，她的噩夢才剛剛開始。

舒甜喝了點酒，說話已經有些醉意，「怎麼？你們都不知道？景深，我沒跟你說過嗎？我這個室友可是你的頭號粉絲！對你的各種喜好行蹤掌握得一清二楚，每天都在學校默默地關注你，只要你在圖書館借看過的書她全都會借來看一遍，偶爾得到有關你的小東西都視若珍寶地收藏，有一回我還看到她把你參加比賽的照片偷偷保存在文件夾裡……我記得小棠跟你高中在同一間學校，大概那時候就喜歡了吧？不然當初知道我們倆在一起之後也不會傷心得蒙著被子哭了好幾個晚上，搞得我心裡挺過意不去的……」

別說了，別說了……求妳別再說了……

李然然愣了好半天才反應過來，她以為自己跟蘇小棠已經夠熟了，卻沒想到她對方景深的感情這麼深。

一時之間場上的人神色各異，看著蘇小棠的眼神已經跟看變態差不多了。如果蘇小棠是個美女，那是豔福，可若她是個死胖子呢？那就是變態了。現實就是這麼殘酷。

大家誰都沒有阻止舒甜，反而還挺期待她說些什麼更勁爆的八卦來娛樂一下。

舒甜看了眼宋明輝，神色悠然地繼續說道：「我記得那時我問過小棠對宋明輝有沒有意思，小棠斬釘截鐵地說沒有，誰知道我跟景深在一起之後，她轉身就跟人家在一塊了，呵呵……」

呵呵兩個字顯然蘊含了某些不言而喻的深意。

這話一說出來果然滿座譁然，尤其是宋明輝的臉色，越來越綠。

蘇小棠顫抖著身體，感覺不僅是衣服被脫光，連同自己的皮肉都被人一層層用鋼刷刮下來，全身站在冰窖裡一樣冰涼刺骨。

看到一向大剌剌的蘇小棠露出那樣的表情，李然然心裡一疼，刷地一下站了起來，「舒甜妳說夠了沒有！」

「怎麼？我說錯了嗎？」舒甜故意看著蘇小棠問，「小棠，難道是我誤會了？妳不喜歡方景深？」

當年蘇小棠的寢室因為同時存在舒甜這樣的美女和蘇小棠這樣的肥女而相當有名，大家提起舒甜的時候總會玩笑著順帶提一下蘇小棠。蘇小棠胖歸胖，但絕對稱不上醜，但誰叫她跟舒甜是室友呢，對比之下，舒甜是校花，她就是笑話了。

那時候她跟舒甜雖然關係算不上多親密，但也沒有什麼過節，她萬萬沒想到舒甜今天會突然在自己心口上插刀子，更沒想到那些藏了七年的隱祕心思會被人發現。

李然然咬牙切齒，「喜歡方景深有什麼好奇怪的！我也喜歡他啊！在座的有幾個女人沒肖想過他的！」

舒甜笑道：「既然如此，妳這麼激動做什麼？」

李然然還要說話，蘇小棠已經站起來，飛快地跑了出去。

蘇小棠拚命告訴自己，不要在意，不要在意，今天宋明輝直接把女友帶過來打自己的臉，她不也表現得很大方很淡定嗎？

可是，為什麼一想到方景深會怎麼看待自己，心裡就冷得快要凍起來？最後，終究還是沒辦法再繼續在那裡待下去。

奪門而出的瞬間，她聽到身後方景深清冷的聲音，「舒甜，是妳太過分了。」

蘇小棠強忍的眼淚刷地就湧了出來。

蘇小棠在洗手間裡待了足足半小時才稍稍冷靜了些。

今天之後她怕是再也沒臉出現在所有同學面前了，尤其是方景深。她想著想著又忍不住紅了眼眶，蘇小棠急忙用冷水拍了拍臉，一邊往外走一邊垂著頭用手機傳訊給李然然，跟她說一聲先走了。

傳完訊息，抬起頭，沒想到竟看到此刻她最無法面對的人。

方景深站在走廊裡，指間夾著一支菸，似乎等了很久。

蘇小棠像被人點穴一樣定在了原地。

尷尬、無地自容、激動、羞怯、緊張……所有的心情一下子湧到臉上，蘇小棠覺得自己此刻的表情一定看起來跟個神經病一樣。

千言萬語湧在嗓子眼到最後也只說出了三個字：「對不起……」

她肯定讓他丟臉了吧，被她這樣糟糕的人喜歡。

方景深若有所思地看了她一會兒，然後開口問：「妳喜歡我？」

蘇小棠的臉騰地燒紅了，雖然緊張得不得了，但是心底不知怎地卻湧上了一股想要表達和傾訴的強烈欲望。

「是，我喜歡你。」她聽到自己回答，伴隨著胸腔裡如鼓的心跳。

「喜歡我哪一點？」方景深頓了頓，語氣有幾分飄渺，「相貌？醫術？家世？還是？」

整整七年，終於說出口了，蘇小棠緊張得下一秒幾乎就要暈過去，急得脫口而出：「不……不是那樣的，跟那些無關，就算你變成了一條狗我也一樣喜歡你！」

話音落下之後，一陣尷尬的沉默。

方景深挑了挑眉，那一刻的表情實在有些難以形容。

還真是意外的告白方式。

而蘇小棠已經囧得上窮碧落下黃泉，不管是哪裡，請讓她消失吧！該死的她到底在胡說八道些什麼啊啊啊！

「對不起對不起，我不是罵你是狗……我是說如果……就算……我……」

算了，蘇小棠什麼都不想說了。

為什麼一在他面前自己就表現得跟個神經病一樣呢！

方景深看著女孩像某種毛茸茸圓滾滾的小動物般可憐的表情和紅撲撲的臉頰，不知怎地就生出一種衝動，一種揉一揉捏一捏的衝動……而他也真的這麼做了。

被修長微涼的手指捏住臉蛋的剎那，蘇小棠聽到了劈裡啪啦的聲音……好像是心臟承受不住負荷碎掉了。

方景深驚訝於自己有些突兀的動作，但很快便清醒過來，若無其事地收回手，「現在準備回去？」

「嗯。」蘇小棠點頭，迅速甩掉那些不該有的旖旎之思。

「我送妳。」

「啊？不，不用了！」蘇小棠急忙擺手。

「走吧。」方景深不容拒絕地走在了前面，蘇小棠沒辦法，只好快速跟上去，「肉球還在裡面！」

「肉球？」

「我的狗。」

「我去牽過來，在這裡等我。」

看著方景深挺拔的背影，蘇小棠的心裡五味雜陳。雖然知道他只是出於紳士風度，可還是避免不了心跳得像裡面住了一支瘋狂的重金屬搖滾樂隊。

很快方景深就出來了，最愛的男神牽著自己的寵物，這樣的畫面……殺傷力太大。

今晚，她跟男神告白了，男神還牽了她的狗，她現在正坐在男神的副駕駛座上。

這一切都像是在做夢一樣。

蘇小棠完全沒想到，下一秒美夢就變成了噩夢。

突然，前方射過來兩道刺目的燈光，一輛白色的麵包車失去平衡，直直朝著他們的方向撞了過來。

一聲巨響，血色遮掩了視線，蘇小棠漸漸失去了意識，腦海中最後的畫面是方景深用身體擋在她的身前……

蘇小棠醒來的時候正躺在醫院病床上，腦袋裹著紗布，其他地方沒怎麼受傷。

病房裡好幾個同學都來了，蘇小棠扶著暈糊糊的腦袋站起來，也顧不得尷尬和面子，逮住離自己最近的姜華問，「方景深呢？方景深他怎麼樣了？」

舒甜一見她立刻憤怒地指責，「蘇小棠，妳到底對景深做了什麼？好好的怎麼會出車禍！為什麼他受了這麼重的傷，妳卻一點事都沒有！」

「關小棠什麼事，是那輛白色麵包車爆胎失去平衡才撞上來的好不好？」李然然趕緊護了過來，關心地問蘇小棠，「小棠妳沒事吧，有沒有哪裡不舒服？」

「我沒事！方景深他到底怎麼樣了？」

李然然剛要說話就被舒甜打斷了，「如果不是為了送她，景深會出車禍嗎？」

「妳這人還講不講道理！妳這麼激動，不知道的還以為妳是方景深的女朋友呢！再說要不是妳今晚說那些話羞辱小棠，方景深會送小棠回去嗎？妳怎麼不說是妳害的呢！」

「妳……」

「好了好了，都別吵了，少說兩句吧，這裡是醫院。」姜華過來做和事佬，「方景深頭部受到重創，剛做完手術，雖然人還在重症監護室，不過醫生說手術很成功，二十四小時內沒什麼併發症就可以轉到普通病房了。」

凝重的氣氛之中，一個西裝革履的男人一邊打電話一邊走了進來。

「蘇小姐醒了，正好有事找妳，當時車裡的那隻狗是妳的嗎？」

「啊！是！」蘇小棠急忙點頭，她差點把肉球給忘了。

「牠正在警察局呢，人家叫妳過去領。」男人說。

男人的臉長得跟方景深有幾分相似，只不過方景深看起來清清冷冷的不好接近，這個男人卻很和氣的樣子，即使沒有表情，也讓人感覺在笑。

「請問你是？」

「妳好，我是方景深的弟弟方景燦。」

「今天的事情實在是對不起，我……」

方景燦打斷她的話，「事情的經過我已經瞭解了，不是妳的錯，蘇小姐不必往心裡去。」

聽他這麼說，蘇小棠反而更愧疚了，如果不是方景深擋在前面，說不定現在躺在裡面的人就是她了。

「需要我送妳過去嗎？」方景燦很紳士地問。
「啊，不用不用，我自己去就好。只是方景深他……」
「妳不用操心，我已經安排好了，再說妳就算待在這裡也沒用。回去好好休息，有消息我會第一時間通知妳的。」方景燦笑吟吟地安慰，緩解著她緊張的情緒。
「謝謝，謝謝……」蘇小棠感激不已。

蘇小棠剛到警局大廳門口就聽到裡面傳來肉球暴躁的吠叫聲。
「肉球！」蘇小棠急忙趕過去。
「蘇小棠是嗎？妳可來了，快牽走吧！折騰了快一個小時了，怎麼哄都不行！」值班的警察一看到她就跟見到救命恩人一樣雙眼發光。
「肉球！肉球你怎麼了？有沒有受傷？」蘇小棠覺得肉球有些不對勁，以前就算她不在，牠也不會這麼暴躁，現在她人都過來了，可牠依舊煩躁不安地大聲吼叫，使勁掙著握在警察手裡的狗鏈。
蘇小棠想牠應該是在出車禍的時候受了驚嚇，又看到牠的脖子毛都勒掉了一圈，急忙蹲下來，將牠的腦袋摟在懷裡，用手一下一下輕輕撫摸牠的腦袋和後背，溫柔地安撫著。
「乖啊，別怕，沒事了，已經沒事了，主人在這裡呢。」
本來一直在怒吼掙扎的肉球毛茸茸的腦袋緊貼在蘇小棠因為急急趕來而上下起伏的胸前，突然就詭異地變乖了，不動也不叫。

蘇小棠鬆了口氣，獎勵地在牠臉上親了一口，「我們回家。」

今天實在發生了太多事情，蘇小棠疲憊不已。可是方景深還生死未卜，她哪裡能安心休息呢，只能在屋子裡不停地來回踱步。

有買家打電話來催她發貨，蘇小棠直接說了句「店主的男神出車禍昏迷不醒，男神不醒就不做生意」，然後把這條公告掛到了店鋪首頁上。

肉球的情緒已經穩定了下來，在屋子裡慢悠悠地踱了一圈，將爪子在地毯上蹭了蹭，然後跳上了沙發，端端正正地坐著，目光深邃。

蘇小棠倒了點狗糧在食盆裡給肉球吃。

肉球看了一眼，然後一爪子把狗糧給掀翻了！

蘇小棠生氣地瞪了牠一眼，警告：「我今天心情不好，你最好別跟我使性子，小心我揍你！」

蘇小棠重新弄好狗糧。

肉球毫不猶豫地再次把狗糧掀翻了。

蘇小棠真的怒了，伸出雙手使勁地揉了揉肉球的臉，「愛吃不吃，不管你了！」

蘇小棠沒空去理狗了，跟上了發條一樣來來回回走動，根本停不下來。

終於，肉球看不下去了，忍無可忍地「汪」了一聲。

蘇小棠哭喪著臉撲倒在肉球身上，摟著牠的脖子，「怎麼辦……他要是有事怎麼辦……早知道會有這麼一天，我寧願從未喜歡過他。把我撞死好了，為什麼躺在裡面的不是我呢！不求同年同月同日生，能同年同月同日死也好啊！今天雖然是我這輩子最難堪的一天，卻也是我最開心的一天，七年來第一次跟他靠得這麼近，第一次跟他說話，還坐了他的車，還被英雄救美了！好吧去掉我前一句話的倒數第二個字……」

蘇小棠邊說邊把自己的腦袋往沙發背上撞，今天受的刺激太多，她快要瘋掉了。

正撞著，被肉球咬住後衣領拉開了。

蘇小棠這才想起自己腦袋上還有傷呢！可是她的情緒還沒有發洩完，於是一骨碌從沙發這頭滾到那頭，又從那頭滾到這頭。

而肉球看著她的表情，似乎有些無語。

蘇小棠終於安靜下來，靜靜地埋首在手臂間，眼淚無聲地滑落，嘴裡小心翼翼地繾綣道出那個在心裡念了無數次的名字，「方景深，對不起。」

過了一會兒，蘇小棠感覺有什麼搭到了自己的臉上。

一看，是肉球的爪子。

然後，驚人的一幕發生了。

肉球跳下了沙發，又跳上了椅子，桌上擺放著蘇小棠的筆電。電腦上她的零食店頁面開著，上方是一個與買家的對話框。

接著，她就看到肉球雙爪齊飛，在鍵盤上劈裡啪啦地敲了起來，敲完之後還扭頭對她「汪」了一聲。

蘇小棠看著肉球的眼睛，居然有種牠的眼神非常人性化的感覺。

比如此刻，牠的眼神在叫自己過去看電腦上的字。

蘇小棠滿腹狐疑地走過去，然後看到視窗的輸入框裡出現了一行字──【我是方景深。】

蘇小棠從腳底竄上一股涼意，乾笑，「哈，哈哈……這行字我是什麼時候打上去的，怎麼沒印象了？」

打死她也不會相信這字是肉球剛才敲上去的好嗎！

這時候，肉球又動了，牠的爪子又開始在鍵盤上敲擊了起來。

於是她親眼看到牠一字一字地敲下：【蘇小棠！我是方景深！！！】

「到……到底是哪個混蛋教你的！誰這麼惡作劇？會嚇死人的啊……」

蘇小棠搖搖晃晃地撫了撫額頭，然後暈過去了。

蘇小棠再次醒過來的時候已經是第二天早上。她以為這一切都是一場夢，如果她沒有看到電腦螢幕上打開的文檔，還有一隻蹲坐在她身邊等她醒來，眼神嚴肅無奈又憂鬱的，她的狗。

【蘇小棠！我知道這件事很荒謬，簡直匪夷所思！變成狗的我比妳更難以置信！但這是真的！事情就是發生了！這不是在做夢！請妳相信我！我現在能夠依靠的只有妳！如果妳不相信，請妳醒來之後隨便用什麼方法測試我！只要能讓妳相信在妳面前的生物是方景深！】全篇的驚嘆號，看得她觸目驚心。

「肉球，肉球……」

蘇小棠試探著叫了幾聲，平時一叫名字就搖尾巴湊過來的肉球毫無反應。

於是蘇小棠咬了咬唇，顫聲喚出那個名字：「方……方景深？」

「肉球」立即叫了一聲，似乎在應和。

蘇小棠的心肝顫了一下，「一加一等於幾？」

「肉球」不情不願地「汪」「汪」了兩聲，眼神看起來似乎很不高興，顯然是不滿她所謂的測試居然這麼弱智。

真把他當狗了嗎？他明明是讓她把自己當人測試的啊！怎麼辦，好想咬她！

完了，怎麼會有這樣的想法，他不會漸漸的真變成狗吧！

蘇小棠擦了擦額頭上不斷冒出來的的冷汗，把筆電從桌上搬了下來，陪著「肉球」一起坐在地上。

深吸一口氣，蘇小棠把筆電推到狗跟前，認認真真地看著牠：「好吧，要測試是不是？那就請你猜一下我此時此刻心裡在想什麼。」

她記得方景深對心理學也頗有研究，更重要的是這個即興問題，絕對不可能通過人為訓練出來。

某狗的眉頭似乎挑了一下，簡直跟方景深如出一轍，然後牠不緊不慢地開始敲了起來。

蘇小棠屏息凝神盯著牠的一舉一動，看到他在文檔上一字一字地敲出：【妳在想，如果他真的是方景深，那我剛才的癡漢行為豈不是全被他給看到了，我居然還蹂躪了他的臉！啊啊啊不想活了怎麼辦！】

蘇小棠愣了幾秒，然後整張臉跟燒滾的開水一樣沸騰了起來。

這維妙維肖的語氣啊！她現在是真的不想活了。

此時此刻，蘇小棠世界觀已經徹底顛覆。

「方景深，真的是你！」蘇小棠一副快哭出來的表情，「都怪我這個烏鴉嘴，說什麼你變成了狗……」

見她終於相信了自己，方景深的狗臉顯得放鬆了很多，用爪子拍了拍她的肩膀作為安慰。

「現在怎麼辦？」男神沒有生命危險，可是男神變成了狗，她真不知道該哭還是該笑。

【靜觀其變，先等一天，如果我還是這個樣子，明天帶我去醫院。我要看看我的身體。】

方景深的狗爪子敲字速度不快，但敲多了習慣以後也不慢，而且他用的居然還是五筆輸入法，連她都不會用五筆打字好嗎。

看著螢幕上即使處在這種情況下依舊冷靜鎮定條理清晰的話，即使面前坐著的是一隻身材跟她這個主人一樣的肥狗，蘇小棠還是安心得不得了。

她想起之前方景深說的「我現在能夠依靠的只有妳」，頓時覺得責任重大。

她要振作起來！

蘇小棠迅速爬起來，「你從昨晚開始就什麼都沒吃，一定餓了吧，我去給你準備早餐！」

方景深的狗眼幽幽地瞅著她。

蘇小棠輕咳一聲，「不是狗糧。」

蘇小棠是個吃貨，而且是個優質吃貨，有著一手好廚藝，冰箱裡每天都保證食材充足，廚房裡的廚具也是一應俱全。
蘇小棠將火腿胡蘿蔔玉米牛肉粒切成小塊跟糯米飯攪拌在一起，然後用金黃色的蛋皮包裹起來，斜切成圓圓的小塊，大小正好可以一嘴一個。
做好以後用精緻的盤子裝了起來，又鮮榨了一杯番茄汁，考慮到他喝起來不方便，所以用碗裝著。
方景深很滿意地吃完，然後打了個哈欠。
「你是不是昨晚一夜沒睡？」蘇小棠擔憂地問。
發生這種事，他怎麼可能睡得著。
「要不要去睡會兒？」
方景深點了點頭。可是，睡在哪兒呢？總不能讓他睡狗窩吧！
「你等一下，我把被子和床單鋪起來，昨天剛洗曬過的，因為急著走，收回來以後堆在床上還沒鋪……」蘇小棠一邊說一邊把床給鋪好了。
說起來這張兩米寬的大床算是家裡唯一的一件奢侈品了，花了她一萬多塊，弄得相當舒服。
李然然總說她對自己不好，其實她是很注重生活品質的，只是她們對於生活品質的理解不同而已，想要美麗自然要付出代價，而她是怎麼舒服怎麼來。
方景深看著床，沒有動。
「怎麼了？」蘇小棠有些緊張，她知道方景深有潔癖，「真的是乾淨的，不然我給你換床新的？」

方景深的狗臉看起來似乎很糾結。

他正在掙扎著，應該就這麼髒兮兮的去床上睡覺，還是該讓她替自己洗澡。

他可是清楚地記得這狗之前被多少雙手摸過，即使他現在是條狗，讓他就這麼睡覺？

方景深跳上了椅子，打了幾個字──【幫我洗澡。】

蘇小棠：「……」

第二章 不作不會死

蘇小棠認真地幫方景深抹著洗毛精，豐富的泡泡很快就把圓滾滾的方景深給包圍了。

「眼睛閉上。」

「爪子抬一下。」

「另一隻。」

方景深相當配合地一句一個動作，瞇著眼睛，看起來被她服務得蠻舒服的。

蘇小棠把他的耳朵翻了過來，小心地搓了搓，方景深耳根抖了抖，看起來有些敏感。

怕他尷尬，蘇小棠主要是給他洗毛，其他地方就用水沖了沖，一共洗了兩遍，然後仔仔細細地沖乾淨。

最尷尬的其實是她好嗎？有朝一日，她居然把男神全身上下都摸遍了！雖然「男神」兩個字要加個引號。

最後蘇小棠看著他，建議道，「洗好了，你要不要甩一下毛？這樣乾得比較快！」

方景深默了兩秒，點頭。

蘇小棠急忙站遠了些，等方景深甩好了才過去用乾毛巾給他擦了一遍，然後打開吹風機給他吹乾。

蘇小棠最喜歡看肉球洗完澡以後蓬鬆的樣子了，每次都要狠狠揉幾下。現在只能心癢難耐地憋著，打死她也不敢蹂躪男神。

方景深洗完澡神清氣爽地奔向床去了，臨上床前還抬起了爪子示意她幫忙擦擦。

剛曬過的棉被軟軟的特別舒服，鼻息間縈繞著陽光和洗衣粉的清新香味。方景深太久沒睡，精神又一直處在緊張焦慮之中，一沾被子就開始想睡。

「你好好睡一覺吧，我出門去買點東西。」

她要出去？剛要睡著的方景深立即直起脖子，想到她不在，自己居然就不安了起來。

「我很快就回來，床頭有電話，你要是有事就打給我，對了，你不知道我號碼……」蘇小棠說著把自己的號碼寫在一張便利貼上。

方景深這才趴回了床上。

蘇小棠提著大包小包回來的時候已經是中午。

方景深遠遠就聽到她的腳步聲，抖了抖耳朵跳下床。幾個小時的睡眠已經足夠他恢復精力。

「你醒啦，不多睡一會兒嗎？」蘇小棠掏出一個ＩＰＡＤ，給他調到可以打字的介面，「這個給你用，你說話會方便點。對了，我還買了幾件狗狗穿的衣服鞋子，你要穿嗎？」

方景深沉默了片刻，然後點點頭。

於是蘇小棠幫他把衣服鞋子都給穿上了。

看上去……好臃腫。

哎，動物也跟人一樣啊，穿衣服都要挑身材。

方景深動了動身體，伸了伸爪子，然後在ＩＰＡＤ上敲：【幫我脫掉。】

「啊……果然還是不舒服嗎？肉球也不喜歡我給他穿這些！」蘇小棠只好又幫他脫下來。

這玩意兒確實太難受了，他寧願每次都讓她幫忙擦手（爪子）。

除此之外蘇小棠還買了新的毛巾牙刷等日用品。不一會兒就有人過來敲門，她剛買的被爐和榻榻米送到了。都是日式的家具，很低矮，這樣他就不用總是跳上跳下了。

她不知道他什麼時候會變回去，可能是明天，也可能下一秒……可她還是買了。這種迫切想要為他做些什麼的衝動根本控制不住。

到了晚上，蘇小棠伺候著某狗刷牙洗臉，又用半濕的毛巾幫他把毛擦了一遍，最後恭恭敬敬地把他送到了床上。

正準備轉身離開，衣袖被一隻前爪按住了，身後傳來一板一眼的男聲：【妳去哪？】

人變成狗也就算了，狗還開口說話？方景深變狗後的下一步難道是準備成精？這個世界還能更玄幻一點嗎？

蘇小棠嚇得面無血色，好半天才敢轉過身，然後才發現是虛驚一場，不過是方景深在ＩＰＡＤ上裝了個可以使文字發聲的ＡＰＰ而已……

「我去睡沙發。」

【我去。】方景深「說」。

蘇小棠一聽急忙擺手，「不行不行，怎麼可以讓你睡沙發，沙發這麼硬，而且客廳還沒空調……」

【我現在只是一隻狗。】

蘇小棠因為這句話而嗆咳了一下，「可你的靈魂不是啊，我怎麼可以把你當成一隻狗對待，而且這只是暫時的，你一定可以很快就恢復正常的……」

【蘇小棠，妳有沒有想過，我可能一輩子都這樣。】

蘇小棠腦海裡的第一反應就是「那我就照顧你一輩子」，可是因為上次口不擇言的懲罰太過慘痛，她及時把這句話壓回了心裡。

雖然方景深現在是狗的形態，不過畢竟還是個男人的靈魂，不可能讓幫助自己的女人去睡沙發自己睡床。

最後蘇小棠只好抱了一床涼被疊成兩層，在臥室裡臨時打了個地鋪讓方景深湊合一晚。

讓男神打地鋪的罪惡感讓她一夜沒睡，凌晨兩三點摸起來躲在被子裡用手機在網上訂狗窩，呃不，是沙發。

這個懶人沙發看起來不錯的說，可是形狀怎麼看起來跟肉球的狗窩差不多呢？不行不行，再看其他的，看來看去簡直沒有一個能配得上她的男神，她想再買一張床，可是家裡實在放不下了。

「我去，男神怎麼可以睡在這種俗物上面，不行，這個也不行，真愁人啊……」

正在那抓頭髮，身旁的床墊突然往一旁陷了下去，整張床都震動了一下，蘇小棠轉頭一看，便見方景深不知什麼時候醒了，還跳到了床上，正用一雙幽藍的眼睛瞅著她。

蘇小棠一臉抱歉，「對不起，是不是打擾你睡覺了？」

方景深用嘴巴叼起 IPAD 放到她跟前，她湊過去一看，螢幕上是一張單人沙發，圓圓的一個窩，看起來很軟很舒服，粉紅色草莓圖案。

「呃，你要我買這樣的？」她有些不確定地問。

方景深點頭，然後圓滾滾地跳下床繼續睡覺去了。

雖然想不明白方景深怎麼會選擇這麼……少女的樣式，不過既然是他欽點的，也省了她繼續糾結。蘇小棠乾淨俐落地下了單，總算是可以安心睡覺了。

第二天，蘇小棠去奧迪4S店取車的時候，方景深終於忍不住了。

【妳這是想包養我？】

蘇小棠大驚失色，臉色紅白交替，「不，不是的……我本來就準備買車了，昨天那個 IPAD 也是早就要買只是最近一直懶得出門正好昨天順便買回來然後恰好可以暫時給你用，日式家具是我之前就喜歡的，尤其是那個被爐，特別適合我這種天天待在家裡的懶人……」

曾經的七年裡，她都只能在陰影裡遠遠看著他，她知道自己的喜歡對他而言沒有任何意義，他也沒有義務為自己的暗戀買單，說是愛得死去活來，可是她又正真為他做過什麼呢？什麼都沒有……好不容易有這樣的機會，她只恨不得把自己所有能給他的都掏給他……她只是把跟他在一起的每一分每一秒都當成最後一刻而已啊。

「還有那個沙發其實是我自己用的……這些都只是……只是湊巧而已，我沒別的意思，你千萬別誤會……」

這完全是不打自招越描越黑的節奏，蘇小棠越說聲音越小，最後實在辯解不下去了，深吸一口氣，以下定決心的表情認真看著他，「你放心，我想通了，我現在已經不喜歡你了，做這些僅僅是因為心裡愧疚想要彌補你而已，畢竟你會變成這樣跟我脫不了關係。」

她可不希望被方景深誤會得更變態，連他變成了狗都不放過什麼的實在是太喪心病狂了。

方景深說那句話本來只是隨口開個玩笑，卻沒想到引起她那麼大的反應，甚至當場說出已經不喜歡自己了這種話，明明不久前才跟自己告白過「喜歡」，這就不喜歡了嗎……不知怎的，心裡有種說不出的不舒服，面上卻沒有表現出來，當然，以他現在這張狗臉，就算想要表現出什麼更深層次的深邃表情，也是無法做到的。

蘇小棠領了車後就直接開到了醫院。因為醫院不能帶寵物進去，所以按照事先計劃好的路線從後門偷偷溜了進去，還好方景深之前就在這家醫院工作，對這裡很熟悉。

方景深看著病床上的自己，心情真是百感交集，怎麼也想不到這種不科學的事情會發生在自己身上。

病床上的儀器顯示他的生理指標一切正常，他近距離地靠近自己的身體，沒有感受到任何類似靈魂轉換回來的異動，既然自己的靈魂到了這隻狗的身體裡，那狗的靈魂又到了哪裡呢？難道在自己的身體裡？

幸好自己現在昏迷不醒，不然如果真的被狗附身了，鬧出大笑話不說，還要被當成精神病送進精神病院裡。

方景深這輩子順風順水極少遇到挫折，卻沒想到生命裡毫無徵兆地掉下一顆原子彈，毀掉了他整個人生，真是越想越覺得人（狗）生無望……

「方景深，你可千萬別想不開，再等等，我們再等等好嗎？既然能換過來，就一定能再換回去的，以後我們每天都過來試一次……」蘇小棠手足無措地安慰著他，她知道自己的語言在這樣殘酷的事實面前太過蒼白無力，真恨不得自己也變成狗陪他。

方景深搖搖頭示意她沒事，然後踏著步子轉身離開，圓滾滾的背影透著幾分蕭瑟。

走出病房，蘇小棠看到一個熟悉的人影迎面朝這邊走來。

「方先生……」

方景燦看到她，眸子裡閃過一絲不易察覺的光亮，「是蘇同學啊，過來看我哥？」

「嗯。」蘇小棠點頭。

方景燦笑咪咪地低頭瞅著站在蘇小棠身旁的肉球，「哎？這是……那天說起的狗嗎？」

「啊……是的，對不起，因為牠太吵了，實在不放心把牠單獨放在家裡，所以就一起帶過來了……」

方景燦撩起袖子就去揉牠肉嘟嘟的臉，一邊揉一邊興奮地道：「哎呀真是可愛死了，我一直都很喜歡狗，只可惜平時太忙了沒空養。」

蘇小棠一臉抽搐地看著慘遭自家弟弟魔爪蹂躪的方景深。

被蹂躪了一遍又一遍並且全身上下都要被摸遍的方景深終於忍無可忍地用力從他的魔爪下掙脫了出來，低吼著對他齜了齜牙，可惜方景燦完全不吃這一套，反而笑得更歡了，因為本來很具有威懾力的表情，如果由一隻蓬鬆的肉球來做的話就完全變成喜劇效果了。

蘇小棠趕緊上去解圍，把方景深護在身後，「你就別逗牠了，小傢伙脾氣很大的，咬了你就不好了……」

看著方景深被揉得亂糟糟，簡直慘不忍睹的狗毛，蘇小棠真是哭笑不得，哥哥正昏迷不醒躺在病床上呢，他居然還有心情逗狗。

方景深很少談家裡的事情，她也從來都不知道他還有個弟弟，所以還真不清楚這個弟弟平時跟他的關係怎麼樣，看這樣子也不是很在意啊。

「方景深什麼時候能醒？醫生怎麼說？」蘇小棠一臉擔憂。

方景燦沒有回答，反倒是突然問：「妳吃過了嗎？」

蘇小棠愣了愣，「呃，沒有，怎麼了？」

「我也沒吃，正好一起吃晚飯吧，我們邊吃邊說。」方景燦提議道。

因為涉及到方景深，蘇小棠沒多想就答應了，直到褲腿被一隻爪子搭上來，才想起還有方景深呢。

不等她開口，方景燦便笑道：「我們就去路邊小店隨便吃點，帶著牠也沒關係。」

方景深的ＩＰＡＤ在蘇小棠的包包裡，這會兒肯定不能拿出來讓他「說話」的，只好不甘不願地跟著一起去了。

方景燦一邊走一邊問道：「妳不給牠戴項圈牽著沒關係嗎？哈士奇要是瘋起來跑掉了，妳是絕對追不回來的……」

蘇小棠輕咳一聲，「沒事，牠很乖。」

方景燦一看，還真是，這隻肥肉球亦步亦趨地跟在蘇小棠旁邊，目不斜視，路線筆直，完全不像其他狗狗一樣拈花惹草、左聞聞右嗅嗅。

「調教得不錯啊！」方景燦嘖嘖誇讚了一聲，「對了，還沒問牠叫什麼名字。」

「肉球。」

「哈，真是個不錯的名字。」方景燦說著又想去蹂躪牠的頭，結果某隻狗脖子一扭就避了過去，還一臉不耐煩地挪動幾步離他遠了些。

看著肉球毫不掩飾的嫌棄，方景燦訕笑著收回了手，「看來被討厭了啊，真是傷心……不過妳的狗還真挺有個性，我平時特有狗緣，這還是第一次有狗對我這麼冷淡……」

方景燦頗為傷心遺憾地嘆了口氣。

蘇小棠順了順方景深頭頂剛才在病房外被揉得亂糟糟的毛，默默腹誹：那是當然了，他根本就不是狗好嗎。

兩人就在醫院附近找了家路邊攤。

蘇小棠有些猶豫地看了眼破舊的店面和油膩膩的桌椅板凳，「你確定要在這裡吃？」

「怎麼？妳不喜歡？」

「我倒沒什麼，只是覺得你……吃得慣這種地方嗎？」蘇小棠瞅了眼他昂貴的名牌西裝。

「妳別看我這樣，其實我很好養的，哪有我哥那麼嬌慣，妳可別拿我跟他比。」方景燦毫不介意地直接坐下了，意猶未盡地繼續說道，「我跟妳說，那傢伙把家裡弄得跟殯儀館一樣，什麼都是白色的，有一點灰塵都受不了，我要是不小心在他床上坐一下，他能把整張床都給扔了。自己變態也就算了，還逼我每天回去都要消毒才能進屋子，要不是老頭子放話除非我結婚才可以搬出老宅，我早就走了，妳不知道，他不在家這幾天我簡直就像獲得了新生……」

蘇小棠下意識地瞅了眼方景深，果然見他的狗眼一眨不眨地凝視著口若懸河的方景燦，幽幽的眸子裡泛著冷光。她開始後悔答應他來吃這頓飯了，感覺方景燦再這麼吐槽下去，他們倆的兄弟之情就要走到盡頭了。

必須說些什麼來阻止方景燦繼續這個危險的話題，蘇小棠趕緊打斷他：「呵呵，那你就早點結婚啊，對了，你多大了？應該比方景深小不了幾歲吧？」

「小三歲。」方景燦說著嘆了口氣，「妳以為我不想啊？法定結婚年齡剛到我就開始找尋找能夠解救我的女神……可是……哎……」

「怎麼？沒遇到喜歡的？」

「其實……我的喜好跟常人有些不同……」方景燦年輕俊朗的臉上浮現出幾絲與他形象不符的滄桑。

他說這句話的時候蘇小棠似乎聽到一旁方景深的狗嘴裡發出了一聲輕嗤。

「哎，總之一言難盡。」正當被勾起好奇心的時候，方景燦卻搖搖頭結束了話題，蘇小棠也不好再多問。

兩人點了個牛肉火鍋，蘇小棠自己一口沒吃，先忙著跟老闆要了個免洗碗，單獨撥了些飯菜，然後試探性地往方景深跟前放了放，方景深只是瞥了一眼，沒有動。果然還是吃不習慣。只好委屈他先餓一會兒，回家再給他單獨做了。

等蘇小棠回過神來的時候自己的碗已經堆得小山一樣高，方景燦正熱情地往她碗裡夾肉。

「夠了夠了……我吃不了這麼多的……」蘇小棠急忙阻止他繼續。

方景燦一臉不以為然：「怎麼會！以妳的身材，不多吃一點能飽嗎？」

「呃……」

方景燦見她誤會了，急忙解釋，「我的意思是說女孩子還是健健康康的最好，該怎麼吃就怎麼吃，我最討厭人家減肥了，妳說吃了那麼多東西好不容易養出來的肉減掉多可惜？」

「……」蘇小棠完全不知道該怎麼接話，「咳，方先生的觀念，真是與眾不同。」

「別總叫我方先生，多見外啊，叫我阿燦吧！」方景燦說著露出一個大大的微笑，兩顆小虎牙若隱若現。

「好吧，阿燦……你哥的情況到底怎麼樣了？為什麼手術很成功人卻到現在還沒醒？」蘇小棠艱難地拉回正題。

方景燦沉吟道：「受傷的地方畢竟是頭部，導致他昏迷不醒的原因可能有很多種，該做的都已經做了，就算是醫生也沒辦法，現在能做的只有繼續等。」

蘇小棠心情沉重地看了眼端端正正蹲坐在腿邊的方景深，「該不會變成植物人吧……」

「不排除這種可能。」

「你父母知道了嗎？」好像沒看到他們出現過。

「他們都在國外，我爸已經知道了，大概後天才能趕過來，不過我媽那還瞞著，她心臟不好，怕她受刺激。」方景燦回答。

「這樣……」

「別太擔心了，剛才說的是最壞的可能性，他的身體情況很穩定，說不定明天就醒了呢！」方景燦拍了拍她的肩膀安慰道。

蘇小棠深吸一口氣，點點頭。

兩人正在討論病情，蘇小棠瞥見方景深的跟前不知不覺多了好幾塊肉骨頭。接著「嗖」的一聲，又一塊骨頭從對面扔了過來，直直砸到了方景深的狗頭上，然後順著毛骨碌碌滾落下來，留下了一塊油漬。

方景深朝骨頭扔來的方向淡淡地看了一眼，然後又恢復了正襟危坐。

不知是由誰最先開始的，店裡的客人見這隻狗胖成這樣實在是太好玩了，紛紛扔骨頭逗牠，還有不少人拿出了手機拍照上傳。

蘇小棠大驚失色，趕緊抽出紙巾幫方景深把毛擦乾淨，「你們別扔了，他不吃的！」

「狗怎麼會不吃骨頭呢？」

「妳家狗可真逗，好胖啊，簡直就是一顆球嘛，太好玩了哈哈哈哈……」

「就是啊，妳平時到底餵牠吃什麼了啊？」

面對大家善意的玩笑，蘇小棠只能乾笑。其實以前帶著肉球出來也經常會遇到這種情況，肉球有好吃的自然是樂在其中，被人揉來揉去也從來不反抗，可是現在不一樣了啊！居然讓男神受到這樣的恥辱，她以死謝罪的心都有了。

見肉球完全不為所動，一個長相清瘦可愛的小女生直接夾了塊排骨湊上來，「吃呀！這個吃嗎？」

「那肉丸子吃不吃？」又一個小美女湊上來。

這要是肉球，早就飛撲上來了。可現在肉球已經不是肉球了，雖然「牠」此刻是一隻肥狗的形態，卻表現出了睥睨眾生的高貴冷豔，幽藍色的眸子裡泛著不屑的光，彷彿在說——你們這群愚蠢的人類。

為了守衛男神的尊嚴和貞操，一頓飯吃完，蘇小棠累得差點虛脫。

走出小店，方景燦忍不住笑道，「哈哈，肉球可真受歡迎！我就說吧，肉肉的最討人喜歡了，所以啊，妳可千萬別減肥！」

「人和動物怎麼能一樣呢？」蘇小棠苦笑著低喃，走了幾步停下來，「我車就停那邊。」

「妳住在哪？」方景燦問。

蘇小棠回答後，方景燦說：「正好我也要去那個方向，能順便帶我一程嗎？我沒開車。」

「當然可以，你去哪？我先送你過去吧！」

「不用，妳在路口把我放下就行。」

「那好。」

蘇小棠幫方景深打開後座的車門時，察覺到他似乎有些不高興，可她總不好讓方景燦一個人坐後面啊，於是只好抱歉地看著他，希望他能理解，方景深這才妥協地跳上了後座。

上車後，方景燦打量了車內一眼問：「新車？」

「嗯，今天剛買。」

方景燦挑眉，語氣有些興奮：「那我豈不是第一個坐在妳旁邊的人？」

話音剛落，後座的某隻似乎又嗤了一聲。

「呵呵……」蘇小棠只能敷衍地笑了笑。

第一個坐她副駕駛座的是方景深。可他現在這樣到底算人還是算狗……這實在是個問題。

「小棠……我可以這麼叫妳嗎？」

「呃……隨便，都可以……」其實被小自己三歲的男人這麼叫多少還是有點彆扭，可她總不能主動要求人家叫自己姐姐吧？

方景燦掏出手機問：「妳手機號碼多少？下次有事我可以直接打給妳。」

蘇小棠一聽馬上把手機號碼報給他，「那就拜託你了！如果你哥有什麼情況，一定要第一時間告訴我！」

「妳很關心他？」

「怎麼能不關心，他變成現在這樣也是因為送我回家啊！」

方景燦一臉無所謂，「上次就說了，這事跟妳半點關係都沒有，妳別老有心理負擔。再說禍害遺千年，他哪那麼容易死啊！」

蘇小棠尷尬地透過後視鏡看了眼臥在後座的方景深，「咳，你這樣說你哥不太好吧。」

方景燦突然就炸毛了，「我這就叫不好?妳不知道他平時是怎麼對待我的！他對我慘無人道的傷害加起來都能寫一部《悲慘世界》了!說他是禍害還是輕的……」說著就開始細數他哥從小到大對他的虐待，「仗著比我大幾歲，從我三歲開始就一天到晚以哥哥的身分跟我講大道理，小爺我從小到大人見人愛，只有他看我哪都不順眼，分明就是他自己變態龜毛……最後還理所當然地把公司的事全都丟給我，自己倒是跑去逍遙了！」

蘇小棠下意識地為方景深辯解，「醫生也很累的啊，以他在醫學上的天賦，如果不做醫生真的太可惜了，那身白袍簡直好像天生就該他穿的……」意識到自己的態度有些太偏心，她及時打住，「我們還是聊聊你哥的病情吧，你有沒有想過除了昏迷之外還有別的可能?」

不等她說完，方景燦就長嘆一聲道：「說起這個還真是要感謝妳，不然現在躺在病床上的人，肯定就是被他折磨而死的我了。」

「呃，有這麼誇張嗎?」

其實蘇小棠今天跟方景燦出來吃飯還有一件重要的事情，她是在考慮要不要把方景深現在的情況告訴他，畢竟現在他是自己唯一能聯繫到的方景深家人。

可是，此時此刻，她已經徹底打消了這個念頭。她有理由相信，方景深是絕對不可能同意她把他變成狗的這件事告訴他弟弟的。

方景燦聽了她的話激動地道：「怎麼沒有!他自己什麼樣，就偏偏要求我也要跟他一樣，憑什麼啊！」

「我想，你哥管得嚴肯定也是為你好啊！」蘇小棠勸道。
方景燦凝視了她一會兒，悶悶不樂地開口：「小棠，妳喜歡他吧？」
「什……什麼？」被揭穿的蘇小棠吃了一驚。
「我哥，方景深，妳喜歡他是不是？」方景燦重複，肯定的語氣。
蘇小棠低著頭，沉默了一會兒，回答：「是喜歡過……」
「真搞不懂妳們這些女人怎麼想的，居然會喜歡那種變態！」方景燦咕噥著。
怎麼聊著聊著又扯到這個危險的話題了啊，方景燦對他哥到底是有多怨念，蘇小棠快要崩潰了，只好趕緊辯解：「你哥哥很優秀的，會被喜歡是很正常的事啊！」
方景燦痛心疾首地長嘆一聲，「妳們不要被他的外表給騙了啊，那傢伙根本不是人類，就跟個設定好的機器人一樣，任何事情都要嚴格按照計劃執行，不該做的就算憋死了他也不會做的，妳說人活得像他那樣該有多累，還不如一條狗呢……」
蘇小棠已經完全不敢去看方景深狗臉上的表情了，焦急萬分：「你別亂說了喂！」
但此刻的方景燦根本停不下來，「妳以為我騙妳嗎？偷偷告訴妳，我哥他一大把年紀了可到現在還是個ㄔ……」話未說完，一個影子從後座猛地竄到了前面，伴隨著方景燦一聲淒厲的慘叫，蘇小棠震驚地看見方景深狠狠地一口咬在了他的手背上。
不作死就不會死啊。蘇小棠默默閉上了眼睛。
蘇小棠手忙腳亂地將車停到路邊，也顧不上方景深會生氣了，趕緊吃力地把他從方景燦身上抱下來放到自己這邊。

方景深看樣子是氣狠了，掙扎著還要繼續往那邊撲，最後逼得方景燦臉都貼到了車窗上，可憐兮兮地瞅著她控訴：「小棠，妳不是說他很乖的嗎？」

蘇小棠艱難地解釋：「他……他可能只是想跟你玩。」

「跟我玩？妳看牠這樣像是要跟我玩？」方景燦無意中對上方景深的兩隻幽邃狗眼，不由自主地打了個寒噤，一臉驚恐，「小……小棠啊，我怎麼覺得肉球的眼睛裡有殺氣？」

「怎麼會，你看錯了吧……呵，呵呵……」蘇小棠笑得臉都快僵掉了，一邊費力掩飾一邊還要忙著給暴怒中的方景深順毛，從他毛茸茸的腦袋開始，用溫柔和緩的力道和速度慢慢一直撫摸到後背。平時這招對肉球挺管用的，可方景深就不知道了。

還好方景深一會兒就慢慢冷靜了下來，他的身體還被蘇小棠攬在懷裡，冷冷地瞥了方景燦一眼，折了兩隻前爪順勢在蘇小棠的腿上臥了下來，接著慢條斯理地趴下腦袋、微闔眼皮，一副眼不見為淨你最好別再惹我的架勢。

「我……我還是坐後面吧！」雖然肉球已經恢復正常了，可方景燦還是不放心，快速下車躲到了後面。

蘇小棠滿臉不安，「實在是太抱歉了，我陪你去醫院打針吧！」

方景燦嗓子一緊：「打針？」

「是啊，要儘快打狂犬疫苗的！」蘇小棠一邊說一邊迅速掉頭往醫院的方向開去。

「這麼麻煩？不就是被咬了一口，我回去自己消下毒就可以了啊！」方景燦咕噥。

「那怎麼可以，雖然肉球注射過疫苗，可是不怕一萬就怕萬一，萬一出什麼事怎麼辦，還是打一下比較保險！」蘇小棠態度堅決。

「哦……那，那好吧，要打幾針？」方景燦有些緊張地問。

「好像是五針，一個月之內按照規定的時間分次打完，而且打針期間要忌口，我記得好像是不能吃辛辣刺激的食物，不能吸煙喝酒，不能進行劇烈運動，具體有哪些需要注意的等下我們去問醫生。」

「……」方景燦聽得面如土色，垂死掙扎道，「我只不過是被狗咬了一口而已，而且傷口又不深。」

「你以為被狗咬是小事嗎？要是得了狂犬病可不是開玩笑的，雖然得病的幾率很小，但萬一中招了，死亡率幾乎是百分之百！」

也不能怪蘇小棠緊張，一個方景深已經躺在醫院裡了，她可不能讓方景燦再出什麼事。

兩人說話的同時，趴在蘇小棠腿上的方景深半抬了一下眼皮，從後視鏡裡斜睨了自家弟弟一眼，然後就被他痛不欲生的表情取悅了，於是心滿意足地繼續閉上眼睛休憩。

蘇小棠敏銳地察覺到方景深的心情似乎突然轉好了，於是停下了有一搭沒一搭給他順毛的動作，緊繃的神經也終於放鬆下來。哎，真是兵荒馬亂的一天。

陪著方景燦打完針到家後已經是晚上十點多。方景深進門的第一件事就是衝進洗手間，蘇小棠以為他是要上廁所，卻看到他用爪子打開了水龍頭在……漱口。

呃……這兄弟倆到底是有多相看兩厭啊！

等方景深漱好口走出來，蘇小棠立即把 IPAD 遞給了他，相信他肯定「有話要說」。

方景深的第一句話就是——【我的事，不許跟他說半個字。】

蘇小棠當然知道他說的是什麼事，立即點頭：「哦，我知道了。」

【任何人都不許說。】

「嗯嗯，不說。」

螢幕閃了一會兒，方景深又打出了一句話：【以後離他遠一點。】

蘇小棠繼續老老實實地點頭。

見她一一答應，方景深這才終於消了氣，【這段時間要暫時拜託妳了。】

蘇小棠的使命感油然而生，「你要是有什麼需要，儘管跟我說。」

【謝謝。】

「不客氣，應該的。」蘇小棠猶豫了一會兒，小心地問，「那個，你還在生你弟弟的氣嗎？」

【沒有。】

方景深今晚很生氣，不僅是因為方景燦，更多是因為自己居然沒忍住，像隻狗一樣做出咬人這種荒唐的事情而恐慌。

可是，生氣和恐慌過後又覺得……很爽。尤其是他深知方景燦有多怕打針。

雖然不能說話很憋屈，不過偶爾動用暴力的感覺也還不賴，一口咬下去，整個人身心舒暢，簡單直接高效解氣。

最重要的是，只有他可以咬人，人是不可以咬狗的。

第三章 男神還會遠？

轉眼一個星期過去了，方景深依舊還是一條狗。

在方景燦的幫助下，蘇小棠每天都可以在固定的時間帶著方景深去探病一次，可每次都是失敗而歸。於是她這幾天一直沒日沒夜地尋找能讓方景深恢復正常的辦法。網路上搜到的人與人靈魂交換的例子不少，但人和狗卻少之又少，而且網上那些全都是人們虛構的故事，根本得不到有效訊息。後來她又到處找道士、和尚、牧師求教，得到的回答天馬行空、五花八門，就是沒一個能解決問題的。接著，她跑了好幾個城市還有偏遠的鄉村去尋找所謂的世外高人，最後都是騙錢的。而醫生們的回答倒是很一致，一致建議她去精神科看看……

再這麼下去，她覺得自己確實有必要去看精神科了。

「唔……男人和女人接吻，然後他們的靈魂就換回來了……啊！這個方法！」蘇小棠從一本小說裡得到了啟發，興奮地扭過頭去，正準備告訴方景深，卻對上他凜冽犀利的眼神，於是瞬間就噤聲了。

難道要讓方景深去親一條狗？她一定是瘋了。

【不要再病急亂投醫，順其自然。】方景深說。

蘇小棠低下頭。是啊，他自己就是醫生，而且是這方面的專家，連他都無法解釋的事情，她這樣無頭蒼蠅般地亂找，怎麼可能幫得上忙呢！

可是，什麼也不做就這麼乾等著，她做不到啊。

【妳繼續開妳的店。】方景深又說。

蘇小棠神情悶悶的，還是沒有說話，她現在哪裡有心思開店。方景深眼見她這幾天為了自己的事情忙得心力交瘁，說沒有一點感觸是不可能的。看著她為自己來回奔波，對自己無微不至的照顧，漸漸的，他發現做狗的日子似乎並沒有起初想得那樣恐怖和難熬。

他想起她當初那句聽起來奇葩又可笑的告白——「就算你變成了一條狗我也一樣喜歡你」。此時看來，這句話一點都不可笑。

【不管發生什麼，生活還是要繼續。再說，萬一我一輩子這樣，妳準備讓我一直住在這麼小的房子裡？】方景深說。

一輩子這樣？住在這裡？

蘇小棠聽著這話心裡先是難受然後又是激動，最後又化作了失望，弱弱地囁嚅道：「萬一你一輩子這樣，你也不可能一直住在我這裡啊……」

方景深抬眼看她：【妳要拋棄我？】

蘇小棠驚得瞪大雙眼，忙不迭地解釋道：「怎麼可能！我的意思是說，就算你的身體是肉球，可你的靈魂畢竟是方景深啊，如果一直無法恢復，你不回家嗎？」

【回家？】方景深沉默了片刻，【我寧願他們一直當我是植物人。】

蘇小棠心情沉重地捏緊了拳頭，好半晌都沒說話，最後目光堅定地看著他：「我明白了，你放心吧，我絕對不會拋棄你，我會對你負責的，我會努力工作讓你過上好日子！」

面對蘇小棠跟自家媳婦保證般的一番承諾，方景深默了默，算了，不管怎樣，他的目的也達到了，她能恢復正常生活就好。說到底，這事她本來可以完全推開不管的，沒道理因為一場意外連累她的生活弄得一團糟。

被激勵的蘇小棠立即開始改公告恢復營業，這時候，方景深突然抖了抖耳朵，變成狗之後他的聽覺敏銳了很多，他似乎聽到有陌生的腳步正在靠近這裡。

果然，不一會兒外面就響起了咚咚咚的敲門聲。

方景深見蘇小棠在忙，便走過去用爪子幫忙開了門。

「小……」門外的男人因為沒有看到人，所以嘴裡的話只說到一半，接著，他的目光由高轉低，在看到給他開門的……狗之後，臉上的表情僵了僵，然後抬頭朝著屋裡叫了一聲，「小棠，小棠妳在家嗎……」

蘇小棠聽到外面傳來的聲音，敲擊鍵盤的手指頓住了。平時很少有人來她這裡，除了快遞員就是李然然，可是她怎麼好像聽到了那個人的聲音？

滿腹狐疑地走出去一看，沒想到居然真的是他……

「宋明輝？」

門口站著的男人可不就是宋明輝嗎。只見他穿著一身名牌西裝，踩著晶亮的皮鞋，挎著高檔公事包，頭髮梳得一絲不苟，手裡還提著一串車鑰匙，目光挑剔而嫌棄地在蘇小棠堆得亂七八糟的屋子以及她這個亂七八糟的人身上掃視著。

不過這樣的目光只是一閃而逝，快得還沒有讓人察覺就已經換上一副老友相見的熱情寒暄道：「幾天不見我們肉球真是越來越聰明了，居然還會給我開門！」

蘇小棠並沒有要請他進來的意思，可宋明輝已經自動自發地登堂入室，還拿出一大包花花綠綠的狗糧和零食逗著肉球，「寶貝，看我給你帶什麼好吃的來了……」

要是平時，宋明輝只要一出現肉球肯定立即搖頭晃腦地黏上去，若是看到他拿著好吃的，牠能沒節操地把尾巴都給搖斷了。而一旁的方景深懶洋洋地打了個哈欠，看都懶得看他一眼，頭一扭就轉身跳到沙發上趴著去了。

被不屑一顧的宋明輝神色訕訕地將袋子放在一旁的茶几上：「肉球怎麼看起來精神不太好的樣子?該不會是生病了吧？」

「牠挺好的，你有事就直說吧，我還要做生意。」

「呵呵，最近生意還好嗎？」

「還好。」

蘇小棠已經好幾天沒有充分休息了，自然不太有耐性，宋明輝見狀也不再寒暄，開門見山地道，「是這樣的，最近我準備跟幾個朋友合夥開公司，想問問妳有沒有興趣入股……」

蘇小棠想都沒想就答：「沒興趣。」

宋明輝也料到了沒那麼容易，不過卻沒有死心，反而一副胸有成竹的表情曉之以理動之以情：「小棠，別拒絕得這麼快，妳應該知道我的能力，沒把握的事情我是不會做的，我保證絕對是穩賺不虧的生意，再說妳又沒有用錢的地方，放在銀行裡利息能有幾個錢，還不如拿出來做投資，何必跟錢過不去呢妳說是不是？我知道林雪的事讓妳很傷心，是我對不起妳，我也希望多少可以彌補妳一些……」

雖然這傢伙的話句句都讓她想要吐嘈，可是蘇小棠卻懶得跟他多說，直接斷了他的念頭：「誰說我沒有用錢的地方？最近剛買了輛車。」

「是嗎？」宋明輝一愣，語氣乾巴巴地問道，「樓下那輛紅色的？」

「紅色旁邊那輛白色的。」

宋明輝不動聲色地把本來炫耀似地提在手裡的車鑰匙收進口袋，臉色瞬間沉了下來，心疼得好像花的是自己的錢一樣，「呵呵，看不出來妳捨得買這麼貴的車。這年頭，車一買回來就貶值，養起來又燒錢，再說妳天天待在家裡很少用車，一年都開不了幾次，何必……」

「我想怎麼花錢需要經過你的同意？」

宋明輝這才意識到他們已經分手似地訕訕道，「小棠，我也是為妳好。以前也沒聽妳說過打算買車啊，怎麼突然就……」

蘇小棠忍無可忍地打斷他，「因為公車地鐵不能帶寵物，我特意給肉球買的，不行嗎？」

宋明輝絕對不會想到，這個看似明顯是敷衍和嗆聲的理由，確實是蘇小棠買車的直接原因。但買都買了，宋明輝終究也不好再說什麼，只好退一步：「那妳買完車應該還有剩吧，剩下的給我也行。」

蘇小棠直接拒絕：「抱歉，我要攢錢買房。」

「買房？」宋明輝一臉不贊同，「妳一個女人買什麼房子？」

蘇小棠的耐心告罄，「與你無關，如果沒什麼事的話我要去忙了，不送。」

「等等！」宋明輝叫住她，「入股的事情不急，妳先考慮一下，我來這裡還有件事！」

蘇小棠蹙了蹙眉，直覺不是什麼好事。果然，宋明輝的目光落到肉球身上，然後開口道：「妳把肉球給我。」

前面蘇小棠還能出於禮貌和修養克制著情緒，一聽這話立即瞪過去，「你說什麼？」

一直安靜趴在那裡的方景深聽到這句話也不由得抬起頭。

「當初肉球是我們一起買的，也有我的一份，我帶回去有什麼不對？」宋明輝一副理所當然的語氣。

蘇小棠怒道：「肉球確實是我們當初還沒分手的時候一起買的，但你別忘了買的時候你一分錢都沒花，買回來以後也沒費半點心思！現在憑什麼來跟我要肉球？」

「那不是當時我身上沒帶錢嗎？說好是我們一起買的，大不了我現在把錢給妳！再說什麼叫沒費半點心思？妳每天都那麼忙，我也沒少照顧肉球！」宋明輝一邊說一邊掏出錢包，「要多少錢隨妳開！」

蘇小棠抱臂冷笑，「哈！你還真敢說啊！照顧肉球？照顧到林雪床上去了？今天是林雪讓你來跟我要狗的吧？你們想養寵物我不管，肉球我是絕對不會給你的！」

說什麼照顧，後來聽李然然說她才知道宋明輝一直以遛狗的名義牽著被她養得圓圓胖胖惹人喜愛的肉球去勾搭公司裡的女生，他能把林雪搞到手，肉球功不可沒，也虧得他居然好意思上門來要狗。

「蘇小棠，妳別不講理好不好？」事情一樣也沒能順利解決，宋明輝終於也不耐煩繼續跟她好言好語了。

「我不講道理？」蘇小棠都快氣笑了。

被她說中了，宋明輝來之前確實答應過林雪，不想在女友面前辦不成事丟面子，所以今天執意要把肉球帶走，她不願意，竟然直接就準備動手來搶了，「肉球乖，跟我回去……」

「啊！」伴隨著一聲淒厲的慘叫，宋明輝的手連一根狗毛都沒碰到，就被重重咬了一口。一回生二回熟，方景深這次咬起來已經比上次順口了不少。

既然有先天的種族優勢，沒道理不用。

宋明輝盛怒之下抬腳就要踹，蘇小棠隨手抄起茶几上的玻璃杯重重砸到他的腳下，冷冷看著他，一字一頓道：「宋明輝，你敢動牠一下試試！」

蘇小棠長得胖，又是一百七十二公分的個子，比宋明輝矮不了多少，殺氣騰騰地一站，硬是鎮得他縮了回去，只能強撐著吼道：「蘇小棠，妳簡直莫名其妙！是妳的狗發瘋咬我在先！」

「你也知道是我的狗不是你們的？」

「蘇小棠，妳別陰陽怪氣的，我受夠了，少一天到晚總是一副受害者的姿態，我移情別戀沒錯，妳也好不到哪裡去，妳還不是從一開始就把我當成方景深的替身！」宋明輝總算是忍不住撕破臉了。

「我把你當成方景深的替身？」蘇小棠好像聽到了最好笑的笑話，「你給方景深提鞋都不配！狼心狗肺、狗都不如的東西！」

宋明輝氣得差點吐血，原地轉了兩圈指著她道：「蘇小棠，我今天才知道妳居然是這種人，我當初真是瞎了眼才看上妳！」

蘇小棠呵呵一笑，「可不是嗎，你要不是瞎了眼，怎麼連我這麼龐大的體積都視而不見，瞎得只剩下錢了！」

「妳……」

蘇小棠雖然看起來壯碩，實際上性格卻軟得不得了，平時總是沒心沒肺的，脾氣特別好又好拿捏，還是第一次說話這麼不留情面，罵得宋明輝漲紅了臉一句話都說不出來。

兔子急了還咬人呢，更何況宋明輝還觸了她的逆鱗。蘇小棠直接把他帶來的那袋東西砸到他身上，「拿著你的東西給我滾！再敢打肉球的主意，我打斷你的腿！」

「妳，好，好……」宋明輝氣結，本要說些什麼，卻無意中掃到肉球狼一樣森寒可怕的眼睛，於是默默的閉上嘴夾著尾巴跑了，臨走之前聽到身後傳來前一秒還潑辣蠻橫的蘇小棠溫柔似水的聲音——「肉球我們去漱口，咬了髒東西小心生病……」

宋明輝走後，蘇小棠一句話也沒說，默默地收拾好地板上的玻璃碎片，順帶把好些天沒整理的屋子也都打掃了一下。

察覺方景深的目光似有似無地落在自己身上，她牽強地朝他笑了笑，「你放心，我不會讓他把你帶走的。」

相比上次在那麼多同學面前被揭穿的丟臉，今天的事情無疑是雪上加霜，儘管她努力想要當成什麼都沒發生，可是心裡的酸楚和難堪卻無論如何也抑制不住。誰不想將自己最好的一面展示在喜歡的人面前？可她卻一次又一次地讓他看到自己最狼狽不堪的樣子。

「果然，胖子都是沒有未來的……」蘇小棠垂頭喪氣地喃喃自語，垂著腦袋可憐兮兮的樣子看起來比變成狗的方景深看起來還要像狗，一隻被欺負的小狗。

方景深踱到床邊，似乎是想要跳上去拿ＩＰＡＤ，結果，大概是身體太重跳得不夠高，一個沒踩穩，咕嚕嚕地半路摔了下來滾作一團……那模樣實在太滑稽，前一秒還在抑鬱的蘇小棠見了忍不住噗嗤一聲笑了出來，然後趕緊小心翼翼地捂住嘴巴。以前肉球因為太胖，經常會出現這種搞笑的情況，每次她都要捂著肚子笑好久，現在這可是男神啊，不可以笑，絕對不可以笑，可是，實在太好笑了，忍不住了……

「噗哈哈哈哈哈……」

方景深原地滾了兩圈，掙扎了好久才重新翻身坐穩，神色肅穆地盯著她。

蘇小棠終於不敢笑了，恭恭敬敬地幫他把ＩＰＡＤ拿了下來放到他跟前。

見他認認真真在那用爪子敲擊著，蘇小棠有些好奇地往跟前湊了湊，看他到底想說什麼，然後便看到了一行加粗紅色標題——《一百天減肥計劃書》。

「呃，這是？」

【從明天早上開始陪我減肥，妳的狗太胖了。】說這句話的時候方景深的眼神頗為無奈。

畢竟現在用的是這隻狗的身體，如果一直這麼胖他會很困擾，有時候身上癢想自己撓一下都做不到，又不好意思因為這種事叫蘇小棠幫忙，簡直是太痛苦了。

蘇小棠聽了這話忍不住嫉妒地瞅了眼肉球圓滾滾的身體，心想要是跟男神交換靈魂的是自己就好了，有男神親自幫她減肥，真是想想就幸福。

那些電影小說裡，跟男主角交換身體的不都是女主角嗎？老天爺你為啥不按照劇情來呢？

直到方景深的眼神幽幽地飄了過來，蘇小棠才趕緊打破那些旖旎之思，正襟危坐道：「嗯嗯知道了，我會陪你的！」

【妳也順便一起。】

「呃……」

【怎麼？】

「好的……」都說認真做事時的男人最有魅力，如果這時正在專心致志寫計劃書的是方景深本體形態而不是一隻肥狗的話，蘇小棠大概已經陣亡了。

【生理期。】

正在那胡思亂想，耳邊響起系統一板一眼的聲音。

「啊？」蘇小棠愣了一下沒反應過來，以為自己聽錯了。

【經期是幾號？】方景深又重複了一遍。

蘇小棠也聽說過配合生理期減肥可以事半功倍，又想起方景深的職業是醫生來著，問這個問題倒也挺正常的，不過還是略有些臉紅地撓了撓頭，「那個，我想想，上個月好像是……」

接著方景深又問了她好幾個問題，類似每日生活作息和飲食習慣，最後乾脆列了個表格讓她一個個填寫。

蘇小棠像個做隨堂測試的小學生一樣絲毫不敢馬虎，認認真真地趴下來填寫，並且乖乖搬出積了厚厚一層灰的體重計量體重，看著體重計上的數字，簡直沒臉見人。

量完體重後心情沉重地將數字填上去，然後繼續做題。填到最後一個問題的時候，蘇小棠下意識地看了方景深一眼，見方景深看過來，急忙又心虛地埋下了頭。

最後一個問題：減肥動力。

蘇小棠瞅了那四個字好久，終究還是沒敢填「為了男神」，洋洋灑灑地填了一些類似「買衣服的時候可以自豪而響亮地報出尺碼」、「椅子塌了別人首先懷疑是椅子的品質問題而不是自己的體重問題」、「瘦成一道閃電劈死曾經嘲笑自己的人」……筆桿頓了頓，最後加了一句「擁有喜歡一個人的權利」。

她填完以後忐忑不安地等著方景深閱卷。

【身高172公分，體重最高紀錄100公斤，最低紀錄84公斤，目前96公斤，根據BMI計算，屬於重度肥胖。我並不提倡女生減肥，可是妳的身材已經威脅到了妳的健康。目前妳至少需要減重25公斤，才能夠達到正常標準。】

蘇小棠在一旁聽得直嘆氣，其實她本來差點就破了最高體重紀錄，也幸虧因為方景深的事情勞碌奔波，加上焦慮不安才一下子就瘦了好多。

【我根據妳的具體情況分適應期、明顯減重期、停滯期、穩定減重期四個階段，並制定了不同的減肥方案，因為體重基數大，配合科學的方法，三個月內完成25公斤的減重計劃並不困難。】方景深試圖給她信心。

男神說出來的話蘇小棠自然是深信不疑的，即使她減肥從來沒有成功過，即使在跟他考上同一所大學後，在激動亢奮之下連續兩個月不沾油腥只吃水果和水煮蔬菜，也只減到了84公斤。

雖說方景深只是給肉球減肥順帶幫自己一把的，蘇小棠還是非常感激。

他沒有直接好心地說蘇小棠妳該減肥了，卻選擇了這樣的方式幫助自己，讓她完全沒有感覺到體重帶來的自卑。

方景深這個人雖然看起來很高冷又難以親近，甚至連他親弟弟都受不了他，但他會顯得苛刻而執著，只是因為他的處事原則。雖然他對人也奉行著「君子之交淡如水」這一套，但實際上他是個特別細心和溫柔的人，照顧起人來潤物細無聲。

減肥沒有捷徑。減肥也很簡單，少吃多運動。可是這簡簡單單的五個字真正做起來卻難如登天。

第二天一大早，方景深叫她起床的時候她簡直生不如死。

方景深先是叫了幾聲，蘇小棠迷迷糊糊地從被窩裡伸出一隻手來胡亂地揉了揉他毛茸茸的大腦袋，「肉球乖，別鬧啊，自己去玩……」

然後就徹底把自己埋進被子裡繼續睡了。

方景深的臉黑了黑，跳了上去，用嘴叼住被子一角往下拉。剛拉下一點蘇小棠就出於本能把被子給拉了回來。一人一狗展開了拉鋸戰……

方景深無語地看了她一會兒，滾圓的身體猛地跳到了蘇小棠蓋著被子的身上，爪子踩在她腹部的位置跳起來壓了好幾下。

蘇小棠被重物壓得稍稍清醒了一些，心想她明明每次睡覺都是鎖著房門的，就是怕肉球來吵她，今天肉球怎麼進來的？……然後猛然想起肉球已經不是那個肉球，想起昨天答應過男神什麼，於是趕緊爬了起來，「唔，對不起……我睡糊塗了……」

方景深見她醒了，便跳下床走出去等她換好衣服，結果等了好久都不見她出來，進去一看，她居然穿衣服穿到一半又睡著了，歪歪斜斜地抱著被子躺在床上，外套只穿進去了一隻袖子。

方景深無奈地又跳了上去，看著她紅撲撲熟睡的臉，有那麼一秒鐘差點下意識地就控制不住自己舔了上去。

動物的本能真可怕……方景深穩了穩心神，用頭頂的毛蹭著她的鼻子，最後終於把她給弄醒了。

好不容易起床的蘇小棠摸著殘餘溫暖的被窩簡直快要哭出來了。

她已經過了好久沒有早上的生活了，晚上基本都是十二點以後才睡，熬夜是家常便飯，每天早上都是睡到自然醒，一天的生活要從中午才開始，尤其冬天的時候，經常乾脆抱著筆電在床上躺一天……

雖然起床的過程很痛苦，但是真的起來以後就好多了，尤其一想到是男神親自叫自己起床，簡直就跟打了雞血一樣。

蘇小棠迅速給自己和方景深都洗漱好，按照計劃書上寫的喝了一杯溫水，又根據方景深的建議把厚重的羽絨服換成了輕便點的外套，這才出了門。

蘇小棠的住處附近就有個公園，昨晚下了雪，一眼看過去白茫茫的一片。雖然天才濛濛亮，但是公園裡已經有不少人了，有晨跑的年輕人，有運動的老人，甚至還有才幾歲大的小寶寶，搖搖晃晃地跟著父母一起小跑著，看得蘇小棠滿面羞愧。

之前她一直以職業為藉口，解釋自己的生活不規律，其實零食店完全不影響她正常作息，她只是自制力太差。

自從選擇了對生活妥協，一直得過且過的蘇小棠已經好久沒有這樣熱血沸騰的感覺了。不過她也知道，這樣的激動只是一時的，長期堅持才能夠有成果。

蘇小棠按照昨晚方景深給她找的一段教學影片做了一套準備運動，等方景深「汪」了一聲，便邁開步子開始跑了。

十分鐘之後，蘇小棠氣喘吁吁，十五分鐘之後，蘇小棠的熱情就彷彿被潑了一盆冷水，二十分鐘以後，就算有男神作為精神支柱，蘇小棠也完全邁不動腳步了……

方景深有想過她的身體比較弱，卻沒想到才二十分鐘的慢跑就累成這樣。

後面基本是方景深「汪」一聲，蘇小棠才動一步，只要她不動了，方景深就跑回去扯她的褲腿，用爪子推一推她催促。

「我……我實在是跑不動了……」蘇小棠渾身是汗、氣喘吁吁地彎下腰，每呼吸一下胸口就針扎一樣疼。

沒帶ＩＰＡＤ出來，方景深沒辦法說話，只能找了塊稍微乾淨點的地面，在積雪上用爪子劃著。

蘇小棠慢吞吞地挪步過去，看到牠劃了兩個字——呼吸。

「是讓我注意呼吸嗎？」

方景深點點頭。蘇小棠想起昨晚方景深提前教她的慢跑方法，努力調整了下呼吸節奏，咬咬牙，又繼續跑了起來。

正跑著，一隊整齊劃一清一色都是高大帥氣的阿兵哥的隊伍用渾厚的聲音喊著「一二三四」，雄赳赳氣昂昂地從不遠處跑了過來，那氣勢惹得好多人駐足觀看。

而彼時蘇小棠正一灘爛泥一樣慢吞吞地蠕動著，最後越走越慢，完全是方景深連拖帶拽才能挪一兩步。

隊伍經過的時候，不知是誰噗嗤一聲笑了出來，領隊的立即橫了一眼過去，「笑什麼！嚴肅一點！」

「隊長，你看那邊，噗，實在是太搞笑了。」

於是整隊的人都一邊跑一邊朝著旁邊的蘇小棠和肉球看過去，然後哄然大笑，連隊長都忍不住樂了，「見多了人遛狗，還第一次見到狗遛人……」說完又是一陣洪亮的大笑。這邊的動靜便惹得公園附近好多人都朝這一人一狗看了過去。蘇小棠臊得面紅耳赤，血湧到了臉上，過於激動之下，居然在眾目睽睽下暈倒了。

好身手的隊長第一時間反應過來，迅速從隊伍裡竄了出來，在女孩暈倒之前扶住了她，那竄出來的動作倒是挺帥氣的，只是，因為低估了蘇小棠的重量，手臂一沉，噗通一聲跟她一起摔到了地上。

新兵們看著他們隊長全都樂瘋了。

隊長黑著臉爬起來，顧不得那些幸災樂禍的兔崽子，立即動作熟練地給蘇小棠做急救。

掐了會兒人中，蘇小棠悠悠轉醒。

方景深沒想到會突發意外，見她睜開眼睛總算是鬆了口氣。習慣了所有事情都在計劃和掌握之中，剛才眼睜睜看著她暈倒而自己完全無能為力的感覺實在是太糟糕了……

莊毅是消防隊的大隊長，外表高大俊朗，將近一米九的身高，一身漂亮勻稱的肌肉，隨便往那一站就是一尊威武堅毅的鐵塔，讓人特有安全感，很受女孩子歡迎。

圍觀的新兵們紛紛交頭接耳。

「嘖嘖，這個月都第七個了！」

「為啥都是衝著隊長去的，小爺長得也不差好嗎？」

「見多了老子都麻木了，不過這次的還真是不同凡響……重量級人物啊……」

「口味這麼重，頭兒他吃得消嗎？」

方景深在旁聽著心裡微微有些不快，而看到莊毅將她扶起來半攬在懷裡之後，這種不快就更明顯了。

「肉球！肉球？」蘇小棠睜開眼睛第一件事就是驟然坐起，驚慌失措地到處望，不管是扶著她的帥哥還是面前那群惹眼的阿兵哥，她半點都沒注意到。

方景深心頭的不悅莫名退去，酷酷地「汪」了一聲以示存在。

看到他好好的在那，蘇小棠才鬆了口氣，情不自禁地伸手摸了摸他毛茸茸的腦袋。

方景深抖了抖耳朵，沒有拒絕。

自從方景深變成狗之後，蘇小棠雖然面上沒有表現出來，但私下簡直操碎了心，不是擔心他走丟就是擔心他被壞人拐走。

見她面色慘白，方景深低低嗚咽了一聲：「嗷嗚？」

「沒事，就是稍微有點暈……」蘇小棠看懂了他眼裡的擔憂，遞給他一個安心的微笑。

直到準備起身，蘇小棠才終於發現莊毅的存在，連忙站起來尷尬地向他道謝。

第一次被忽視得這麼徹底，而且還是因為一條狗，莊毅內心微妙，面無表情地點了下頭，「不客氣。」

說完若有所思地看了眼某隻肥狗，一隻狗而已，怎麼會有如此人性化的眼神，好像真的能聽懂人話似的，尤其是那眸子裡清冷的光，居然給他一種莫名的壓力，真是怪事。

蘇小棠埋著頭，繼續慢走了一圈。這回新兵們剛被莊毅訓過一頓，不敢再嬉皮笑臉了，一個個認真地從她身邊跑過，她跑一圈的時間，人家從她身邊經過了三四次。

回去的時候賣早餐的小攤子都已經擺出來了，香噴噴的油條燒餅煎餅、熱騰騰的砂鍋米線、誘人的肉包子煎餃茶葉蛋……氣味化成一隻隻小手勾得她神魂顛倒。蘇小棠一路走一路默默咽口水，腳步不由自主地在一個手抓餅的攤子前停了下來。

「小姑娘，要加什麼？」大媽熱情地招呼。

「三個蛋四塊里脊兩片火腿一根烤腸小菜都要半甜半辣，來兩個，不三個！」運動後餓得肚子咕咕叫的蘇小棠兩眼發直脫口而出。

方景深：「……」

「等等等等！不……不要了嗚嗚嗚……」大媽正準備動手做，突然被恢復了理智的蘇小棠大聲打斷，接著大媽就看到她一路淚奔著掩面跑走了。

那表情太悲壯，簡直就跟告別犧牲的戰友一樣，看得方景深都被感染得差點心軟。

回去以後，蘇小棠用昨晚泡好的黃豆榨了一杯豆漿，煎了個荷包蛋，加上一小塊全麥麵包就是今天的早餐。中午一小碗飯，兩個素炒，下午一杯苦瓜汁，晚上一碗稀飯一個水果。

減肥其一管住嘴，其二邁開腿。在方景深的建議之下，蘇小棠請了兩個兼職，一個網路客服一個發貨員。每天自己對著電腦的時間控制在四個小時以內，若非必要儘量不久坐，利用空檔做些類似跳繩、跳操、呼啦圈等可以在室內進行的運動，或者上下跑一會兒樓梯，晚上繼續慢跑一次，慢慢適應這個節奏以後就可以做些爆發性的運動。

剛開始的一周適應期是最痛苦的，因為方景深同樣也在用肉球的身體減肥，感同身受之下制定的計劃更加人性化，儘量讓蘇小棠減肥的痛苦降到最低。

其實讓蘇小棠最痛苦的不是運動，而是回到家裡後看到這一屋子的零食。

面對滿屋子零食的誘惑猶能坐懷不亂，蘇小棠真想大聲對男神說一句我對你肯定是真愛。

半個月堅持下來，蘇小棠已經開始慢慢適應新的作息，但是飲食習慣還是非常難以適應，畢竟自從大學畢業以後她就從沒控制過飲食。實在熬不下去的時候就翻出自己的祕密百寶箱，多看兩眼男神的照片補充補充精神食糧。

【我吃吃的等：老闆，我發現妳這幾天都起得好早哇！一開始還以為是一夜沒睡，結果連續幾天了都這樣……】零食店某忠實買家驚訝地看著早上七點多就在線的蘇小棠的頭像。

【酥小糖：最近在減肥啦，要早睡早起少吃多運動！】

【我吃吃的等：哇老闆妳受什麼刺激了，妳不是說傻子才減肥嗎？】

【酥小糖：呃，你就當我是傻子好了，誰沒有傻的時候……】

【我吃吃的等：嘿嘿，老闆妳是不是有心上人了？】

【酥小糖：……】

【我吃吃的等：被我說中了吼吼，不過減肥真的真的很難，我也減過，完全堅持不下去，一不留神就吃飽吃撐了，坐著就不想動，除非有人二十四小時盯著我還差不多。】

蘇小棠心情複雜地瞅了眼正窩在她新買的粉色草莓圖案沙發上，用IPAD看新聞的方景深。哎，也不知道他還能陪自己多久，她自私地希望他能一直陪著自己，即使以這樣的方式，可更害怕他會一直這個樣子……

方景深狗爪一劃，看完最後一條新聞，算著時間差不多了便「汪」了一聲。

【酥小糖：不跟你說了，我得離開電腦運動會兒。】

【我吃吃的等：去吧，祝妳好運喲，要是減肥都成功了，男神還會遠嗎？】

哎，男神離她很近，又很遠……

第四章 暗戀這小事

這天晚上，蘇小棠剛睡下不久就聽到外面傳來敲門聲，也不知道是誰，這麼晚了還上門。

因為白天運動量大的緣故，蘇小棠的睡眠品質也好了很多，一到晚上十點就準時想睡。這時她剛舒舒服服地躺進軟綿綿的被窩，哪裡願意起來，可是一想到萬一又是宋明輝，方景深又不小心開了門怎麼辦，於是趕緊披了件大衣，一骨碌爬起來。

不過男神顯然沒有她想得這麼遲鈍，老神在在地躺窩裡沒動，見她出來便示意她先看貓眼。

蘇小棠從貓眼往外看去，心想要是某個不長記性的，絕對直接一桶冷水潑過去。

「啊咧？然然！」蘇小棠驚訝得看著外面的好友，趕緊開門。

門一打開，李然然就撲進她的懷裡哭了起來，「小棠嗚嗚嗚嗚……」

「怎麼了？快進來！有什麼事慢慢說。」蘇小棠手忙腳亂地關上門，扶著哭得上氣不接下氣的李然然在沙發上坐下。

李然然哭了好半天才終於說出了完整的話：「薛凱那個殺千刀的，背著我腳踏兩隻船，上個月根本就不是去出差，是跑去S市找他前女友！當初追我的時候怎麼說的？天天跟我訴苦被他前女友傷害得多慘，結果呢，人家小手一勾就賤得搖著尾巴湊上去了，虧老娘對他挖心掏肺，男人沒一個好東西！」

蘇小棠尷尬地瞥了方景深一眼，「咳，也不能一竿子打翻一船人……」

「難道我說錯了嗎？妳家宋明輝不也一樣渣！小棠我真是看透了，我跟那混蛋在一起六年，整整六年妳知道嗎？結果還比不上他才交往半年的初戀女友。還不如跟妳一樣呢，專心事業，養條狗，一個人過多自在……」李然然滿臉頹然，看樣子這次是真的被傷到了。

蘇小棠嘆了口氣，「單身也有單身的苦惱啊，雖然自在，但誰還能沒個頭疼腦熱的，生病的時候妳就知道有人陪的好處了。逢年過節的看著別人成雙成對，難免也會覺得難受……」

「小棠啊，為什麼受苦的總是我們女人啊……」

話題到了這個地步，方景深很自覺地轉身進了臥室。

蘇小棠鬆了口氣，「妳也別這麼悲觀啊，事情到底弄清楚沒有？會不會有什麼誤會？」

李然然激動道：「能有什麼誤會，那個女人都直接打電話來跟我炫耀了！」

「那薛凱那邊怎麼說？」蘇小棠問。

「他？他睜眼說瞎話，說什麼那個女人病得很嚴重，一個人在外地人生地不熟打電話給他，她生病不會找自己男人不會找她媽嗎？找我男人做什麼！薛凱要是心裡沒鬼，幹嘛這麼緊張，巴巴跑過去！當老娘是傻子嗎？哪個女人能夠容忍自己的男人去照顧前女友！那混蛋居然還說我沒同情心說我無理取鬧！」李然然越說越氣。

蘇小棠也不知道該怎麼勸她，「好了好了，不氣了不氣了……」

陪著李然然聊了大半個小時，蘇小棠撐不住開始想睡，李然然有些奇怪地掃了她一眼，「剛剛妳已經睡了？」

「剛睡不久就聽到妳敲門了。」

「才十點呢，妳怎麼這麼早睡？」以李然然的經驗，蘇小棠不到十二點以後是不可能睡的。

「我現在都是晚上十點睡，早上六點起，要晨跑。」

李然然撇撇嘴：「又是一時興起？真是很長時間沒看妳這麼拚了，除了方景深之外，還有什麼能刺激到妳？」

「唔……」除了方景深，還是方景深啊……

負氣跑出來的李然然暫時就在蘇小棠這裡住下了。

第二天早上，李然然正睡得迷迷糊糊的，見蘇小棠真的天沒亮就爬起來，臉上的表情跟活見鬼一樣，「小棠，妳玩真的？話說這幾天不見，妳好像真的瘦了，而且氣色好了很多！」

蘇小棠拉上運動服外套的拉鍊，「要跟我一起嗎？」

李然然頭搖得像撥浪鼓，毫不猶豫地縮進被子裡繼續睡了。

「那妳多睡會兒吧，別胡思亂想了，我回來給妳帶早餐！」

目前蘇小棠已經能夠堅持每日晨跑半個小時，並且還在逐漸增加時間。

這些日子下來，一人一狗跟公園裡經常來運動的年輕男女大叔大媽們打成了一片，剛到公園門口就有好些人跟她打招呼——

「妹子又來了啊！堅持挺久的啊！」

「喲！妹子今天又瘦了啊！肉球也是！加油哦！」

「妳家狗實在是太乖了啊，天天陪妳跑步，沒繩子牽著也從來不亂跑，我家哈尼多有人氣一隻小母狗啊，巴巴黏上去牠愣是理都不理，酷斃了簡直……」

「哈哈小棠，不知道是誰把妳跟肉球一起跑步的圖發到微博上，現在轉發量都快過萬了！妳有沒有發現最近來晨練的人明顯多了，都是來看你們的啊……」

「呃……」蘇小棠無奈地一邊跑一邊一一應著。

今天照例出來晨練的消防隊裡多了一名新成員，一隻威風凜凜的德國牧羊犬，也就是俗稱的狼犬。油亮光滑的皮毛，凌厲的眼神，高高豎起的雙耳，健壯的體型別提多威武。

兩批人交錯的時候，那隻德國牧羊犬示威似地齜著牙朝方景深嘶吼了一聲，方景深輕飄飄地斜了牠一眼，然後前一秒還盛氣凌人的大狼狗從喉嚨中發出一聲低啞的嗚咽，驚慌地夾著尾巴，迅速躲到隊伍的另一邊去了。

蘇小棠：「不要欺負人（狗）啊……」

方景深：「……」他有嗎？

莊毅再一次認真打量了肉球一眼，如果他之前是錯覺的話，那剛剛軍犬的反應不會有假，動物的直覺向來是最敏銳的。這傢伙該不會是隻狼吧？有時候哈士奇跟狼還挺難區分的，可能是牠長得太胖了以至於讓人誤會成狗？不過狼怎麼可能對人類這麼乖順，也不對，牠似乎只對牠的主人乖順……這隻肥狗倒是有點意思。

見莊毅頻頻朝這邊看過來，蘇小棠友好地點了點頭，然後就繼續跑了。

李然然一直睡到中午吃飯的時候才起來，看到飯桌上三盤完全沒有油腥的素菜，臉都綠了。

「這……這都是什麼？」李然然瞋目結舌。

蘇小棠邊盛飯邊回答：「香菇炒芹菜，素炒花椰菜，青菜蛋花湯，有問題嗎？」

李然然揉了揉亂糟糟的頭髮：「我靠，當然有問題！不要告訴我中午就吃這個？」

「平時我就炒兩個菜的，因為妳來了才多加了一個呢！」

「……」李然然呆呆地盯著她，良久後上下摸了摸她，又捏了捏她肉嘟嘟的臉，「妳還是我認識的無肉不歡的蘇小棠嗎？妳該不會是被什麼髒東西附身了吧！」

蘇小棠滿頭黑線，「並沒有！」

李然然無精打采地坐了下來，「還指望妳給我做點好吃的治癒我受傷的心靈，結果妳卻給了我會心一擊……」說完就捂住自己的胸口，傷心欲絕地望著她，「就算妳不吃，肉球也要吃啊！啊咧，肉球怎麼好像比妳瘦得還厲害……」

「肉球也在減肥……」

「球啊，我可憐的球啊，你主人真是太狠心了啊，自己減肥不算，還要拉你一起受苦……」李然然一把將好好地看著電影的方景深摟進了懷裡，又是揉又是抱，沒一會兒方景深的狗毛就亂作一團。蘇小棠尷尬地站在那裡阻止不是，不阻止也不是。

「然然，趕緊過來吃飯吧，晚上我再給妳做好吃的好不好？妳想吃什麼？」

李然然終於被轉移了注意力，收回魔爪，開始飛快地報菜名。

這邊慘遭蹂躪的方景深踺踺踺地銜著梳毛刷走了過來，蘇小棠趕緊拿了刷子給這位變成了狗也是一隻有潔癖的狗順毛。

李然然沒有注意到剛才肉球銜刷子的動作，只覺得肉球的反應有些奇怪，「我怎麼覺得肉球不太對勁啊……」

「啊？哪有！牠好好的啊。」蘇小棠立即心虛地反駁。

「見到我好冷淡啊，一點都不熱情了，居然連肉球都對我變心了嗎？我真是命苦……」李然然傷心地咕噥。

「大概是最近減肥，所以心情不太好而已。」

「妳自己減肥也就算了，幹嘛帶著肉球一起，我家肉球肉肉的多可愛啊！」李然然抱怨。

「因為牠太胖了啊，這樣對身體不好。」蘇小棠正色道。

李然然斜睨她一眼，「以前怎麼不見妳有這樣的覺悟，妳不是說人生苦短及時行樂嗎？總覺得不單純……」

蘇小棠抹了把冷汗，「不是妳整天鼓勵我減肥的嗎，我現在改過自新了妳又說我！」

「好好好，我不說了，妳加油，我等著妳瘦成一道閃電。」李然然雖然這麼說著，可是語氣裡完全是不以為然。心想以蘇小棠的性子，肯定堅持不了幾天。

李然然本來對著幾個素菜完全沒有胃口，不過吃了幾口發現蘇小棠的廚藝真是不錯，簡簡單單的素菜也做得相當爽口，於是吃了一大碗飯，看對面的蘇小棠只吃了一小碗，不由得嘖嘖稱奇，不可否認的是，這次減肥確實是她最狠的一次。

吃完飯，李然然嚷嚷著要洗個澡，讓她隨便借身換洗衣服給自己。

蘇小棠正準備去給她找，沒走幾步，餘光掃過去，大驚失色地看到她在客廳裡就直接開始脫起衣服，蘇小棠發現的時候，她貼身穿的性感黑色保暖內衣已經掀起了一半。

方景深也是不小心轉頭才發現她在脫衣服，一看之下沒反應過來於是也呆住了。

還好這時候蘇小棠飛撲過去按住李然然脫衣服的手。

「幹嘛？」李然然不解地看著突然撲過來的好友。

「妳……妳幹嘛在客廳裡就脫衣服啊！」蘇小棠激動道。

李然然滿臉不解：「就只有我們兩個在有什麼關係，客廳有空調又不冷，小棠妳好奇怪！」

「反正妳去浴室再脫啦！」蘇小棠連推帶拽，總算是把李然然給塞了進去。回身無比尷尬地看著同樣尷尬的男神，「咳咳，對不起……然然要在我這住幾天，可能有些不方便……」

方景深有些慶幸自己現在是一隻狗了，就算臉上尷尬也看不出來，只點點頭便踱步去了陽臺，他還是走遠點比較安全。

蘇小棠嘆了口氣，給李然然找好衣服送進去，不忘鄭重地叮囑，「洗完穿好衣服再出來！」

洗完澡後李然然舒舒服服地躺進了蘇小棠剛買的被爐裡，有一搭沒一搭地跟她閒聊著。

「對了小棠，妳聽說沒有，方景深的太奶奶從Y市趕過來了。」

一聽到方景深的名字，蘇小棠立即從電腦前轉過頭來，「是嗎？太奶奶……那應該年紀挺大了，這麼大老遠坐飛機趕過來該不會出什麼事吧？方家的人怎麼不瞞著點呢。」

「誰說沒瞞著，方家瞞得死死的，到現在方景深的媽媽還不知道呢，太奶奶那裡自然也瞞得滴水不漏，就怕老人家急出病來！」

「那是怎麼回事？」蘇小棠急忙追問，窩在陽臺曬太陽的方景深聽到屋裡的對話也不由得直起了身子。

李然然神祕兮兮地答道：「老人家是自己坐飛機過來的，一來就篤定地說她寶貝曾孫子肯定出事了，還說是方家老祖宗托夢告訴她的絕對不會有錯。方家人一開始自然不承認，可是又遲遲叫不出活蹦亂跳的方景深來，最後可就瞞不下去，被揭穿了……」

「老祖宗托夢這麼玄……」蘇小棠聽得心裡七上八下，「妳怎麼知道這事的？」

她一直跟方景燦保持聯繫，可是從沒聽他提起過這件事啊，還說一有消息就通知她，這人也太不可靠了吧。

「上次碰到舒甜，她告訴我的。」提到舒甜，李然然露出不屑的表情，然後激動地繼續說道，「妳知道嗎！方家太奶奶居然說要找女人給方景深沖喜！」

「啥？」蘇小棠驚了，「沖喜？該不會是我想的那個沖喜吧？這都什麼年代了啊……」陽臺上的方景深如果現在是個人的話，整張臉大概黑如鍋底了。太奶奶，您能別添亂了嗎？

「方家其他人該不會讓太奶奶這麼胡來的吧？」

「方家其他人反對有什麼用，聽舒甜說方景深這個太奶奶特別神祕，出生在Y市一個古老的小山寨裡，在方家輩分最高，挺能說得上話，一句老祖宗托夢，你們連老祖宗的話都不信嗎，要是深深出了事我跟你們沒完，這麼一鬧方家人也沒辦法啊……」

蘇小棠滿面愁雲，「這也太荒謬了，總不能不顧當事人意願就隨便找個女人跟他結婚吧？」

李然然給她一個安心的眼神，「放心，沒那麼容易啦！老太太還說了，這個女人也不能是隨隨便便的女人，要命格夠硬，跟方景深八字契合什麼的……」

蘇小棠越聽越玄，若是從前，她肯定對這種事不屑一顧，不過經歷過方景深變成狗這件事之後，就由不得她不信了。

看來這件事要找方景燦出來好好問清楚才行。

李然然在這住的第二天薛凱就找上門來了，大概想來想去還是覺得前女友不可靠，又想起這個女朋友的好來了，死乞白賴地認錯求不分手。

可李然然那個性子，正在氣頭上呢，砍了他的心都有，怎麼可能原諒他。蘇小棠自然護著好友，壯碩的身軀往門口一堵，他連自家女朋友的衣角都瞅不到。

薛凱個子不高，為了看到女友只能上竄下跳著嚷道：「然然……然然妳聽我說啊，我真的從來沒想過要跟妳分手，我一直都想跟妳好好過，妳說我們好好的，年底都快結婚了，就為了這麼一點小事值得嗎？妳就不怕傷父母們的心嗎！」

「咻」的一聲從身後傳來，蘇小棠反應頗快地彎腰低頭，於是李然然的拖鞋正中薛凱的臉，「這麼一點小事？就你這態度還說是來認錯的？你認錯了嗎？你壓根就不知道哪錯了也不認為自己做錯了！您從哪來回哪去，守著您那心頭白月光過日子去吧，老娘就是坨黑土配不上您！」

薛凱捧著那隻拖鞋，看著蘇小棠頹喪地問道：「我只不過是去照顧了朋友幾天，這件事真的就那麼天理不容難以原諒嗎？」

「朋友？」蘇小棠挑眉，「不要偷換概念哦，你這個朋友可是你前女友，孤男寡女在一起整整一個星期，你讓人怎麼想？」

「我發誓我跟她是清清白白的！」薛凱賭咒發誓。

「好吧，就算這件事上我們相信你，但你真的覺得欺騙然然去照顧前女友這件事只是件不足掛齒的小事，然然跟你鬧是無理取鬧？那你有沒有想過，如果有一天然然瞞著你去照顧別的男人，然後這個男人還在深夜兩點這種時間打電話過來說然然就在他身邊，你會是什麼感受？你會無條件相信她純粹只是關心朋友這種理由？不要用真愛我就要無條件相信我這種鬼話來當藉口，等你自己能做到再來說吧！」

薛凱面色難看地沉默下來。蘇小棠拍了拍薛凱的肩膀，「珍愛生命，遠離前女友！」

大門「啪」一聲關上了。

門一關，剛才還像鬥雞一樣的李然然就軟軟地黏到蘇小棠身邊，「小棠謝謝妳……」

「跟我還說這個！」

「為了表示感謝，我決定給妳介紹一個超級大帥哥！」

蘇小棠一副避之不及的表情擺手道：「得了吧，我現在可不敢再要什麼帥哥。」

宋明輝能夠勾搭上林雪，那張臉也是功不可沒，帥有什麼用？

李然然沉吟，「也是，帥哥不是風流花心就是紅顏薄命，哎……」

前者說的是宋明輝，這後者顯然是意指方景深。還好那次之後方景深就自覺退避三舍，白天的時候都待在陽臺。而蘇小棠不知道的是，儘管方景深出於非禮勿視非禮勿聽特意離遠了些，但因為變成狗以後聽力實在好太多，他想不聽到都不行，於是，其實她們倆說的每一個字，他都被迫清清楚楚地聽到了。

晚飯過後，蘇小棠邊收拾碗筷邊說：「對了然然，待會兒我有事得出去一趟，妳自己在家裡沒關係吧？」

「沒事啦，還有肉球陪我呢！」

「肉球也跟我一起去。」

「為啥呀，我可以幫妳看著肉球，不會讓牠在家搗亂的。再說萬一薛凱又來了怎麼辦，有肉球在還可以幫我咬他！」

蘇小棠的臉黑了黑，「肉球不是這麼用的……」

「因為待會兒回來的時候要順路帶肉球做個身體檢查。」蘇小棠隨口編了個藉口就帶著方景深出門了。

昨晚從李然然那聽到消息之後她就立刻給方景燦打了個電話，然後兩人便約了個地方見面說。涉及到方景深，自然要把他給帶著。

見面的地方是方景燦訂的，一家口碑很好的烤肉店。蘇小棠大老遠停車的時候就聞到一股誘人的香味直往胃裡鑽，一路鑽到腦子裡，侵蝕著她的自制系統，簡直是酷刑。

蘇小棠到的時候方景燦已經點了幾盤肉興致勃勃地在那烤了，一見她就熱情的打著招呼，「小棠，這邊！」

俗話說伸手不打笑臉人，況且方景燦笑得跟朵花似的，蘇小棠本來憋著一肚子話，見了他也都說不出來了。

方景燦看了她一眼，又看了一眼，隨即漸漸變了臉色，猶疑不定地問：「小棠，這才幾天不見，妳怎麼看起來瘦了那麼多！」

「真的嗎？」蘇小棠聽了這話倒是很高興，瘦到了肉眼可見的程度還是比較可喜的，「因為最近在減肥啊！大概是因為剛開始效果會比較明顯一點，半個月好像減了十公斤。」

方景燦聽得就跟在割自己的肉一樣，痛心疾首道：「不是說好了不減肥的嗎？」

「呃……」她什麼時候跟他說好了。

接下來兩人圍繞著減肥好還是不減肥好展開了深入的討論，一番唇槍舌戰之後，還是蘇小棠贏了。

方景燦鬱悶不已地戳著一塊肉，「小棠……我怎麼突然發現妳說話語氣跟我哥好像？」

尤其是某些醫學術語，完全不像是蘇小棠能夠說出來的話。

蘇小棠心虛地喝了口麥茶：「是嗎呵呵……」

方景深蹲坐在一旁百無聊賴地打了個哈欠，一隻前爪往蘇小棠的腿上搭了一下。

蘇小棠知道該問正事了，急忙把話題轉過來，「我今天找你出來是想問你哥的事來著，我聽一個朋友說你曾祖母準備替方景深沖喜？」

「是啊。」方景燦頗無所謂地回答。

「這麼大的事情你怎麼也不告訴我一聲呢？」

方景燦有些不高興，悶聲道：「可是我只答應妳要彙報我哥的病情嘛，他的私事又跟妳沒關係……」

被方景燦這麼一堵，蘇小棠還真不好多問了。然後她便感覺到方景深的爪子又在自己腿上搭了一下，並且劃來劃去，蘇小棠很快反應過來，悄悄把手遞給了他。

於是方景深在她手心裡寫下了兩個字。

方景深一般用ＩＰＡＤ跟她交流，系統的聲音毫無起伏又機械化，說起來這風格其實跟方景深本人還挺像的。當然，除了說某些長句子的時候因為沒有斷句和語氣變化，聽起來非常詭異，於是，方景深說話越來越簡潔，大部分時候都是兩個字三個字往外冒，還好日子久了之後，不需要主詞受詞補語或前因後果，蘇小棠也能完全理解他的意思了。而在外面沒辦法公然用ＩＰＡＤ的情況下方景深就會用這種手（爪）語跟她交流。

寫到最後一筆的時候蘇小棠的臉色微紅，有些尷尬。那兩個字是——喜歡。

大概是讓她用這個做藉口繼續追問。可是，這樣不太好吧……

畢竟是男神的指示，蘇小棠最後還是遵從了。

蘇小棠輕咳一聲，硬著頭皮囁嚅道：「你也知道，我對你哥……所以難免會比較關心這些事的，當然，你要是不方便說就算了，很抱歉一直麻煩你……」

終究還是沒好意思直接說出來。

方景燦瞅了她一眼，覺得自己剛才話有些太傷人，還是心軟了，「其實妳所知道的基本就是全部了，妳還有什麼其他想要瞭解的，我要是知道都告訴妳。」

蘇小棠想了想，問道，「唔，那我可以問，那個命格契合是怎麼回事嗎？」

方景燦聳聳肩：「這個我真不知道，太奶奶神神祕祕的，誰也不說。」

「那要怎麼找到合適的人啊？」蘇小棠不解。

「太奶奶說這事不用我們操心，她會搞定。」方景燦回答。

「呃，這樣……」看來沒辦法了，又是只能等。不過這應該也算好事，既然不是急著隨便亂找個女人，至少還能拖一段時間。

吃到後面，方景燦的話越來越少，心情不怎麼好的樣子，要了瓶白酒一個人全喝了，一邊喝一邊醉醺醺的說著類似「我哥那個人真的很討厭」「我從小到大最討厭的就是他」「沒有他在實在是太好了」「他最好一輩子都不醒」……這種讓人聽著膽顫心驚的話。

蘇小棠趕緊一邊勸他不要喝了一邊密切關注著方景深的動靜，深怕悲劇重演，還好方景深目前還只是目光清冷地盯著方景燦，尚沒有要發飆的徵兆。

這兄弟兩個未免也太不對盤了吧，看來以後還是少讓他們碰面為妙。

最後蘇小棠強行把還要再開一瓶的方景燦給直接拖了出來，方景燦毫不客氣地把整個身體的重量都交給了她，也虧得蘇小棠夠結實才沒被壓垮。

蘇小棠扛著搖搖晃晃已經完全不清醒的方景燦頭疼不已，「怎麼辦？他這個樣子肯定沒辦法自己回家。我又不知道他住哪……」

總不能帶回家吧，家裡還有個李然然呢！

這時候，一旁的方景深「嗷嗚」了一聲。

蘇小棠看到他，立即一拍腦袋，「對哦，差點忘了你肯定知道地址的嘛！」

於是，蘇小棠在方景深的指路下順利將方景燦送回了方家，費了九牛二虎之力才把這個醉得人事不知的傢伙扶到臥室放到床上。

結果，這邊剛準備起身呢，卻被他手臂用力一帶，壓得直接跌倒在了他的身上。

方景燦一手摟著她的腰，腦袋埋在她的頸窩裡，可憐兮兮地抽了抽鼻子，含糊不清地嘟嘟囔囔著，「小棠，我想我哥了……」

啊咧？真是出人意料之外的發言呢。

「唔，這算不算是……酒後吐真言？」

畢竟是親兄弟，雖然方景燦天天吐嘈方景深，實際上還是挺擔心他的。

蘇小棠喃喃自語著，這時耳邊又傳來了方景燦的咕噥，「小棠，妳好重……」

「這麼重真是對不起啊！」蘇小棠沒好氣地爬起來，誰讓他自己把她往身上拉的。

「我想吐……」方景燦蹙著眉頭。

蘇小棠一聽又趕緊手忙腳亂地把他扶到了洗手間，吐完了這傢伙又嚷著要喝水，倒了水卻不喝要喝什麼糖水，蘇小棠折騰了好半天才把他安頓躺下。

方景深從頭到尾都默默地跟在後面，也不知道他聽到自家一直在努力黑自己的弟弟突然說出那麼有良心的話，心裡是何種感受。

因為知道方景深有潔癖，並且不僅是對自己，而是對他所見的任何範圍，更何況這是他家裡，人還是他弟弟，於是蘇小棠猶豫地問了一句，「怎麼辦？要幫他換衣服嗎？」

方景深心情複雜地沉默良久。

蘇小棠也不知道他在想什麼，等了一會兒見他還是不出聲，試探著繼續說道：「我去打盆水給他稍微擦洗一下？」

方景深總算是出聲了，他「汪」「汪」了兩聲。

一聲是肯定的回答，兩聲表示否定。

蘇小棠狐疑地撓撓頭，「不用嗎？」

「汪。」在眼睜睜看著方景燦髒兮兮地躺在床上睡一夜還是讓蘇小棠幫忙照顧一下之間，方景深選擇了前者。

「哦。」既然方景深都不在乎，蘇小棠自然也不堅持了，畢竟這件事她做起來也不太方便。

方景深站在床前看了自己不成器的弟弟一會兒，最終還是妥協地轉身跑去了洗手間，回來的時候嘴裡叼了塊毛巾。

蘇小棠心想，看來方景深也是刀子嘴豆腐心，雖然生氣的時候把方景燦咬成那樣，可心裡還是關心他的。

方景深跳上床去幫方景燦擦了下臉，方景燦哼哼唧唧說著讓人聽不清的話，一隻手在半空中劃拉了幾下，接著隨手就摟住方景深，往懷裡一勒，「哥……阿噓……哥你身上怎麼這麼多毛……唔……哥你怎麼長耳朵了……」

方景深：「……」

蘇小棠：「……」

把一隻狗認成自己哥哥，真不知道他是蠢還是聰明，因為這狗還真是他哥。

走到家門口，蘇小棠正低頭掏鑰匙呢，掏完一抬頭就看到薛凱不知道什麼時候又來了，大概是站久了冷，正揣著手在門口來來回回跺腳，一見她回來立即雙眼放光地迎了上去。

「小棠回來了！」

「你怎麼又來了？」蘇小棠說著就準備越過他開門進屋。

薛凱一急就拽住了她的胳膊，下一秒就被腳邊警告的低吼聲嚇得急忙鬆了手。

眼看某隻肉球目光森冷地盯了過來，大有他再敢動自家主人一下就立即撲上來的架勢，薛凱訕訕地站遠了些，「那什麼，小棠妳聽我說，我這次是真的知道錯了，求妳幫我說幾句好話吧！」

蘇小棠因為方景深剛才寵物護主般的維護有些感動，心情愉悅之下，耐心就稍好了些，本來準備直接進門了，又轉頭對他多說了幾句，「抱歉，這畢竟是你們之間的事情，作為好友我會收留她安慰她，但不會介入太深，既然你已經認清自己的錯誤了，那就自己跟她解釋吧！如果你有誠意，她自然能感覺得到。」

蘇小棠至今還記得有次她一個好友跟男朋友鬧分手，出於仗義，她便跟著好友一起罵她男友，結果呢，好友第二天轉頭就跟男朋友和好如初了，於是剛把那男人罵得體無完膚的的蘇小棠特別尷尬。即使是關係再好的朋友，有些事情還是需要避嫌的。

「眼看都快過年了，我要是這時候跟然然吹了，準被我爹打斷腿……」薛凱頭疼不已。

蘇小棠一點都不同情他，現在知道急了，早幹什麼去了，就為了逞一時英雄？方景深對這個男人也沒什麼好印象，一個大男人，卻連最基本的是非輕重都分不清。

薛凱正準備再求幾句，無意中對上那隻狗的眼神，不由得一怔。這眼神，他是被一隻狗給鄙視了嗎？

進了屋，蘇小棠換好拖鞋，又幫方景深擦了擦爪子，見李然然正窩在被爐裡一邊看電影一邊吃零食，只是那表情明顯心不在焉。

「然然，然然？」

蘇小棠叫了兩聲李然然才回過神來，「小棠妳回來啦！」

「薛凱在外面。」蘇小棠說了一句。

「嗯，我知道……」李然然悶悶地應了聲，然後從一旁拿了張紅色的卡片遞給她。

「什麼？」

「請柬，班長婚禮。」

「姜華要結婚了？真不容易！」蘇小棠感慨。

李然然托著下巴嘆氣，「可不是嗎，跟女朋友也快交往六年了吧？」

這個「也」字，自然是意指她跟薛凱也是六年。

蘇小棠聽出她話音裡的鬆動，「薛凱那邊……妳準備怎麼辦？」

李然然猶豫著開口道：「一開始我真挺生氣的，想著大不了分手，總之絕對不會原諒他，可是想到這整整六年耗費的精力，想到我年紀都這麼大了，又想到家裡的壓力，我就算跟他分手了再找一個也不一定就更好……小棠，我知道自己真的很沒出息，可是我衝動不起了……」

「我明白的。」蘇小棠安慰地抱了抱她，這種跟現實妥協的感覺，還有誰比她更明白呢。

李然然一臉擔憂地看著她，「小棠，那妳呢？過年都二十七了，真不能再耽誤下去了，女人的青春就那麼幾年……」

蘇小棠聳聳肩自嘲：「胖子根本就沒有青春好嗎，多少歲都一樣啦。」

李然然無語地白了她一眼，「妳要是一直保持大學時的食量和運動量，現在早就青春洋溢了。偏偏跟宋明輝那個人渣在一起，人家說女人選的男人特別重要，要是選的男人好，就會越來越優秀，反之越來越糟糕，真是一點都沒錯！妳這樣子，還不如繼續暗戀方景深呢……」

李然然說這話的時候方景深剛從洗手間自己擦完毛出來，正好聽到最後一句，不由自主地放慢了腳步。

蘇小棠正尷尬呢，就聽到李然然驚道，「小棠啊，妳不會因為暗戀方景深就想不開，一輩子不嫁為方景深守孝吧？」

方景深：「……」他還是走遠點耳不聽為淨吧。

蘇小棠抽了抽嘴角：「胡說什麼呢，方景深又沒死，守什麼孝！」

李然然驚疑不定地瞅著她，「不能怪我亂想啊，妳暗戀他這麼久，說起來他畢竟也是因為妳才出的車禍，誰知道妳會不會想不開，暗戀而已，妳可別做傻事……」

「妳不提我暗戀他的事會死嗎？」蘇小棠惱羞成怒地剝了顆巧克力堵她的嘴。

雖然李然然選擇了妥協，不過也不可能這麼容易就原諒薛凱，為了讓他長記性，多少也讓他吃了好幾天的苦才被哄了回去。

明天就是姜華的婚禮了，班長大人很體貼地提前跟飯店的人打過招呼，蘇小棠可以帶著狗一起去。可是，她站在衣櫥跟前又苦惱了。

穿什麼衣服好呢？畢竟是人家的婚禮，她不能穿得太隨便，加上她最近瘦了不少，很多衣服都不合身了，可是她又不想立即買新衣服，畢竟還有變瘦的空間，買了以後恐怕穿不了多久又要換尺碼。

【去商場買一套。】身後的方景深突然開口。

蘇小棠撓撓頭，「會不會太浪費了？」

【不會。】她需要的不僅是減肥，更重要的是樹立自信。

「哦……那好吧！」對於方景深的話，她向來是無條件的深信不疑。

【去吧，傳照片給我，我幫妳選。】方景深不放心地加了一句。

難道真的是被動物本能影響了嗎？方景深發現自己越來越習慣把注意力放在她身上，其中最明顯的就在於對她的處處不放心以及領地保護欲。

於是蘇小棠只好跑了一趟商場，因為不能帶狗進去，所以在試衣間偷偷拍了照片發給方景深幫忙自己做參考，最後從頭到尾買了一身新衣。挑好之後路過寵物專區看到一條藍底雪花圖案的圍巾，心念一動便順手就買了下來。

在商場逛了整整一下午，難免會路過各種各樣的小吃攤、茶餐廳、奶茶店……蘇小棠的腦子裡有個聲音一直在引誘她：「去吃吧去吃吧去吃吧……」，但緊接著屬於系統的冷硬聲音就響起對抗：「不許吃不許吃不許吃……」

最後還是後者獲得勝利，蘇小棠險險守住了自己的胃。

蘇小棠跟美食對抗的時候，方景深正在家裡看書，他也是無意中才發現臥室裡整整齊齊的書架上，一眼望去竟有十之八九是他經常會看的書。

這得在圖書館偷窺他多少次才能搜集那麼多那麼全啊……方景深說不出這是什麼感覺，討厭？並不會。他從來不會看不起任何用心去做一件事的人。作為被過度關注的當事人，看似有資格生氣，而實際上他沒道理去責備和埋怨什麼，畢竟人家選擇的是暗戀，又沒有打擾到自己，最後被發現，受傷最深的人也是她。

方景深本來要拿角落裡的一本醫學書籍，結果由於爪子行動不便，不知道把什麼東西連帶著撥了下來。

一個黑色的盒子摔在地上，裡面的東西散落一地。方景深正要把東西收拾好，卻在看到一張熟悉的照片時頓住了。

照片中的背景是學校大禮堂，而講臺前正在演講的人正是他自己。那時的他穿著一身正裝，陽光從一旁的窗戶灑落進來，刻意調整過的拍攝角度使得他整個人看起來猶如被鍍了一層溫暖的光圈，看起來有幾分夢幻和遙遠。

他並不想偷窺別人的隱私，可如果這隱私全都是他的隱私呢？最終方景深還是抵不住心中異樣的感覺，大致翻看了一下。小小的盒子裡面內容相當豐富，一本厚厚的手工剪報，裡面全都是有關他的報導，每篇都有她不同於身材的清秀字體用小字寫的批註，有些是讚嘆感慨的話，還有些是可愛的顏文字表情，雖然他看不太懂意思，但生動的圖畫卻能讓人感覺到她內心滿滿溢出的激動；裡面大概有上百張照片，有的是她從別處收集來的，大部分從角度可以看出是她偷拍的，因為極少有拍到他正面的，有些即使只拍到了衣角，也被她用心保留了下來。但是方景深發現照片的日期只持續到大一，後來她就沒有繼續再拍了；除此之外還有些他想不明白的東西，比如一個再來一瓶的紅茶瓶蓋、一片小小的OK繃、一張普通的紙巾、一塊白色的手帕、一條圍巾和一雙手套……只有那塊手帕他勉強能認出似乎是他慣用的款式，但卻完全想不起來為什麼會在她那裡，又代表著怎樣的記憶……

「嘩啦啦」一重物落地的聲音使得方景深回過神來，一偏頭便看到不知什麼時候回來的蘇小棠通紅著一張臉驚慌失措地呆立在那裡，手裡的購物袋掉了一地。

看得太入神了，居然連她的腳步聲都沒有聽到。方景深是因為不小心侵犯了蘇小棠的隱私而尷尬，蘇小棠則同樣是因為侵犯了方景深的隱私而尷尬……

兩人靜默了好一會兒，最後還是方景深先打破沉默，用IPAD避重就輕地說了句：【抱歉，不小心打翻東西。】

「啊……沒，沒事，我來整理就好，你要看什麼書？我幫你拿……」蘇小棠臉上滾燙，頭頂咕咕冒著煙，手足無措地蹲了下來把東西胡亂整理了一下塞進去，也不知道他到底看到了多少，心中忐忑不已。

後來話題轉到了衣服搭配的討論上，兩人都沒有提剛才發生的事情。

夜半三更。蘇小棠蒙頭躲在被窩裡差點沒把枕頭給咬爛了。

怎麼就這麼大意沒把東西藏好呢！這下可好了，居然被當事人人贓俱獲……

蘇小棠越想越睡不著，一個翻身坐了起來，然後偷偷摸摸地爬下床拿了她的寶貝盒子，又在抽屜裡翻找一番，接著打開臥室的門探出頭去，確定方景深睡熟了，便踮著腳尖彎著腰跑去了陽臺。

一到室外蘇小棠冷得直哆嗦，緊了緊外套蹲下來，把盒子放在地上，摸出了打火機。

「啪」地一聲輕響，火光亮了起來，蘇小棠緊緊捏著小小的打火機，慢慢湊近承載著整整七年回憶的小黑盒子……手一抖，火焰立即舔上一張照片，照片中方景深的身體一點點化作焦黑，在完全燒掉之前，蘇小棠發瘋一樣徒手把他拿了出來迅速拍滅，最後寶貝一樣放在手掌心裡……藉著微弱的光亮，她呆呆地看著那些她摩挲了千百遍早就無比熟悉的東西。

她就這樣抱膝蹲在那裡，默默看了一會兒，然後將臉深深埋進了臂彎裡。

不知過了多久，連腳都蹲麻了，她終於抬起了頭，重新點燃剛才那張燃燒了一半照片，將它放入盒子裡，接著引燃了那本剪報，再來是紙巾，然後是手帕……

方景深修養好才不跟自己計較，可都被他看到了，她沒辦法裝作什麼都沒發生過，變態一樣繼續收藏著這些東西。她不希望自己的喜歡造成他的困擾。

看著花了那麼長時間一點一點整理堆積起來的回憶完全被火焰吞沒，發出耀眼的光芒，最後一點點熄滅，蘇小棠終於還是沒能忍住，肩膀顫抖著，眼淚啪嗒啪嗒地落了下來……

身後，方景深悄無聲息地退了回去，很顯然，這種時候他不適合出現。

如果說之前看到她的祕密收藏時並沒有什麼特別的感受，那麼此刻，看著她燒掉那些東西的過程，他第一次有了一種類似心痛的感覺。

從小到大他的身邊都不乏追求者，可是他卻從來沒有過被人喜歡的喜悅和感動，更無法理解蘇小棠這樣如此執著地喜歡一個人的感受。

儘管他也戀愛過，可是那跟快要考試了所以要加緊複習，大學畢業了要趕緊找工作一樣，戀愛對他而言只是漫長人生之中計劃書上的兩個字，到了該戀愛的時候了，他開始挑選最合適的對象。而舒甜的相貌、家世、智商等綜合素質都很優秀，有利於下一代的基因。就算他並不是出於喜歡而跟對方交往，以方景深的智商，想要跟一個人交往自然是沒有任何難度的，如果順利的話他會跟這個女人結婚、生子。而後來導致他們分手的原因是涉及了原則問題，他希望自己和另一半對彼此絕對的忠誠，可是卻發現舒甜跟自己交往的同時和別的男人曖昧不清。

想到這裡，方景深回憶起自己最初發現這件事的情形。當時他無意中聽到舒甜跟一個女生的爭吵，對話中那個女生在勸舒甜不該答應其他男人的約會，而當時舒甜的回答是：「妳未免也太多管閒事了吧，我跟方景深只是戀愛又不是結婚，就算結婚了還能離婚呢，有更好的我自然要把握住。」

道不同不相為謀，對於舒甜這種多線發展、騎驢找馬的觀念，方景深無法苟同，雖然他奉行最優原則選擇了她，但他認定了一個人就不會再看別的女人。這時想起這件事，方景深腦海裡突然冒出一個想法，難道當初那個勸說舒甜的女生是……蘇小棠？

這麼一想，似乎很多事情都能說得通了。

第五章 曾胖若兩人

第二天，蘇小棠穿上了昨天買的一套衣服。簡單大方的駝色連衣裙外罩一件短款黑色小外套，配上恰到好處富有層次感的掛飾，長髮編成一條簡單麻花辮盤在腦後，挽成一個髻配上簡單的水晶頭飾。

蘇小棠照了照鏡子，覺得方景深的眼光實在是太好了，正滿意地準備出門，一旁的方景深出聲道：【有化妝品嗎？】

「呃，沒有……只有BB霜，需要化妝嗎？我不會哎……」蘇小棠為難地撓撓頭。

【不用。把黑眼圈遮一下。】方景深回答。

呃，差點忘了方景深這完美主義者精益求精的毛病，因為昨晚沒怎麼睡好，她眼下有著一圈淡淡的黑眼圈，因為皮膚很白，所以看起來還蠻明顯的。

「哦，那有BB霜應該也夠了……」蘇小棠忙不迭用BB霜稍微遮了一下，嗯，果然好多了。完了又欲蓋彌彰地解釋了一句，「昨晚臨睡前看了部恐怖電影，沒怎麼睡好呵呵……」

方景深自然沒有拆穿，目光落在床邊一個花花綠綠印著小狗圖案的紙袋上。蘇小棠順著他的目光看過去，從袋子裡把那條圍巾拿出來，撓撓頭道：「路過寵物專區的時候覺得好看就順手買了，買了才想到你肯定戴不習慣……」

方景深微微低了下頭：【沒關係，這個不影響。】

蘇小棠受寵若驚地看著他，好半天才確定他願意戴，於是高興地給他圍到脖子上，大小剛剛好，顏色也很配，圍巾下面還有幾個白色的毛球裝飾，真是太可愛了！

婚禮當日，新郎新娘在飯店大廳內滿面笑容地迎接著賓客。

正跟幾個老同學寒暄著，有人「喲」了一聲，「看看這是誰，我們宋總來了！」

來人風度翩翩地從一輛最新款寶馬裡走了下來，一身高級西裝，挽著貌美如花的女友，微笑著道了聲「恭喜」。

姜華打量了來人一眼，拍了下他的肩膀，「幾天不見我都快認不出來了！發達了啊兄弟！」

宋明輝的神色矜持而傲然，連得意也是不動聲色的，那模樣確實是有幾分上流社會的姿態。

「可不是嗎，聽說宋總的公司剛開張就接到大單子，狠狠賺了一筆！」有人豔羨地說。

宋明輝笑了笑，「運氣罷了，不過是賺些小錢！」

「宋總謙虛了啊！南苑的別墅可不是誰都能買得起的！你這都算是小錢，那我們這些拿死薪水的還要不要混了……」

「不過最羨慕的還是你小子泡到這麼漂亮又能幹的女朋友哈哈哈！」

明眼人都知道宋明輝是靠著林雪上位的，說這話的人雖然沒什麼惡意，但說者無意聽者有心，宋明輝的臉色微微凝滯，但片刻便恢復如常，摟了摟懷裡的女人，目光坦蕩道：「小雪在我最困難的時候對我不離不棄，遇到她才是我這輩子最大的幸運！」

林雪一臉嬌羞，仰著臉崇拜地看著他，「我早就知道你一定會成功，我相信自己的眼光！」

「你們倆這是要閃瞎我們的狗眼啊！」

「可不是，這恩愛秀得風頭都快蓋過新郎新娘了！」眾人紛紛玩笑揶揄著。

什麼最困難的時候啊，你最困難的時候在你身邊的是這個女人嗎？在場的幾個人心裡全都清楚得很，不過沒人揭穿罷了，但也有實在看不過去的，不冷不熱地嘆了一句，「我們這些老同學裡你混得最好，苟富貴莫相忘啊。」

「那是自然，大家有什麼需要幫忙的，儘管來找我！」宋明輝爽快道。

那人就等著他這句話呢：「聽說蘇小棠現在混得挺慘的啊，雖然賺的錢還可以，可她那哪算是正經工作啊，天天宅在家裡足不出戶，長期下去不管是身體還是精神怕都是要出問題啊……」話未說明，但顯然是罵他忘恩負義了。

宋明輝立即開口道：「上次我特意上門問她願不願意入股，可是她沒同意，我也沒有辦法。本來如果她入股了，就算她沒有工作經驗，也可以以股東的身分到我的公司來隨便掛個清閒點的職務，總比她自己悶在家裡好。」

話說到這個份上，那個本意找茬的人神色訕訕，果然也不好再說什麼。

「上次同學會見到她，看起來確實不太好……」新娘孫怡一臉擔憂同情，她心裡看不上宋明輝的行為，不過別人家的事情她也不好多說。

一說起同學會，幾個上次到場的人自然全都聯想起方景深來。誰能想到，一夜之間天之驕子就這麼躺在醫院生死不明，土鳳凰倒是一飛沖天了。雖然大家心裡都感慨萬分，但誰也沒有在這種大喜的日子提晦氣事，一時之間氣氛變得有些詭異。

就在這時候，有人看向門口，不確定地問了一句——「你們看那是不是蘇小棠？」

於是，所有人都看到他們口中那個本該不修邊幅、孤單可憐、淒慘陰鬱的大齡女胖子面色紅潤地從一輛白色奧迪走了下來，身旁跟著條憨厚可愛萌得不得了的哈士奇。她身上的衣服也不是什麼貴得嚇死人的名牌，都是普通上班族穿得起的牌子，單看都沒什麼特別的，但被她這麼一搭配卻大方得體，顯得特別有氣質。

向來都是胖若兩人的蘇小棠此刻完全是判若兩人。

沉浸在「我家男神太帥了怎麼可以這麼帥變成了狗也一樣好帥還讓不讓別的狗混了」之中的蘇小棠完全沒有注意到眾人的異樣，開開心心地走過去對著新人道賀。

「班長、支書，恭喜啊！」

「謝謝……」孫怡滿面驚奇地拉著她的手，開口就是一句，「小棠，妳現在瘦多啦！」

蘇小棠撓撓頭，「是嗎？然然也這麼說……」

「是啊！跟在學校時差不多了！嗯……好像還要瘦一點，而且氣色好好哦……」說著便忍不住嫉妒地捏了捏她水嫩嫩的臉頰。

蘇小棠不好意思地摸摸臉。

一旁有人故意一邊覷著宋明輝一邊打趣，「小棠啊，妳是不是戀愛啦？」

「啊？沒有啊！」蘇小棠雖然回答得斬釘截鐵，但心裡卻莫名有些心虛，好奇怪，為什麼她要心虛呢？

「真的假的？可不要騙我們哦！」

「她啊，整天忙著掙錢呢，哪有時間戀愛！」李然然不知什麼時候也到了，親熱地摟住蘇小棠的胳膊。

「嘖嘖，氣色紅潤、面含桃花還說沒男人……就算現在沒有也快了吧！」眾人又玩笑了好一會兒才放蘇小棠離開。

看到蘇小棠的現狀之後，大家的想法便都變成了——什麼嘛，搞得好像人家沒你就不行一樣，人家當初跟著你這個窮小子的時候忙裡忙外給你端茶送水、下雨送傘、雪天送暖，自己弄得跟個大媽一樣，現在離了你，走出陰影，活得瀟灑滋潤多了。單身女人啊，沒錢才淒慘，有錢想怎麼活就怎麼活，還能委屈了自己？

宋明輝的臉色不太好，從頭到尾都一言不發，顯然是因為沒能看到蘇小棠心碎憔悴的樣子，更沒能從她眼中看到發現他成功之後的懊惱後悔而心有不甘。

姜華家境不錯，舉辦婚禮的飯店頗上檔次，擁有別致的後花園，可以舉辦西式草坪婚禮，請的婚慶公司策劃風格時尚新穎，口碑也很好。

賓客都來得差不多了，一番緊張的忙碌和布置之後，婚禮正式開始。

新郎新娘相遇相知相愛的幻燈片配以煽情的音樂弄得在場不少女生都忍不住紅了眼眶，李然然則是直接哭了出來，蘇小棠也挺感動的，像這樣能從大學開始一直走到最後確實很不容易。

婚禮進行到新郎喜娘交換戒指，策劃還挺有創意的，居然訓練了一條邊境牧羊犬，脖子上戴著紅色的領結，嘴裡叼著戒指盒，煞有介事地從紅毯的一端一步一步朝著新郎新娘走去，引得在場賓客紛紛大呼可愛。

「啊，真可愛！」蘇小棠也忍不住星星眼。

一旁意興闌珊的方景深聽到這話懶洋洋地抬起頭，瞅了眼那條黑白相間的邊境牧羊犬，心下不以為然，哪裡可愛了？還沒有他可愛好嗎？

「真是太聰明了……」蘇小棠還在讚嘆。

「是啊！也不知道怎麼訓練的，同樣是狗，差別也太大了吧！」李然然嘆氣。

「當初考慮很久，本來差點買了邊境牧羊犬，老闆說那是最聰明的狗，好可愛……」

方景深聽著越來越不快，最後終於忍不住了，不由自主地伸出爪子搭在蘇小棠的小腿上。

蘇小棠一低頭就看到了正仰著臉看著自己的方景深，頓時心都化了，趕緊摸摸他的頭，「你也很可愛很聰明，不不，最可愛最聰明了……」看到她眼裡無與倫比的喜愛，方景深滿意了。

蘇小棠摸完一想，自己把男神跟一隻狗相比是不是不太好啊？可是如果她沒有理解錯的話，剛才男神那表情分明就像是被主人忽略的寵物求撫摸求順毛啊……而且，被順毛了以後，他的心情真的有變好的樣子。

蘇小棠正糾結著到底該把男神當成人對待還是當做寵物對待，紅毯上就快走到新郎新娘跟前的那隻邊牧突然被什麼吸引了似地，掉頭往相反的方向跑了起來。

一旁的策劃急得團團轉，可是狗狗卻怎麼叫也不聽。等蘇小棠發現的時候，那隻邊牧已經跑到了她的跟前，在所有人的注視下把嘴裡叼的戒指盒放在她的腳下。

準確來說，是放在方景深的腳下。

「呃……」蘇小棠一臉莫名。

策劃跌跌撞撞地追了上來，拿起戒指盒，重新讓牠叼好，「喜來，喜來，去那邊！」這隻叫喜來的邊牧叼著戒指盒動也不動，一低頭又重新把戒指放到了方景深的腳下，這回放得更近了一些，還用爪子往他跟前推了推，身後的尾巴左右左右搖得風生水起。

「哈哈哈，這隻狗是不是母的啊？別是看上我們家肉球了吧！」一旁的李然然大笑著打趣。

策劃的臉黑如鍋底，「公的。」

喜來在那搖頭擺尾膩膩歪歪，方景深則是目不斜視一身正氣，還真像齣妾有情郎無意。

圍觀群眾看得開心，可是策劃小哥手裡捏著百試不爽這回卻失靈的牛肉乾快要哭出來了，「小祖宗，你倒是走啊！」

有人建議道：「不然你自己送上去吧！」

小哥還挺拗，「我又不是狗！這不是欺騙消費者嗎！」

蘇小棠站在一旁，特別想問問方景深能不能聽懂喜來哼哼唧唧在那說什麼，還從來沒問過他變成狗之後能不能聽懂狗說話呢。

策劃小哥一直在哄喜來去送戒指，喜來每次都送給方景深，如此反覆幾次，被人圍觀的方景深也有些不耐煩了，一爪子把戒指給拍了回去。

喜來頓時嗚咽一聲可憐兮兮的垂下了腦袋。

「哈哈哈哈哈，這兩隻也太愛演了吧，哎喲不行我要笑死了……攝影師，喂，攝影師你快過來拍下來，太好玩了……」

攝影師早就過來了，完完整整地拍了下來。

「不知道的還以為是小哥你故意策劃出來搞笑的呢！」

雖然出了點錯，可是大家的反應貌似都還不錯，策劃小哥鬆了口氣，可是接下來要怎麼收場呢？看樣子只好自己送上去了，扣薪水是免不了的了。

他是決定自己出馬，可是看得正開心的賓客們不幹了，紛紛拿出手機拍著，期待更好玩的後續，連新郎新娘都躍躍欲試想要過來湊熱鬧，蘇小棠忙藉口說肉球最近掉毛身上塗了藥水不能摸，就是這樣方景深還是免不了被摸了好幾把，喜來也聞聞嗅嗅地試圖湊上來舔他。

一片嘈雜和喧鬧中，當事人（狗）之一叼起戒指盒，像離弦的箭一樣衝了出去，將戒指交給瞠目結舌的新郎後掉頭就走，迅速回到蘇小棠身邊，全程不到三十秒。

如此高效完美完成任務的不是訓練有素的喜來，而是憨態可掬，看起來就傻傻的肉球。

眾人愣了好久，隨即掌聲雷動。

大家理所當然地以為是蘇小棠剛才混亂之中下了什麼命令，狗狗才聽話的跑去送戒指，策劃小哥也震驚不已，滿臉嫉妒地看著她，「妳平時都是怎麼訓練的啊，這也太聽話了吧，狗狗聽話也沒什麼奇怪的，可妳家這隻可是哈士奇，出了名的愛亂跑，我剛觀察半天，牠居然連繩子都不用牽，乖乖待在妳旁邊不亂跑，讓牠幹什麼就幹什麼！簡直太逆天了！」

怎麼訓練？這個問題蘇小棠實在是沒辦法回答，因為平時她都是被訓練的那個啊……至於逆天，這就叫逆天了？還有更逆天的呢，真相說出來能活活把你嚇死。

「妹子，有沒有興趣讓妳家狗來我們公司兼職啊？薪水妳一定會滿意的哦！偷偷告訴妳，喜來的薪水比我還高呢！」策劃小哥開始打這隻小哈的主意。

「咳咳，不用了，沒有這個打算……」正說著，方景深的前爪不耐煩地蹭了蹭她的腿，蘇小棠急忙道，「我家肉球要上洗手間，回頭聊，我先走了……」說完趕緊離開了這個是非之地。

身後又是一陣讚嘆，多聰明的狗啊，上廁所還會提醒主人帶自己去洗手間。

李然然滿臉狐疑，她只知道肉球最近跟著蘇小棠一起減肥，難道減肥還能提高智商？不過肉球的性格確實有點變化就是了，以前多歡脫多傻的一隻狗啊，現在又乖又正經又穩重又深沉……啊咧，穩重深沉這是能形容動物的詞嗎？可是不知為什麼，肉球確實給她這種感覺。

議論紛紛的人群中傳出一聲不屑的輕嗤，「那個蠢胖子怎麼可能把狗訓練得這麼好，還不都是我教出來的！」

「是是是，老婆最厲害……」

「是什麼是啊，妳上次怎麼跟我說的，信誓旦旦說沒問題肯定給我帶回來呢，可是結果呢，連根毛我都沒見著！」

好不容易把林雪哄好的宋明輝頭疼不已，「這個，她不願意賣，我也沒辦法啊……」

「賣什麼賣，那狗本來就是你的！」林雪怒道。

李然然聽了半天，弄明白是怎麼一回事後氣憤不已，忍不住諷刺道：「喲，這話是怎麼說的？搶了人還不算，現在連狗都不放過？」

「妳誰啊！關妳什麼事！」

「我……」

眼看著要吵起來，薛凱趕緊把李然然給拉走才了事。

洗手間外，蘇小棠幫忙拿著方景深的圍巾，乖巧又聽話地等著，時不時擔憂地往裡面看看。方景深出來的時候看到的就是這樣一幅小女人等待男友般的畫面，不由得有些發怔。當然，如果他看著她的角度不是仰視的話，那畫面會更美一點。

「洗好啦？」蘇小棠掏出紙巾給方景深擦了擦弄濕的毛，然後幫他把圍巾重新繫上。剛才那個戒指盒被別的狗咬過，看來實在是被煩狠了，不然他是絕對不會去叼的。

蘇小棠一臉抱歉，「對不起啊，我知道你喜歡安靜，以後再有這種場合，你就待在家裡吧，我把吃的都給你準備好。」

方景深沒有回答，他確實喜歡安靜，可是現在，如果讓他一個人待在家裡，即使只是想想他都覺得渾身不舒服，只有跟在她身邊才覺得好一點，於是他「汪」「汪」了兩聲表示否定。

蘇小棠心想，他果然變成了狗之後單獨待著就沒有安全感，於是暗暗決定以後人多的活動能不參加就儘量不參加。

一人一狗回到花園的時候新娘子正準備扔捧花，草坪上人頭鑽動，結過婚的沒結婚的全都在湊熱鬧。

「哎哎，你們這些結過婚的別擠了好不好！」

「就是就是，難道還想再婚不成，快走遠點走遠點！」

「我結婚了又怎樣，你小子連女朋友都沒有，扔你有什麼用！」

「說不定接到了就有了呢！新娘子別聽他的，快快！」

「林雪妳跟宋明輝也快了吧？搶捧花圖個好兆頭啊！新娘子扔過來啊！」有人說。

「準備結婚的又不是只有她一個。」李然然聽到哼了一聲。

剛跟女友和好的薛凱急於表現，大喊道：「新娘子往這扔，往這扔啊！」

宋明輝現在自詡上流人士，自然不會這麼沒形象的大喊。

「咻——」新娘捧花被高高地拋起來，然後緩緩落下，眾目睽睽之下「噗通」一聲砸在一隻狗的頭上，然後，居然就這麼卡在牠的兩隻耳朵之間不動了。

蘇小棠看著無辜被砸的方景深，傻了。

距離肉球只有一步遠的薛凱哭了，「新娘子妳砸準一點啊喂，砸到狗頭上是怎樣……」

方景深無奈地抖了抖毛茸茸的腦袋，花束這才掉了下來。

蘇小棠看著他直嘆氣，男神就連變成了狗，不管到哪一樣會成為焦點。

「那這花到底是算誰的啊？」薛凱咕噥。

蘇小棠本來準備拿給薛凱，可是，話音剛落，方景深叼起了花，仰著頭看向蘇小棠。

「咦？給我嗎？」蘇小棠指著自己。

方景深繼續看著她，顯然是要給她的。

蘇小棠這才接過了花，剛才婚禮放煽情音樂的時候都沒哭，這下卻忍不住感動得紅了眼眶，「謝謝……」

蘇小棠拿到捧花，李然然比自己拿到還開心，笑道：「哈哈，小棠簡直養了隻吉祥物啊！」

「小棠加油，爭取今年嫁出去！」大家紛紛祝福著。
林雪一臉不爽地踩著高跟鞋賭氣離開了，宋明輝認命地追上去。
忙了半天，終於可以入席好好吃（餵）飯（狗）了。
蘇小棠體貼溫柔得不得了，一直在忙著餵方景深。
「這個要嗎？味道還不錯！」
「我記得你喜歡吃蝦，吃一個嗯？」
「我沒關係的，你先吃……」
這種情況李然然住在蘇小棠那的時候已經看多了見怪不怪，再說這年頭狗奴、貓奴這麼多，比這誇張的多得是，蘇小棠的表現還真沒什麼，不信看看對面的策劃小哥，一口一個小祖宗伺候著，努力哄著不許喜來往蘇小棠這邊跑，從剛才起喜來就對肉球表現出了極大的熱情，策劃小哥差點都拉不住。
不過一旁的薛凱卻有點不是滋味了，用手肘碰了碰李然然，「然然，我要吃蝦。」
李然然白他一眼，「你自己沒有手啊？」
蘇小棠幫方景深擦了擦嘴巴，又給他剝了一隻蝦餵過去。
薛凱又扯了扯李然然的衣服，「老婆餵我～」
李然然被他肉麻得一個哆嗦，「少來，一邊去！」
蘇小棠又小心剔了魚刺餵了方景深一塊鮮嫩的魚肉，臉上的表情溫柔得簡直能掐出水來。
薛凱覺得自己白談了這麼多年的戀愛，看到沒有，這才是稱職的女朋友啊！

「不吃了。」薛凱把筷子一拍。

李然然也怒了，「好好的你鬧什麼？」

「我突然發現我活得連條狗都不如。」薛凱悲憤地摔桌而去。

「這個死人，發什麼神經呢！」李然然跺著腳追上去。

看著突然離席的兩個人，蘇小棠一臉迷茫，「呃，跟我沒關係吧？」

方景深見她遲遲不餵，舌尖一舔，將從筷子上掉到她手心裡的蝦仁捲走。

蘇小棠正擔心李然然和薛凱鬧起來，想出去找找，身旁一陣香風襲來，有人開口問道：「可以坐這裡嗎？」

蘇小棠扭頭一看，竟是自醫院那次之後就再沒見過的舒甜。

「這邊已經有人了。」

舒甜並不在意，大大方方地坐下，雙腿優雅地交疊，「男友在外面等我，我說幾句話就走。」

「妳要說什麼？」蘇小棠蹙眉。

大概是香水太嗆鼻，腳邊的方景深不禁打了兩個噴嚏，繞到蘇小棠另一邊去了，做人的時候還沒怎麼覺得，做狗以後對這些氣味尤其敏感，還好蘇小棠沒有塗亂七八糟化妝品的習慣。

「嗤，當初把我說得跟潘金蓮似的，還以為妳自己有多忠貞不二呢，方景深躺在醫院裡成了植物人，也沒見妳多傷心啊！」

難道舒甜就是因為那一回開始對自己心存芥蒂的？她當時不過是看不過去，提了一兩句，她以為朋友之間說這些話是很正常的事情，事後過去也就沒什麼了，哪想到人家壓根就從來沒把自己當成朋友過呢，她貿然跑去說那些不中聽的話，自然是結下仇了，還被人家一直記在心裡，可她卻還不自知。

「告訴妳一個祕密吧……」舒甜突然神神祕祕地湊近了她，「有次我跟方景深提起妳，妳猜他怎麼說？」

蘇小棠頓時神經緊繃，她知道舒甜絕對說不出什麼好話，可是又太想知道，男神當初到底是怎麼看待自己的……

舒甜輕笑一聲，幽幽道：「方景深親口說啊，他最討厭死纏爛打的女人了，尤其覺得像妳這樣在背後變態一樣偷窺的女人最噁心了，妳要是長得好看點也就算了，偏偏長成這樣，居然還好意思喜歡他。看看妳身上的肥肉，難道妳自己都不覺得噁心嗎？哈，居然還有人瞎了眼，說妳五官精緻，要是瘦下來會比我漂亮，可真夠搞笑的……」

看見蘇小棠死死掐著手心，一句話都說不出來的樣子，舒甜終於心滿意足地站了起來。就在這時候，路過端酒的服務生不知怎地突然踉蹌了一下，一整杯紅酒全都灑在她身上。

舒甜驚叫一聲，本要發作，終究還是考慮到不能在別人的婚禮上鬧得太難堪，氣呼呼地跑去洗手間整理了。

舒甜走後，方景深將爪子搭到蘇小棠的手背上劃了兩下。

蘇小棠這才從快要窒息般的感覺中解脫出來，可一時之間又有些不知道該怎麼面對方景深。她看著他，猶豫片刻，終究還是伸出掌心。

方景深寫的是——【不信我？】

只是三個字加一個問號，卻讓蘇小棠的灰濛濛的心情瞬間明媚起來，「對不起……」

她相信方景深不是會說出那種話的人，可她實在是太難過了，又患得患失，再加上一遇到方景深的事情她就會自帶減智商的不良狀態……還好，還好這不是真的，還好他就在自己身邊，及時解除了她的心結，不然她肯定糾結到死。

【有句真】方景深繼續寫道。

哎？什麼意思，舒甜有一句話是真的？

「哪一句？」蘇小棠不禁問。

方景深繼續寫下【瘦下來】三個字。

蘇小棠努力回憶方才舒甜說的話。「居然還有人瞎了眼，說妳五官精緻，要是瘦下來會比我漂亮。」是指這一句嗎？要是自己瘦下來會比舒甜漂亮？終於反應過來的蘇小棠臉紅了……

【我說的】方景深又寫道。

方景深在她手心裡寫完這三個字，蘇小棠的臉更紅了，原來這句話不是別人說的，就是方景深說的嗎？但男神是什麼時候看到自己的？這還是男神第一次誇自己，算不算因禍得福？蘇小棠簡直快被粉色的花朵淹沒了。

其實事情是這樣的，某日舒甜跟方景深一起走在校園裡，當時舒甜剛發現蘇小棠那點小心思，心裡不屑得很，心想就妳這樣，居然還好意思覬覦我男人。當時她路過食堂，正好看到蘇小棠從裡面出來，便故意偷偷示意身旁的方景深看她，然後問方景深這個女孩怎麼樣。

對待任何問題都很認真的方景深利用他專業的眼光打量一番後，得出的判斷是：「五官很精緻，瘦下來會很漂亮。」

就這一句話讓舒甜吃味了，「有嗎？比我還好看？」

一方面相信自己的判斷不會錯，另一方面卻清楚真實答案會讓女友不高興，方景深綜合了情商和智商之後給出了一個模稜兩可的回答，「或許。」

舒甜雖然沒能跟他吵起來，不過卻將這件事深深記在心裡。哪個美女能忍受自己被拿來跟一個在她眼裡又醜又胖的女人相比，儘管一開始是她自己要比的。

本來這事方景深都忘了，被舒甜方才一提醒才回憶了起來。

沒過多久，李然然終於回來了，身後跟著看起來已經被哄好的薛凱。

「我剛才好像看到舒甜了，怎麼樣，她不會又找你麻煩了吧？」李然然坐下後不放心地問。

以免她鬧起來，蘇小棠沒有提剛才發生的事情，「沒有啊，她跟班長他們打了個招呼就走了，對了你們倆沒事吧？」

李然然看她表情正常，不像被欺負過的樣子才放下心來，擺擺手道，「沒事沒事，他就是皮緊了，我給他鬆一鬆就好了！」

薛凱唉聲嘆氣，「我也不求多，只求有肉球一半的待遇就好了，這都不行嗎？」

李然然嫌棄地白他一眼：「你想得美！小棠把肉球當皇帝供著，就你那樣還想當皇帝？」

薛凱對這個人不如狗的世界絕望了。

婚宴結束之後，幾個老同學非要聚一聚，蘇小棠想要早點回家，可大家都嚷著不許掃興不讓她走，李然然看蘇小棠這次的打扮實在不錯，剛才還有個男生幾次暗示對她挺有意思的樣子，於是又起了做媒的心思，便也勸她一起。蘇小棠是個耳根子軟的，可是這一回因為考慮到男神，硬是沒有輕易鬆口，最後直到方景深「汪」了一聲才答應下來。

雖然她處處以自己優先的態度讓他心裡挺受用，可是方景深也不希望她為了自己犧牲太多，連正常的社交活動都推掉。再說這樣的場合如今也並不是太難以忍受，之前做人的時候不喜歡這樣的場合大部分是因為要應酬，而現在他什麼都不需要做，還有人細心照顧。

一行人男男女女一共有十二個人，大家決定去ＫＴＶ唱歌。

唱了會兒歌，有人提議玩真心話大冒險，聚會中爛俗卻又經典的遊戲。

規則很簡單，十二張牌，從一到十，外加一張大王一張小王，放在茶几上大家隨機抽。抽到小王的人要選擇真心話還是大冒險，問題和冒險由抽到大王的人決定。

蘇小棠蹙了蹙眉，說實話她對這樣的遊戲挺排斥的，因為曾經有人玩笑開得太過分了，明知道她那麼胖，大冒險的時候還故意讓她坐在一個男生的腿上，她至今還能回憶起當時幾乎衝破屋頂的哄笑聲。

方景深察覺到她的不安，看了她一眼，沒有說話。

一群人熱熱鬧鬧地玩了一個多小時，每個人都中招過一兩次，不過蘇小棠卻一次都沒有中。

「小棠妳運氣也太好了吧！肉球果然是吉祥物！」一旁的李然然嫉妒不已。

蘇小棠吸了口果汁，笑得有些心虛。

這可不是運氣，而是憑實力。她還是第一次知道方景深的觀察能力居然這麼好，每次都能記住牌的位置，只要她不小心抽到小王，方景深就會提醒她，她明白之後便會換一張抽，不然她今晚至少要抽到五次小王，真夠倒楣的。然然說得沒錯，他真的是自己的吉祥物、幸運符。

林雪剛才中了好幾次，喝得有點多，見蘇小棠運氣好，便陰陽怪氣道，「妳該不會是作弊了吧！這次妳不許先抽，我們全都抽完妳再抽！」

「憑什麼說人家作弊，妳親眼看到了？別在那血口噴人！」李然然立即跳出來反駁。

「既然沒作弊，那照我說的做也沒損失吧？大不了我也最後抽啊！」林雪不依不饒。

蘇小棠拉住李然然，「沒事，最後就最後吧，遊戲而已，何必當真。」

大家正尷尬，聽了蘇小棠的話都鬆了口氣，心想小棠的個性真的不錯，哎，就是太胖了。

最後只剩下兩張牌，林雪傲慢地斜了她一眼，「我讓妳先抽，這樣總不是欺負妳了吧。」

方景深在她掌心裡寫了個「下」字，顯然是讓她選擇下面那張。

蘇小棠在作弊還是不要作弊中略糾結了一下，覺得自己實在沒必要在這種時候當聖母，果斷選擇了繼續對男神言聽計從。

蘇小棠直接把牌翻了出來，大家定睛一看——大王！

林雪臉一白，拿起最後一張牌，翻開一看，臉直接黑了。旁邊有人好奇地湊過去去看她的牌，然後忍不住噗嗤一聲笑出來：「小王！」

雖然這麼做似乎有些不厚道，但不得不承認，開外掛的感覺真的好爽。

「小棠妳運氣爆表了啊！」李然然樂得一把抱住她，說完瞅著面如土色的林雪，「有句話怎麼說的來著？不作死就不會死！有人非要作，也怪不得人是不是？」

林雪憤恨地瞪了過來：「妳……」

「我怎麼了？倒是妳，不會想賴皮吧？真心話還是大冒險，趕緊選吧！我看妳就選個真心話好了，不管問什麼，反正妳不說真話，我們也不知道是不是？」李然然一臉輕蔑。

被酒精和憤怒衝昏頭的林雪很容易就被激了，拍著桌子道：「我選大冒險！不過，我要讓明輝幫我，別忘了剛才妳也是讓妳男朋友幫妳喝酒的！」

「行！反正你倆誰來都一樣。」李然然說完興奮地湊到蘇小棠跟前，「親愛的快好好想想，今天非整死這對狗男女不可！」

蘇小棠有些為難，猶豫道：「不要吧……遊戲而已，何必弄得大家都難堪……」

李然然恨鐵不成鋼地戳了戳她的腦門，「妳怎麼這麼軟啊！就是因為這麼軟才總是被欺負！我跟妳說，妳就讓宋明輝去親鄭芳，鄭芳不是一直喜歡宋明輝嗎，妳就幫她一把嘛！」

李然然說話的聲音不大不小，附近的幾個人包括林雪和宋明輝都聽到了，林雪恨得直咬牙，宋明輝則是喜憂參半。喜在鄭芳長得不錯，又一直對自己有意思，跟這樣的女人光明正大的曖昧，每個男人都不會討厭，憂的自然是自己這個愛吃醋的女朋友了。

眾人全都在等著看好戲，蘇小棠撓撓頭，「這不太好吧……」

李然然一臉拿她沒辦法的無奈表情，「妳啊……不管妳了，妳自己想吧！」

宋明輝鬆了口氣，心想果然如他所料，小棠雖然形象太差沒辦法帶出去見人，但性子倒是非常好，跟她在一起除了無法滿足他男人的虛榮，其他時候相處起來還是非常融洽的，跟潑辣蠻橫大小姐脾氣的林雪待久了，還真有點懷念溫柔體貼的蘇小棠，不過如果讓他再選一次的話，自然還是會選擇林雪，胖子內在再美也只不過是個有內在美的胖子。

蘇小棠向方景深投去徵詢的目光，方景深的態度似乎是隨她怎麼做。

於是蘇小棠看向宋明輝，開口道：「我的要求很簡單，也算不上大冒險，你跟我家肉球說一聲『對不起，我錯了』就行。」

蘇小棠說完，所有人都愣住了。

李然然最先反應過來，忍不住爆笑出聲，「小棠，我還以為妳是小白癡，原來是大腹黑！妳居然讓他跟一隻狗道歉！」

蘇小棠一臉嚴肅的表情，「我是認真的。」

「好好好，妳是認真的……」李然然一邊笑一邊催促道，「快說啊，就六個字而已，有這麼難嗎？我們小棠就是心太軟，哎……」

「你們這樣也太過分了吧！」林雪立即抗議道。

別人不知道蘇小棠為什麼突然提出這樣的要求，可宋明輝卻是明白的，以前怎麼不知道蘇小棠是個這麼記仇的人？再說那天他壓根沒討到半點便宜，還被咬了一口，他憑什麼道歉？要是跟她也就算了，還是跟一隻狗。

李然然嗤了一聲：「哪裡過分了？你剛剛還讓小陳管我叫媽呢，我也沒說你過分，還欣然接受就當多了個兒子！」一旁的小陳也附和，「就是！必須按照遊戲規則來，不准賴皮啊！」

小陳一邊說一邊從自己原來的位置起身湊了過來，看蘇小棠和肉球之間有半個空位，本來準備擠到蘇小棠旁邊坐，方景深瞥了他一眼，在他過來之前不動聲色往蘇小棠身邊靠了靠，小陳看沒有空隙了，只好往李然然那邊走。

「乖兒子，過來這邊坐！」李然然主動往薛凱那邊挪了挪，給他空出了位置，讓他坐在自己和小棠中間。

看到他坐到蘇小棠另一邊，方景深心情陰鬱了幾分，又往蘇小棠那靠了靠，爪子也搭到了她的腿上。蘇小棠以為他是不習慣跟陌生人太靠近所以往自己這邊擠，便摸了摸他的腦袋，手放到他的身上，替他隔開身邊的人。

「小棠，我跟妳道歉可以嗎？」宋明輝試探著開口問。

蘇小棠毫不猶豫地回答：「不可以。」

今天託了男神的福才這麼順利，所以她還是覺得要替方景深做些什麼才行。

拖得太久反而讓人看笑話，宋明輝只好硬著頭皮對肉球說了一句：「對不起，我錯了。」

方景深看都沒看他一眼，直接把頭扭開了閉上眼，不屑一顧的小模樣惹得大家都忍俊不禁。

李然然意味深長道：「我總算是知道狗不理是啥意思了。」

這把之後蘇小棠本來都準備走了，可是林雪想要翻盤，死都不同意她走，不同意的結果就是什麼好處都沒討到，卻在最後一把被李然然抽到了大王，雖然小王不是她也不是宋明輝，但小王是鄭芳！

於是李然然原先的計劃照樣實現了。看到鄭芳不負所望一臉嬌羞地主動吻上宋明輝，又假裝摔倒投懷送抱時林雪那精彩的臉色，李然然簡直渾身舒暢。

鄭芳並不覺得自己這麼做有什麼不對，既然他們鷸蚌相爭，她不妨漁翁得利。早就知道宋明輝是支潛力股，沒想到他現在混得這麼好。就算有女朋友又怎樣，宋明輝這種男人功成名就之後最好勾搭了，以他的自尊心，跟高高在上的林雪遲早有一天得鬧翻，這樣的男人越是功成名就，越是想要抹掉自己靠女人上位的曾經。

於是鄭芳就跟沒看到緊緊抱著宋明輝手臂防賊一樣的林雪，只當剛才是個遊戲，以同學的身分大大方方地寒暄著：「聽說你的公司剛一開張就接到一筆大單子，而且合作方還是鼎鼎有名的 S&N 集團！」

聽到 S&N，蘇小棠的脊背僵了僵，不由得側耳去聽。

一提到公司宋明輝就意氣風發，呵呵笑道：「妳消息還真快！」

「真的啊！太厲害了！」鄭芳一臉崇拜，「相比起來，我那份工作真是太沒意思了，天天都做一樣的事情，激情都被磨光了……」

「哪天想跳槽的話，隨時歡迎！」宋明輝紳士地說。

林雪板起臉：「我可不歡迎！」

「小雪！」宋明輝有些不高興她在朋友面前這麼不給自己面子，他不過是說些場面話，又沒有真要讓她進公司。

林雪有恃無恐地瞪了他一眼，尖刻地道：「我怎麼了？宋明輝你可別忘了那個大單子是靠誰拿到的！」

周圍投來的目光讓宋明輝尷尬不已，以防她說出更難聽的話，只能做小伏低地勸哄著。

一旁的鄭芳露出得逞的微笑。

第六章 明明動了心

因為明天大家都要上班，眾人沒有玩太晚，快到十二點的時候聚會終於結束。

「真是一場好戲啊!哈哈哈，想不到臨走還能看場好戲！」李然然說完偷偷把蘇小棠拉到一旁，興奮地問：「怎麼樣怎麼樣？」

蘇小棠一臉迷茫：「什麼怎樣？哦，最後那次妳運氣還真好！」她不方便幫李然然作弊，所以李然然才是真正的運氣爆表。

李然然白了她一眼，「妳這個不解風情的女人，我說的不是這個啦!我是問妳小陳怎麼樣！」

「小陳?小陳怎麼了？」

李然然徹底無語了，「這麼久妳到底都在幹嘛?小陳對妳這麼殷勤妳一點感覺都沒有嗎？人家對妳有意思啊親愛的！」

蘇小棠的表情更呆了，「不會吧?我怎麼沒看出來？」

「我看連妳家肉球都看出來了，牠看到有人故意接近妳，就一直往妳身邊湊宣誓主權，一看到小陳企圖往妳那靠就瞪人家，小陳剛還偷偷跟我說肉球好凶，害得他都不敢跟妳講話，結果妳這個主人笨得連狗都不如，啥都沒發現！」

「啊？有嗎？」蘇小棠更加驚訝了，覺得應該是李然然誤會了，大概是因為方景深變成了狗，身上也有股渾然天成的壓迫感，才會讓他害怕吧？

被揭穿的方景深面無表情地蹲著裝淡定，心裡卻鬱悶不已，他表現得那麼明顯嗎？還好蘇小棠反應比較遲鈍。李然然長嘆一聲拍了拍她的肩膀，「小棠，妳真的要抓緊機會談戀愛了，再這麼下去妳都快失去女人的本能了！」

李然然語重心長地叮囑了好半天才終於放過她，蘇小棠早就睏了，迫不及待地帶著方景深去停車場開車，結果進了車繫好安全帶，看了方景深一眼，才突然發現他的圍巾不見了。

「糟糕！好像忘在包廂了！你在這等我一下，我去拿，很快就回來！」蘇小棠趕緊下車回去找圍巾。

還記得學生時代女生之間特別流行自己織圍巾送給喜歡的人，那時候蘇小棠也織過一條，只不過最後沒有送出去而已。雖然這條圍巾不是自己織的，送的也不是那個「人」，但對她而言卻有特殊的意義。

蘇小棠氣喘吁吁地跑回去找圍巾，包廂已經收拾妥當，圍巾也不在裡面了，於是只好去問櫃臺，最後還好是找了回來。

蘇小棠拿著圍巾回到停車場，打開車門，卻發現方景深不見了。

方景深絕對不可能不跟她打招呼就一聲不響地離開，除非是遇到了什麼特殊情況，或者……是被迫離開的。想到這個可能，蘇小棠心頭狂跳，死死握著手裡的圍巾，她怎麼可以這麼大意，把他一個人留在這裡，就算只有幾步路，也不該讓他離開自己的視線啊！

蘇小棠找遍了整個停車場和附近一些地方都沒找到，站在KTV門口腦子亂成一團，六神無主地望著茫茫夜色和川流不息的馬路，不知道要繼續往遠一點的地方找還是在這裡等著，要是走遠了，萬一方景深自己回來了，找不到她怎麼辦？

「小棠？」門口不遠處的李然然剛顧著和小陳聊天還沒走，正準備招手叫計程車離開，卻看到蘇小棠慌慌張張地衝了出來，急忙迎上去，「出什麼事了小棠？」

蘇小棠一看到李然然就紅了眼眶，整個人都在顫抖，語無倫次地解釋著，「不見了……肉球不見了……圍巾……都怪我……」

李然然第一次看到蘇小棠慌成這個樣子，連忙抱了抱她，小心勸慰著：「不急，好好說，到底怎麼回事？肉球怎麼會不見了？」

「圍巾丟了，我回去找，肉球一個人在車裡，我回來的時候牠就不見了！都是我不好，我怎麼可以……怎麼可以讓他一個人……」

跟在一旁的薛凱知道這時插嘴不太好，只得默默在心裡糾正：別再口口聲聲一個人了好嗎，明明是一隻狗啊。

李然然總算是知道發生什麼事了，看她自責得快要死掉的樣子也不知道該怎麼辦，想了想說道：「既然是在車裡，牠不可能自己跑出去啊？會不會躲在車裡哪個地方睡著了妳沒看到？」

「不會的，我到處都找過了……」

「妳車門鎖了沒？」薛凱問了一句。

蘇小棠最擔心的正是這點，頹然地搖搖頭，「沒有……」

「那就麻煩了，我看八成是被人牽走了。妳車上還少了別的什麼東西嗎？」

「沒有……」蘇小棠繼續搖頭。

「那就奇怪了啊！」

蘇小棠不解的也是這一點，如果是小偷，那不可能只有肉球不見，包包還好好地在車裡。

「我懷疑宋明輝，之前他曾經來跟我要肉球，我沒答應，可是我沒證據……」

李然然立即被引爆了，「這個賤人，我去找他！」

薛凱急忙拉住她，「妳冷靜點，小棠都說沒證據了，就算真的是他，妳去了他不承認能有什麼辦法？妳一遇到事情就太感情用事了！」

「呸，那你有什麼好辦法，就知道說風涼話！」

「我當然有辦法！」薛凱有些得意地瞥她一眼。

「那還不快說，你沒看小棠急成這樣了還賣關子！」

薛凱急忙討饒，「停車場有監控錄影啊親愛的！」

「啊，對啊，有監控錄影，小棠我們……」

話未說完，蘇小棠已經跑得不見人影了。

李然然嘴角抽搐地看著前方風一樣只留下一道殘影的女人，感嘆沒想到蘇小棠那樣的體積也能有如此這般驚人的閃電之速。

李然然看著調出來的畫面忍不住爆了一句粗話，怒道：「我就知道是這對狗男女！」

畫面裡，宋明輝和林雪兩人合力把肉球給塞進了他們的後車廂裡，蘇小棠看得將指甲深深掐進了手心的肉裡，不管方景深的智商有多高，作為一隻狗怎麼可能掙扎得過兩個成年人！

「這簡直是明目張膽的強盜了！報警吧！」

薛凱並不贊同，「這狗是小棠跟宋明輝戀愛的時候一起買的，至於到底是誰付的錢，現在根本說不清楚，就算鬧到警察那裡，也只是讓你們自己私下調解！」

蘇小棠咬了咬唇，「我去找他。」

李然然握住她的手：「我陪妳一起！」

薛凱掏出手機：「我打個電話問問他們現在住在哪裡。」

一路上蘇小棠一直在打宋明輝的電話，那頭一開始是無人接聽，後來就成了關機狀態。

「肯定是做賊心虛！不然為什麼要關機！」李然然恨恨道。

三人按照地址找上門去，門鈴按了好半天都沒反應，但不像是故意不開門的樣子，按了這麼久吵也要被吵出來了。

「該不會是還沒回來吧？」薛凱說。

「那就在這守著，不管是不出來還是沒回來，總是要出現的！」

蘇小棠急得滿頭是汗，一安靜下來，整個身體都涼颼颼的，聲音沙啞無力，「我在這等就好，你們先回去休息吧，明早還要上班。」

李然然挽住她的手臂，「那怎麼行，妳一個人不被欺負才怪！」

蘇小棠自嘲地勾了勾嘴角，「我真沒用……然然，我做人是不是特別失敗？胖成這樣，人又蠢，現在連一隻狗都保護不好，我才是沒資格做人的那個……」

「胡說什麼，做錯事的明明是別人，妳怎麼盡往自己頭上攬了！」

這一等就是兩個小時，薛凱覺得為了一條狗這麼折騰實在是太誇張了一點，反正都知道狗被他們帶走了，明天再來要也是一樣啊，可是他又不敢在蘇小棠這個狗奴面前說，只好任勞任怨地陪著一起等。

又等了不知多久，電梯門打開，宋明輝和林雪總算是回來了，兩人看到站在門口的蘇小棠三人皆是一愣。

蘇小棠急忙四處打量、朝他們身後張望，可是卻沒有看到肉球。

此刻她方才的軟弱全都褪去，刺蝟一樣豎起了全身的刺，寒著臉逼問：「肉球呢？」

宋明輝蹙眉，「什麼肉球？不知道妳在說什麼！」

「不知道我在說什麼？」蘇小棠一把奪過他的手，死死盯著他被紗布包裹的手背，「那你告訴我這是什麼？」

「說話就說話，幹什麼動手動腳的！」一旁的林雪一把推開她，當然，蘇小棠紋絲不動，反倒是震得她自己往後退了幾步。

蘇小棠深吸一口氣，強行克制著自己冷靜下來，「我看過監控錄影了，把肉球還給我，我可以當做什麼都沒發生過。」

林雪見事情被拆穿，有恃無恐地抬了抬下巴，「真好笑，我們不還妳能怎樣？」

「你們倆偷狗的行為，我剛剛用手機錄下來了，如果不希望明天早上你們全公司都知道，請把肉球還給我。」

完全沒料到她會有這麼一招，林雪急了，「妳敢！」

宋明輝一臉懊惱地抱怨，「我都說了不要這麼做，妳非跟我鬧！這下好了！」

「還不是因為你沒用，我不過是想要一隻狗你都搞不定，現在還來怪我，你還是不是男人？」

李然然激動地扯了扯蘇小棠的衣服，「妳什麼時候錄的，幹得漂亮！」

薛凱嘖嘖嘆道：「兔子急了還咬人呢！我看你們就把狗還回來吧，同學一場，何必呢！宋明輝，你要是個男人就不該做這麼缺德的事！」

宋明輝黑著臉沉聲道：「狗不在我們這。」

蘇小棠心頭一緊，「你什麼意思？」

林雪急忙接著說道：「牠自己跑了！」

如果是方景深，真的很有可能自己跑掉。蘇小棠又問，「他跑去哪裡了？」

林雪不耐煩：「我怎麼知道！讓開，我要回去睡覺了！」

蘇小棠攔住她，「妳給我把話說清楚。」

宋明輝見識過蘇小棠發飆的樣子，生怕她傷了林雪，趕忙上前把林雪護在懷裡，解釋道：「小棠，我們真的不知道，剛剛一下車牠就跑了，我們追都追不上！」

李然然叉著腰吼：「你們害得小棠的狗跑丟了，難道就這麼算了？還想回去睡覺？做人還能再無恥一點嗎！」

薛凱附和：「至少要一起找吧！」

「這麼晚了上哪找，一隻狗到處亂跑，能找到才有鬼！不就是一隻狗嗎？瞧妳緊張成這樣，沒見過世面，明天我還妳一隻更貴的總行了吧！你們要是再死纏爛打我可要報警了！讓開！」林雪拉著宋明輝擠過去開門進屋，砰地一聲關上門。

李然然差點被門板撞到鼻子，一臉難以置信：「她還報警？沒見過這麼不要臉的人！」

「既然她說要賠，那就等明天看看吧？再說大半夜的，也不知去哪裡找啊！」薛凱開口道。

蘇小棠點了點頭：「嗯，明天再說，你們都回去吧！」

李然然蹙眉，「那明天我陪妳一起找！小棠妳別太難過了，一定可以找到的！」

「好，謝謝妳然然。」

蘇小棠平靜地開車把李然然和薛凱送回了家，看著兩人上樓之後，立即發動引擎，直接飆到了一百二十公里往回開。

剛才是故意那麼說，她已經麻煩李然然太多了，不想再給她繼續添麻煩。

蘇小棠開著車從南苑附近開始找起，然後一圈一圈擴大地毯式搜索，中途擔心方景深自己跑回家，也回去看過一兩次，皆是無果。

到了第二天晚上，李然然給她打了個電話，「小棠，妳在哪呢？我剛下班來找妳，家裡怎麼沒人？」

「等我一會兒，馬上就回來了。」

結果，蘇小棠回來的時候，李然然看到她嚇了一跳，「我的天啊，妳的臉色怎麼這麼難看？該不會昨夜壓根沒睡，一直找到現在吧？」

「哦，好。」

蘇小棠沒顧得上說話，一進門就咕嚕咕嚕灌了一大杯涼水，然後打開電腦劈裡啪啦打字。

李然然湊過去，看到她在地方論壇、微博、社群網站之類的地方發尋狗啟示的帖子。

蘇小棠之前的微博一直很冷清，自從有人發了條她和肉球一起運動減肥的帖子之後，她的微博也被網友找了出來，一時之間微博粉絲大漲，目前也有兩萬多，所以尋狗啟示一發出去立即有大批網友開始幫忙轉發、甚至還有不少官方帳號。

李然然不敢打擾她，在一邊安靜看著，打開手機登錄微博去蘇小棠的頁面一看，尋狗啟示那篇的評論很快就過千了，連本市消防支隊的微博都轉發了：「我去！肉球居然丟了，牠主人丟了牠也不可能走丟啊，希望聰明的肉球可以自己回來，不然我們雷霆可要寂寞了。」

噗，好犀利的評論！不過雷霆是誰？

李然然好奇地點開消防支隊的微博，看到這條轉發前面有一條微博的配圖是肉球跟另外一隻軍犬在一起的照片，照片裡的肉球一臉嚴肅，軍犬張著嘴巴伸著舌頭一臉癡傻地往牠跟前湊，最重要的是照片角落裡那個男人是誰，好酷啊……

李然然又看了一會兒，看到有些粉絲居然指責蘇小棠太粗心，一點都不關心寵物，於是忍不住上去反駁「不知道就別亂說！小棠為了找肉球從昨晚到現在一直沒睡一口飯都沒吃，再說這次根本就不是丟狗！肉球是被偷的！」

這條評論一發出去立刻有人跑來問到底是怎麼回事，李然然這管不住嘴的把事情一說，於是簡單的丟狗事件便延燒到了「我的前任是極品」這樣的狗血話題，關注度瞬間又飆高了。最後簡直到了全城找狗的地步，別人家丟的狗倒是找到了好幾隻，就是沒有一隻是肉球。

李然然幫蘇小棠叫了外賣，可是她一直目不轉睛地盯著網路上的消息，一口都沒吃。李然然看著她直嘆氣，原來昨天晚上她故意表現得十分冷靜，好讓他們回去休息，還真不知道該說她什麼好，什麼事情都喜歡自己扛著，別人的事情她能兩肋插刀，可是卻極少麻煩別人。

這時候，門鈴聲響了起來。

李然然忙去開門，然後就看到宋明輝人模人樣地站在門口。

「你還敢來？」李然然瞪他。

宋明輝不在意地笑笑，一副好脾氣的模樣：「我是來還狗的！」

李然然瞅了眼他手裡提著的小籃子，不屑道：「誰稀罕，你以為肉球是隨便什麼狗就能代替的？」

宋明輝一臉歉意：「肉球的事情實在很抱歉，昨晚喝得有點多，做事太衝動了，我知道小棠一個人在家很寂寞需要精神寄託，跟肉球也很有感情，我會幫著一起找找的，這隻狗暫時先陪著她吧！不管肉球能不能找到，算是我的一點心意，我特意找人從正規狗舍弄過來的，純種哈士奇，名犬後代，而且是直系血統。」

言下之意，這隻狗的價錢足以買好幾隻甚至十幾隻肉球了。

李然然看著他那個道貌岸然、衣冠禽獸的樣子簡直快吐了，「你繼續裝！要不是小棠手裡有你們禽獸不如的證據，你會裝得這麼乖？」

「呵呵，我不過是想肉球了，想帶著牠回去玩玩，但是喝太多忘了跟小棠說一聲而已，沒必要說這麼難聽吧。」

李然然徹底無語了，「真是人賤無敵……」

宋明輝施施然地走進去，把籃子上的棉布掀開，露出毛茸茸的一團：「小棠，妳看看，特別可愛，妳一定會喜歡的。」

蘇小棠一邊刷著網上訊息一邊快速回覆提供消息的網友，頭也沒回。

宋明輝的臉色僵了僵，但還好臉皮夠厚，直接把籃子放下就走了，「呵呵，那不打擾妳了。」

反正他已經「還」了狗，就算她鬧到公司，加上上面那套說辭，對他也不會有太大影響。

白天在外面找，晚上在網上找。蘇小棠就這麼沒日沒夜地整整找了三天三夜。

迷路了回不來？被車撞了？被環保局抓走了？被打死了？每個可能都讓蘇小棠心驚膽顫，她努力告訴自己以男神逆天的智商，就算是變成了一隻狗也能無往而不利，但是擔憂卻依舊沒辦法減輕絲毫。

李然然不放心一有空就過來看她，硬壓著她吃了點東西，順便餵了宋明輝帶來的那隻可憐兮兮的名犬。雖然宋明輝很可惡，可這毛茸茸的一團還真是女性殺手。不過小棠這個對毛茸茸的小動物向來沒有抵抗力的女人居然看都沒看牠一眼，任由牠在腳邊蹭來蹭去都不為所動。

瞅著她這一臉遁入空門似的表情，李然然輕咳一聲勸道：「小棠啊，妳這樣下去肉球沒找到，自己怕是要先倒下了，妳就休息一下吧好不好？」

蘇小棠壓根就聽不到。李然然嘴角抽了抽，「不知道的還以為妳丟了老公呢……」

時間越久找到方景深的可能性就越低，身邊又連一個可以說的人都沒有，蘇小棠都快急瘋了，突然拍著桌子站起來，嚇得腳邊打盹的小球狗嗖地一下滾遠了。

「妳又要幹嘛？」李然然正拆了包零食在吃，本來是準備誘惑蘇小棠吃的，結果蘇小棠一口沒吃，倒是她吃上癮了拆了好幾包。作孽啊，她好不容易保持的身材，蘇小棠家裡實在是太危險了，真不知道她在這種到處是危險的地方是怎麼減肥的。

蘇小棠垂頭沉默著，餘光落在桌邊的手機上，半晌後，終於拿起手機，用力捏了捏，撥通一個號碼。

李然然好奇地看著她，不知道她要打給誰，需要做這麼久的心理建設。

電話很快就通了，那頭傳來男人驚喜的聲音，「小棠？小棠真的是妳嗎？」

「嗯……」

「真沒想到妳會主動打電話給我，我還以為這輩子都等不到了……」

蘇小棠有些急切地打斷她的話，「我有件事想要拜託你。」

什麼事情能讓她這麼倔的性子主動來找自己？電話那頭的聲音立即變得嚴肅起來，「發生什麼事了？」

蘇小棠頓了頓，「我養的一隻狗丟了。」

那頭的人愣了愣，語氣這才輕鬆下來，不過還是不放心：「真的只為這件事嗎？」

「是！這件事對我很重要，非常重要，請……不要問為什麼！如果不方便……」

「方便，當然方便，傻孩子，妳的事就是我的事啊，我這就給我一個朋友打個電話，讓他給巡警打聲招呼幫忙留意下，有照片之類的嗎？」

「有的！我馬上傳給你！」

「好，我的信箱一直沒變。」

「謝謝……」蘇小棠咬了咬唇，「真的謝謝你。」

「想不到妳主動聯繫我、跟我說話、甚至跟我說謝謝會是因為一隻狗……」那頭傳來一聲嘆息，「以後遇到什麼事情儘管來找我知道嗎？小棠，爸就只有妳這麼一個女兒。」

蘇小棠沉默。

「好了，妳放心，我能動用的關係全都會幫妳聯繫的。」

「謝謝，我知道為了一隻狗有點太勞師動眾了，我……」

「什麼都不用說了，別說妳丟了一隻狗，就算是丟了張紙爸也給妳找，只要是我寶貝女兒的事情，就沒有什麼勞師動眾的。」

「謝謝……那我掛了，麻煩您了。」

「等等，小棠，今年過年，妳還是要一個人過嗎？要不來爸爸這裡吧？妳聶阿姨人很好，不會介意的！」

「再說吧……」

「好好，那妳好好考慮考慮，狗的事情一有消息我就會通知妳的。」

蘇小棠掛斷電話，整個人都快虛脫了，疲憊地趴在桌子上。

「妳給誰打電話呢？」李然然湊過去，遞了一塊巧克力到她嘴邊。蘇小棠搖搖頭表示沒胃口吃，隨口答道，「一個朋友。」

李然然覺得沒那麼簡單，但是又不好多問，「我晚上陪妳睡吧？看妳這個樣子我還真不放心留妳一個人在家，暈倒了都沒人知道。反正薛凱今晚加班，家裡就我一個人。」

蘇小棠沒力氣說話，點了點頭。

白天，蘇小棠開車繞著整個城市找了一圈又一圈，視線不停巡視，希望下一個轉角可以看到熟悉的身影，好幾次把別人家的狗認成了方景深，好不容易調整回來的作息全都亂了，稍稍挽回了一點的形象也完全沒了，整個人蓬頭垢面心神恍惚跟瘋子無異。

夜晚，一旁的李然然早就睡熟了，蘇小棠躺在床上，身體疲憊至極卻毫無睡意，睜著眼睛直直盯著頭頂的天花板，腦子裡滿是肉球和方景深的影子，有一點點聲音都以為是他回來了，想著他認真陪自己鍛鍊的樣子、趴在沙發上用爪子看書的樣子、被她摸了腦袋之後總會抖一抖耳朵的樣子、許久不見的風度翩翩、清風朗月的樣子……枕頭不知不覺就濕了大半邊……

夜深人靜，心亂難眠之時，耳邊突然傳來細微的聲響，蘇小棠急忙屏住呼吸支起身子，這幾天她已經不是第一次出現幻聽了，可還是撐著疲憊的身體再一次爬起來走向客廳。越靠近門，那聲音就越清晰，清晰得不像是她臆測出來的，伴隨著怦怦的心跳聲，她打開玄關的燈，顫抖著握住門把，緩緩旋轉，吱呀一聲。

這一次並不像往常那樣，打開門空無一物，蘇小棠看著面前的不明生物，徹底愣在原地。

這不是肉球，這哪裡還是肉球。原本肉球毛茸茸柔順亮澤又整潔的毛髮此刻沾滿了污穢不堪的泥土枯葉垃圾，已經完全看不出來本來面貌，冷靜睿智的藍色眸子滿是疲憊，黯淡無光，四隻可愛的爪子全都被磨破了，血跡和泥污黏在一起，整隻狗瘦了整整一大圈……

看著無比憔悴呆立原地的女孩，他勉強從喉嚨裡發出一聲低低的嗚咽，髒兮兮的爪子輕輕碰了碰她。

蘇小棠捂住嘴巴，蹲下來一把將他抱進懷裡，泣不成聲。

李然然聽到聲響走出來，看到蘇小棠懷裡的一團吃了一驚，「這……這是肉球？牠自己回來的？天哪，怎麼弄成這樣了！」

蘇小棠寶貝一樣抱著肉球不撒手，聲音沙啞：「沒事了，回來就好，然然妳去睡吧，我幫肉球洗個澡。」

「居然能自己跑回來，肉球簡直快成精了！」李然然又驚又喜，讚嘆了好一會兒才終於放下心回去睡了。

李然然離開後，方景深本想在她手心裡寫字，可爪子太髒放棄了。

「你寫，沒關係！」蘇小棠急切地伸出手。

看著她白皙的掌心和急切的表情，方景深猶豫了下伸出爪子，輕輕寫下了「B市」兩個字，擔心她看不明白正要繼續寫，蘇小棠看到這兩個字之後臉色一下子沉了下來，「他們把你丟到了B市是不是？」

方景深點頭。

那兩人一開始強行把牠帶了回去，後來見他完全不像以前一樣乖巧親近還極具攻擊性，已經生了退意，可是又不甘心就這麼把狗還回去，最後乾脆把牠遠遠地扔到了鄰市的荒郊野外，大有我得不到的妳也別想要的意思。方景深毫無辦法，最後只能憑著記憶一路走了回來。

蘇小棠死死捏緊了手心，向來溫軟的眸子裡有他從沒見過的寒意，不過很快那寒意就退卻，雨水沖刷過的天空般清澈的眸子溫柔注視著他，目光化作春水流淌過他的身體，緩解了他一路的疲憊，聲音甜軟得像棉花糖：「你是要先吃點東西還是先洗澡？還是先吃點東西墊一下吧，你這一身要洗好會花很多時間，我這就去給你拿吃的！」

方景深看著她飛快跑遠的身影有些怔忡，分明身形圓潤蓬頭垢面像個瘋子，為什麼看在自己眼裡卻那麼美好，變成禽獸以後居然連審美也開始變異了嗎……

蘇小棠餵方景深吃了些東西，又花了兩個多小時耐心地把他的毛洗乾淨理順，接著抱來醫藥箱小心替他處理著身上的傷口。

蘇小棠小心地在他鼻子上貼了個小小的ＯＫ繃，「我不是專業的，只能先這樣了，明天再帶你去醫院詳細檢查一下。」

看著他終於恢復了原來的樣子，蘇小棠忍不住掉起眼淚，「對不起，都是我太粗心……」爪子上了藥，方景深只能用腦袋蹭了蹭她，讓她不要自責。

「啊嗚啊嗚啊嗚嗚～」

一陣弱小的狗叫聲打破了溫馨的氣氛。

方景深看著屋裡突然出現的陌生生物，眸子暗了幾分。

蘇小棠一看到那隻小球狗，立即慌慌張張地跟方景深解釋，「這個……這個不是我買的，不是我的狗，是宋明輝說什麼要賠給我一隻硬塞進來的，我一直沒管牠，都是然然在餵！我，我只養你一隻，就算找不到你也不會養別的……」

看著她緊張不已宣誓忠貞的模樣，方景深的心情這才舒緩了起來。

「你放心，我明天就把牠送回去。」蘇小棠保證完給他鋪好沙發，「你快點休息吧，走了這麼久的路一定特別累。我也要去洗個澡……」

蘇小棠這才想起了自己此刻的形象，居然就這副鬼樣子出現在男神面前，真是玷污男神的眼睛。不過他終於安然無恙的回來了，這比什麼都重要。

緊繃了整整三天的神經終於放鬆了下來，蘇小棠幾乎有些站不住，強撐著去浴室洗了澡。

方景深極度疲憊之下迷迷糊糊將睡未睡之間突然聽到噗通一聲，急忙順著聲音傳來的方向跑過去，果然看到蘇小棠倒在浴室門口。

方景深下意識的反應就是伸手把她抱起來，然後就看到了自己的肉爪子，懊惱地恨不得給剁了。他拍了拍她的臉沒醒，於是趕緊跑進臥室去叫李然然。

李然然正睡得香呢，就被大聲的「汪」「汪」叫醒了，然後就看到肉球正叼著她的衣角使勁往外拉。

「唔，肉球？怎麼了？」

「汪汪！」

肉球一直拉著她不放，像是要帶她去什麼地方，李然然只好起來被他拖著走，於是便看到了倒在地上的蘇小棠。

「小棠！」李然然嚇得驚呼一聲趕緊去扶她起來，可是太重了壓根拉不起來，反而累得自己一身汗。

「蘇小棠！就妳這體重，公主抱什麼的這輩子都跟妳絕緣了好嗎？」李然然搓了搓手，扶不動只好用拖的，最後費了九牛二虎之力，總算是把她搬到床上了。

蘇小棠躺在床上，嘴裡口口聲聲喃喃著含糊不清的話，李然然湊近一聽——咕噥的全是方景深的名字。

「還真是死心眼……」

李然然無奈地嘆氣，她一個人實在是沒辦法把她弄到醫院，薛凱又在加班，正發愁呢，還好蘇小棠自己醒了，一醒就驚得跳了起來，「肉球呢？我剛剛做夢夢到肉球回來……原來只是做夢……」那臉上瞬間的落寞和絕望看得人揪心。

下一秒，方景深跳到了床上，毛茸茸的腦袋蹭了蹭她的臉頰。蘇小棠這才破涕為笑。

「看到了吧？妳不是做夢啦！」李然然笑道，隨即摸了摸下巴，有些不知道該怎麼形容，「不過肉球還真是……人性化啊！唔，好羨慕，弄得我都想養隻狗了！」

第二天，小狗拜託李然然還給了宋明輝，日子又恢復了平靜，只是，連日的壓力累積使得蘇小棠一下子病倒了。

蘇小棠一個人撐著去醫院打了針拿了藥，一回來就倒頭躺到了床上。

「汪！」方景深叫了一聲表示有話要說。

「唔？」蘇小棠伸出手給他。

【早飯。】

蘇小棠因為他的關心露出微笑，有些虛弱地搖了搖頭道，「只想睡覺不想動，也沒什麼胃口，就當減肥好了，反正身上脂肪多，足夠消耗。」

說著就迷迷糊糊地閉上眼睛，但每次還沒閉多久就神經反射一樣立即睜開，看到他好端端地在視線裡才安心下來，如此反覆，最後方景深只能跳到床上躺到她的旁邊。

蘇小棠一隻手輕握著牠的爪子，總算是安心了。

蘇小棠就這麼睡了一天一夜，直到第二天早上。

雖然生病後多休息是好的，但她這麼不吃不喝一直睡肯定是不行的，方景深一臉擔憂地看著她，聽到她在睡夢中嘀咕了一句「手抓餅」。

「……」半晌後，方景深從蘇小棠包裡抽了一百塊錢悄悄出了門。

還好樓下的手抓餅攤子已經擺出來了，方景深叼著錢跑到攤子跟前，老闆剛給一個客人包好餅，一低頭就看到一隻狗一動不動地蹲坐在攤子前瞅著她，嘴裡還叼著張鈔票。

「呃，你是要買餅嗎？」老闆看著頗為新奇，試探性地問了一句。

方景深沒法開口，只是把錢往她跟前遞了遞。

老闆小心接過錢，又看他除了帶錢身上也沒有紙條什麼的，「也不知道你家主人習慣加什麼，那我給你每樣都加好不好啊？」

方景深「汪」了一聲表示可以，他記得蘇小棠不挑食的，老闆立即樂了，「真聰明的狗！也不知道怎麼訓練的！」

老闆做好餅，嚴嚴實實地包了起來，零錢找好，把塑膠袋遞給方景深叼著。不過方景深卻沒有接，依舊蹲在原地，老闆狐疑地順著牠的目光看過去，「呃，牛奶也要？」

「汪！」

「呵呵，真神！」於是老闆又拿了一盒熱好的牛奶給他裝進袋子裡。

方景深這才滿意地離開了。

蘇小棠正混混沌沌、半夢半醒地睡著，感覺毛茸茸的東西一直在蹭自己，迷迷糊糊睜開眼睛坐起身子，發現是方景深，嘴裡還叼著塊白色的毛巾，「怎麼了？」

方景深見她醒了，把毛巾鋪到她的跟前，又把剛才買的手抓餅和牛奶放了上去。

蘇小棠愣愣地看著手抓餅、牛奶、還有單獨一個袋子裝起來的零錢，「……你買來的？」

「汪！」

人在生病的時候尤其脆弱，蘇小棠簡直感動得不知如何是好，已經多少年沒有人這樣照顧過自己了。

「謝謝……不過以後還是不要一個人出去了。」蘇小棠擔憂地摸摸他的頭。

放在筆電旁邊的手機響了起來，不等蘇小棠起身，方景深已經跑過去幫她拿了過來。

剛才拿手機的時候看到螢幕上的來電顯示讓方景深有些在意，沒有名字，只有一個字母「S」。

蘇小棠接通電話，「抱歉，狗已經找到了，我還沒來得及告訴你。」

「啊！這樣啊，那太好了，找到就好，找到就好，哎，只是爸也沒能幫上忙。不過，我打過來還有另外一件事。」蘇建樹的聲音有些凝重。

「什麼事？」

蘇建樹的語氣自責不已：「小棠，妳不認我是對的，我實在沒臉做妳的父親，現在所有人都知道了，我這個做父親的居然才從朋友口中得知自己的女兒被欺負成這樣，而這個人不久前剛因為跟我的公司合作而大出風頭。」

「……」蘇小棠還不知道因為李然然的一時激憤，她跟宋明輝還有林雪的事情已經在網路上傳開了，宋明輝和林雪的身分也被人肉了出來。不過蘇小棠聽他的話還是明白了他說的是什麼事，原來那天在同學會上聽說的是真的，宋明輝接的那筆大單子確實是和 S&N 合作的。

蘇建樹怒道：「妳跟宋明輝那個混蛋的事情我已經清楚了，妳放心，爸絕對不會讓妳白白吃虧，居然敢欺負我的寶貝女兒，我絕對讓那個臭小子好看！」

蘇小棠抿了抿唇，看了一旁的方景深一眼，最終沒有拒絕，開口說了一句：「謝謝爸。」

她自己被欺負沒關係，可是，這一次受苦的卻是方景深。

「小棠，妳終於願意叫我爸了……」聽到蘇小棠這一聲「爸」，蘇建樹激動不已，「小棠啊，改天出來陪爸爸吃頓飯好嗎？爸爸都好久沒有見到過妳了。對了，一定要把狗也帶著，爸爸要好好感謝牠，牠可是爸爸的恩人，沒有牠，這一聲爸我還不知道要等到什麼時候呢！」

蘇建樹知道女兒喜歡這隻狗，便本著愛屋及烏的心思準備藉由牠與女兒恢復關係。而蘇小棠感覺自己在宋明輝這件事上利用了他，不好拒絕，便答應了下來。

方景深在一旁基本上已經聽懂了來龍去脈，蘇小棠與她的父親關係不好且極少聯繫，這次是為了自己的事情才拜託他幫忙的。而且那麼巧，恰好宋明輝合作的公司就是她父親開的，方景深聯想了一下姜華婚禮那天晚上得到的訊息，所以說，蘇小棠的父親居然是與方氏集團規模不相上下的 S&N 集團董事長？

這個消息還真是令人驚訝，真不知道一心攀高枝的宋明輝若是知道了這個事實，該是何種表情？

這年頭的人只要有一點背景和倚仗，就算是拐了十八個彎都恨不得全都誇大十倍作為資本，可是蘇小棠有如此身世，竟然從不曾透露分毫，即使被欺負成那樣也只是淡然一笑，從未想過找有錢有勢的父親幫忙，從這點也能看出她跟父親之間有多麼疏離，然而，這次為了自己卻……

方景深不願承認，他對這個一直暗戀自己，完全不符合他審美的女孩有了特殊的情感。

那種情感被稱之為——心動。

第七章 喜歡的那個人

S&N集團董事長辦公室。

宋明輝一聽到消息就風塵僕僕地趕來，結果等了足足三個多小時，才終於見到了人。

「坐。」蘇建樹不冷不熱地招呼了一句。

宋明輝忐忑難安地坐了下來，「想必蘇董已經知道我為何而來了。不知道我們的產品到底出了什麼問題？以致於您將本來都已經訂好的單子全部撤回？」

蘇建樹不管是臉還是身材都保養得頗好，禿頂、發福、啤酒肚通通都沒有，完全看不出是四十多歲的人。聞言淡淡答道：「你們的產品是沒有出問題，不過你的人品卻出了問題。」

宋明輝一怔，畢竟還是心虛，網路上的事情最近鬧得挺大，不過他已經設法壓制了，也請了不少網軍混淆視聽，本以為不會造成多大的影響，但沒想到居然傳到了蘇建樹這裡，還嚴重到令他把合作都取消了，這簡直是難以理解。

「蘇董，我們都是生意人，我不覺得這是造成我們合作破裂的理由。說到底這是我的私事，而且目前流言已經壓制下來了，您也知道，這種事情最多一個星期，失去熱度就沒人關注了。就算退一步來說，人往高處走，水往低處流，蘇董，如果是您，身為男人，您會怎麼選擇？是家境殷實，年輕漂亮的女孩，還是又胖又醜的女人？」

蘇建樹不緊不慢地抿了口茶，挑眉道，「你說得沒錯，身為男人，我確實會選擇前者。並且，這件事情也確實如你所說，不足以影響我們的合作。」

宋明輝自然是清楚蘇建樹的經歷才會這麼問的，聽到這個回答稍稍鬆了口氣，可卻總覺得哪裡不太對勁，心反而提了起來。果然，蘇建樹緊接著呵呵冷笑一聲，話鋒一轉，「只是，真不巧，你口中所說的那個又胖又醜的女人，正是我蘇某人的親生女兒！身為父親，你說我應該怎麼做呢？」

聽完這句話，宋明輝整個人像被雷劈一樣，徹底愣在原地。

他知道蘇建樹除了跟現任妻子有一個兒子之外，確實跟前妻還有一個孩子。蘇小棠，蘇小棠……他怎麼忘了蘇小棠也姓蘇呢？蘇小棠居然是蘇建樹的女兒？這……這怎麼可能！

另一邊，蘇小棠接完電話後便準備起身，「差點都忘了，我還要通知大家已經找到你了。」

剛才給蘇小棠拿手機的時候，因為筆電打開著，方景深已經看到了網上那些帖子和微博，伸出一隻爪子按住她，不容拒絕地道：【躺著，我去。】

「哦。」於是蘇小棠二話不說便乖乖躺了回去。

微博和論壇等依舊是登入狀態，方景深啪啪啪發了一條微博——「狗已找到。」

微博剛發出來底下立即就沸騰了，紛紛感嘆祝福，不過，很快就有人質疑了——

「妳真的是小棠嗎？」

「是啊，這語氣不像啊！該不會是被那對狗男女盜帳號了吧？」

「被你們這麼一說還真是，這是什麼語氣啊，我的小棠才不會這麼高貴冷豔！」

「狗男女你們還要不要臉！」

……其實男女兩個字去掉就對了。方景深沉默了幾秒，只好又發了一條微博解釋，「確實是代發，不過沒有被盜號，小棠生病了。」

然後大家又開始問：「那你是誰啊？我讀書少你可別騙我，小棠明明沒有男朋友！」

「會不會是小棠的閨密啊？就是爆料的那個！」

「賭一根香蕉，是爆料閨密@然然很溫柔。」

「賭一根黃瓜，是男朋友！你憑什麼認為人家沒男朋友啊？胖又怎麼了？胖就不能女神了？人家小棠就是我心中的大號女神！」

「賭一根骨頭，是肉球自己發的！」

……真是微博代有才人出啊。

過了一會兒，不停被@的李然然出現了：「不是我啊！小棠居然生病了？我還不知道呢，這傢伙也沒告訴我！不過大家放心吧，我可以證明，狗確實找到了！」

不過，到底是誰發的啊？李然然也納悶了。

【早上還吃手抓餅嗎？】

【中午想吃什麼？】

【晚上呢？】

【別動，我來。】

【不行，吃完，現在不用減肥。】

蘇小棠還是第一次覺得生病也這麼幸福。在方景深的精心照顧之下，半個月之後蘇小棠又活蹦亂跳了。

重回晨跑後，公園偶像肉球受到了大家熱烈的歡迎。

「哇，肉球回來啦，真的回來了，好想你啊！」

「終於看到肉球又出來遛主人了！」

「原來每天早上在樓底下買手抓餅，被賣餅大媽傳得比哮天犬還神的狗就是肉球啊！」

「哇塞真的是肉球嗎？這身材簡直判若兩狗啊！難怪我之前沒認出來！好帥好威武！」

「把拔，看！有灰太狼！」

因為動物體質的關係，相比蘇小棠，肉球瘦得特別快，目前已經完全是標準身材，加上那個不怒而威的氣質，簡直帥氣威風得不得了，不仔細看還真以為是匹狼呢。

同樣的身體，不同的靈魂，差距就是這麼大。

話說，方景深的靈魂到了肉球的身體裡，那麼肉球的靈魂又到了哪裡呢？仔細想想，怕是有很大的可能性，被交換到了方景深的身體裡。

不過蘇小棠卻一直逃避著這個問題。幸虧現在方景深昏迷不醒，萬一要是在被肉球的靈魂支配的情況下醒過來了，傻缺黏人無節操的方景深？簡直不敢想像……她覺得還是永遠不要在方景深面前提這個話題比較好。

蘇小棠這段時間好不容易瘦了點，結果因為生病一直被男神以養病期間暫停減肥為由補充營養，體重又小小上升了一點。

養好了身體，蘇小棠鼓了把勁，準備加足馬力繼續減肥。

這次不僅僅是有了目標和動力，還有了一股一定要爭氣的怒意，蘇小棠比往常更加拚命了。

「哇啊啊啊——雷霆你慢一點啊啊啊！」

蘇小棠正跑著，伴隨著一聲驚呼，一隻大狼犬如脫韁的野狗一般迅速朝著他們的方向跑了過來，最後乾脆連牽繩都掙脫了。

一個猛撲——撲空了。因為方景深早就提前不動聲色地往旁邊讓了讓。不過這絲毫沒有打擊到雷霆的熱情，牠簡直興奮得快把尾巴都搖斷了，一副見到小夥伴回來了好高興的樣子，可是顯然牠的小夥伴沒有那麼高興。

「你真受歡迎……」蘇小棠忍不住感嘆，然後好奇地問出那個一直很感興趣的問題，「對了，我一直想問來著，你能聽懂狗說話嗎？」

方景深「汪」「汪」兩聲表示不能。語言是後天學習的天賦，怎麼可能靈魂轉移到狗身上立刻就能聽懂狗說話，只不過他慢慢能夠感覺到牠們的情緒罷了。

剛才牽狗的消防兵興奮地湊過來，「我就說嘛，肉球這麼聰明，絕對能自己跑回來！」

沒過一會兒又湊上來一群阿兵哥，圍繞著肉球鬧了一陣子，有人不懷好意地揶揄道：「妹子繼續加油啊，其實我們隊長很好追的！」

呃，怎麼扯到他們隊長身上去了？

「我很好追？」身後一道危險低沉的聲音傳來，一群鬧哄哄的傢伙立刻噤聲了。

莊毅黑著臉地將毫無軍犬形象的雷霆給牽了回來，和往常一樣跟蘇小棠淡淡打了個招呼，便踹著那群兔崽子繼續訓練去了，「我讓你們看看我是不是很好追，等下跑在我後面的通通罰跑十圈！」

伴隨著一陣哀嚎，蘇小棠笑了笑正準備也繼續跑，突然看到對面不遠處圍了一群人，似乎是有個老太太暈倒了。

蘇小棠看到被人群圍在中間的老太太虛弱地歪倒在地上，彎彎的駝背白髮蒼蒼，看起來特別孤單可憐，不由得就想起了自己在鄉下的外婆，實在沒辦法就這麼眼睜睜看著不管。

方景深看清摔倒的人之後正要跟蘇小棠「說話」，卻見她疾步趕了過去，只能急忙跟上。

「請讓一讓。」

見蘇小棠似乎要過去幫忙，一旁的大媽急忙熱心地拉住她，「妳年紀輕輕不懂事，可不能扶啊，小心老太太說是妳推她的，抓著妳不放訛妳錢！」

蘇小棠眉頭微蹙，「沒關係的，這裡有這麼多人給我作證呢！」

大媽小聲跟她嘀咕：「現在是有這麼多人，待會兒可就不一定了！這個社會誰管誰啊，誰有功夫管閒事替妳作證！」

蘇小棠撓撓頭，靈機一動，抬頭道：「公園這邊有監控錄影！」

大媽也是好心，她的話蘇小棠並沒有覺得世故或不對，這個社會確實如此，不怪沒人願意做好事，但蘇小棠覺得沒有做不到的，只有不願意努力去做的，想要在確保自己安全的情況下幫助別人，還是有很多方法的。

「老太太，您怎麼樣？哪裡受傷了，能站起來嗎？」蘇小棠關心地問。

老太太瞇著眼睛歪在地上直哼哼，無力地用手指了指自己的腿。

蘇小棠見她還清醒著鬆了口氣，拉開她的褲管一看，腳踝確實腫得厲害，「老太太，我先送您去附近的醫院好嗎？您有家人的電話嗎？我……」

話音未落，老奶奶突然死死抓住她的手，一臉激動地盯著她不放。

一旁的大媽看得直嘆氣，「看看，我說吧，就知道會這樣，老太太要訛錢了！」

「這種事情這個月都不知道第幾回了，連警察都不願意來！這年頭摔倒都等於是詐騙了，能怪我們路人冷血嗎哎……」

圍觀的路人紛紛慶幸還好自己沒去蹚這渾水，這種事真的是有理說不清的，就算最後說清了，多耽誤時間啊，而且還糟心。

「老太太，怎麼了？」蘇小棠依舊耐心地問。

老太太抓著她的力氣異常大，並且滿面紅光，哪裡還有剛才虛弱無力的樣子。打量了她好半晌之後，老奶奶一口氣道：「姑娘，我見妳體態圓潤氣息綿長頭頂祥雲吉星高照，必是可轉危為安逢凶化吉的大富大貴之人，姑娘可願意做我曾孫媳婦？」

蘇小棠愣了。路人傻了。這年頭騙術又出新花樣了？不訛錢改成訛人了？

老太太拉著她依舊激動不已，「姑娘，我跟妳說，我曾孫子長得玉樹臨風一表人才，從小就是神童，長大就是天才，年紀輕輕都醫學博士了，找他看病的人能從城南排到城北，喜歡他的姑娘更是能繞城好幾圈……」

聽了老太太這番話，路人更加肯定這是個騙子了，妳曾孫要是真這麼厲害，還能輪得到您老人家這麼給人家找媳婦嗎？而且還這麼饑不擇食……這姑娘何止是體態圓潤啊？

蘇小棠只覺得老太太這形容給她一種莫名的熟悉感，直到……聽到老太太報出了她曾孫子的生辰八字……

「哎呀跟妳說生辰八字妳小丫頭肯定聽不懂，那孩子是一九××年生的，生日是十二月二十五號，耶穌妳知道吧？就是西方的上帝，紀念上帝出生的那天生的！」

蘇小棠第一反應就是滿臉震驚地扭頭看向一直跟在自己身後的方景深。

方景深……方景深他默默扭開了頭，不忍直視。他真的不想承認這麼二百五的老太太跟他有任何關係，話說他那個二貨弟弟八成是隔代遺傳老太太的。

老太太正努力誇著自己曾孫子是多麼的聰明能幹，人群中擠出個西裝革履的男人，語氣頗有些欠揍地謙虛道：「哎呀太奶奶，妳這麼說人家會不好意思的！」

老太太看到來人，直接白了他一眼，「跟你有啥關係啊！」說完又拉著蘇小棠開始繼續說，「醫生多好啊，以後生病了都不用去醫院啊！」

路人：這不是咒人家生病嗎？

方景燦：又是方景深，就知道太奶奶誇的不可能是自己！

這幾天老太太都沒動靜，也沒再提過什麼沖喜的事，他還以為她已經想通了呢，哪裡知道是積著準備放大絕呢！

方景燦要扶老太太起來，老太太壓根不稀罕他扶，方景燦只好去勸蘇小棠：「小棠，妳別聽我太奶奶胡扯！」

「混小子，我怎麼胡扯了？」老太太直接往他腿上抽了一下，然後生怕給蘇小棠留下不好的印象，信誓旦旦地保證道，「閨女，妳要是跟我家深深在一起，一定會很幸福的！」

方景燦撇撇嘴，「躺在床上動都不動怎麼給人家性福啊！」

「小混球！別跑，你給我過來……」

「有本事妳起來啊！」

「你你……氣死我了氣死我了……」

「太奶奶您體壯如牛，哪能這麼容易被我氣死啊！」

眼見著兩人吵著吵著都快打起來了，蘇小棠趕緊出來打圓場，陪著方景燦一起帶老太太去醫院處理了一下腿傷，又把老太太送回了家。

「太奶奶，妳睡一會兒吧，跑這麼遠的路都不累嗎！」方景燦任勞任怨地給她鋪好床。

「不累，我不睡。」老太太不領情，冷冰冰地回答。

「還是休息一下吧。」蘇小棠也勸了一句。

老太太立刻爬到床上躺好，不過一隻手依舊抓著蘇小棠不放，生怕她跑了。蘇小棠只好坐在床沿陪著老人家說話。

方景燦看得直瞪眼，這態度差別也太大了吧？人家還不是您曾孫媳婦呢，就算是了，也不是方景深的媳婦！

一路上都心情壓抑的方景深回到家之後走到了許久都沒有來過的陽臺，熟門熟路地跳到自己常坐的椅子上。

方景燦踱步過去，見了那隻狗不由得挑了挑眉，「球兒，你還真會挑地方坐啊！」說罷在他對面坐了下來，看著肉球毛茸茸的腦袋好想揉一揉，不過之前被狠狠咬過，還為此打了五針，自然是只敢想了。

方景燦托著下巴唉聲嘆氣，嘆完以後就開始自言自語，這傢伙從小就有自言自語的毛病。

「哎，真是太糟心了，太奶奶也真是的，我本來還計劃循序漸進呢，結果她突然跑出來橫插一腳，看樣子我必須要加快進程了！殺千刀的方景深，就連躺在醫院裡都有本事整我，我上輩子是造什麼孽啊成了你弟弟……」說著說著發現有一道視線落在自己身上，於是方景燦看向正看著自己的肉球，「球兒你看著我幹嘛？是不是也覺得那傢伙特別混蛋？我告訴你啊，千萬不可以讓別的男人接近你主人知道不？記清楚了，我才是你未來的男主人！」

方景深連輕嗤都懶得給，直接把頭扭開了。

方景燦還在美好的幻想中，「你說我用什麼辦法比較好呢？小棠貌似還挺死心眼的，本來還準備等她對混蛋哥哥的感情和愧疚稍微淡一些才下手來著，看來這樣不行，嘿嘿，有了！我可以反其道而行嘛！」

蘇小棠好不容易把老太太哄睡了，剛走出來方景燦就興沖沖地黏上去，把她拉到陽臺說話，「小棠，過來過來！」

「怎麼了？」小棠問。

方景燦一臉諂媚，「手頭有兩張電影票，朋友送的，晚上陪我一起去看吧！」

蘇小棠沉吟，「狗能進去嗎？」

方景燦愣了愣，「這個……不能吧！」

「哦，那我不去了。」小棠毫不猶豫地拒絕。

怎麼可能因為不能帶狗就不去呢，方景燦覺得這一定是藉口，抓了抓頭笑道，「我真的很喜歡那部電影，可是一個人看太沒意思了，大不了我拿東西跟妳交換好不好？」

「交換？」蘇小棠不解。

「是啊！」方景燦嘿嘿一笑，「想不想看我哥小時候的照片啊？超級可愛的哦！妳陪我去，我就拿給妳看！」

有男神訊息收集癖的蘇小棠眼睛立即一亮，但很快又搖搖頭，「不要了……」

哎？居然不願意？她剛剛的表情明明就很想要的啊！看來籌碼不夠，方景燦臉色沉了沉，決定使出殺手鐧，故意湊近她以神祕誘惑的語氣小聲說道，「我不僅有小時候的照片哦！還有裸照，我獨家私藏的，真的不想要嗎……」

這傢伙歡快地掉著節操，踩著親哥哥上位簡直毫無壓力！蘇小棠已經徹底無語了，話說你私藏哥哥這種照片真的好嗎？

此刻蘇小棠的心中猶如有一萬隻哈士奇瘋跑而過，真是太作孽了啊，方景燦你出賣你親哥收買我是當著你親哥的面啊你知道嗎！

「才不想要！方景燦你別鬧了！」蘇小棠斬釘截鐵地拒絕，一邊說一邊還戰戰兢兢地瞅了眼悠閒地趴在藤椅上的方景深，生怕被他看出自己小小的覬覦之心。

居然連這個都不行？方景燦只好再接再厲：「那我用方景深不為人知的小祕密交換嘛，他的事情我全都知道哦！」

「不可以的，這樣不好！」蘇小棠快要撐不住了。

方景燦鬱悶不已，可惡！混蛋方景深我要你何用啊！

不過鬱悶完又開心了，看來小棠對我哥也沒那麼癡迷嘛，不然肯定無法拒絕這樣的誘惑。

「這樣不行那樣也不行，小棠妳老實說是不是很討厭我啊？」方景燦開始扮可憐。

蘇小棠急忙擺手，「沒有啦！」

「那妳請我去妳家玩嘛！」方景燦黏上來。

「好好好！你要來就來吧！」生怕再出現上次那樣兄弟相殘的流血事件，蘇小棠只好敷衍著答應了，然後趕緊帶著男神離開了這個是非之地。

死纏爛打成功的方景燦終於心滿意足了，「別忘了啊！改天我就去找妳玩，還有千萬不要答應我太奶奶的任何要求……」

蘇小棠怎麼也沒想到沖喜這件事情真的發生了，而且還發生在自己身上。她的內心動盪不已，很想找方景深談談，問一問他的看法，但是又不敢問。這麼荒謬的事情還用問嗎？男神肯定百分之百不會答應啊！要是貿然一問，豈不是顯得她好像很期待？

萬分糾結之下蘇小棠選擇了什麼也不說。

平時她雖然溫柔好說話，但做事情還是挺乾脆的，只是涉及某人某事就會優柔寡斷得不像自己。於是蘇小棠沒有問，方景深也沒有對此發表看法，兩人就都當這事沒發生過一樣。

臨走前方景燦這傢伙嚷嚷著改天要來找她玩，但是蘇小棠沒想到改天會這麼快，第二天一大早她剛起床準備出門跑步，他居然就出現了。

蘇小棠看著大清早就出現在自家門口，打扮得金光閃閃的方景燦愣住了，「呃，方先生？你怎麼來了？是方景深出什麼事了嗎？」

方景燦陽光燦爛的臉一下子就晴轉多雲了，一臉我好傷心的表情嘆道：「小棠，不是說好了要請我來妳家玩的嘛，還有啊不要叫我方先生啊！」

「呃……抱歉啊，我一時沒反應過來，咳，你來得好早啊！」

方景燦看著她這一身裝扮眉頭微蹙，「妳這是要出去跑步？」

蘇小棠點點頭，「是啊，我每天都晨跑的。」

方景燦的臉色又沉了幾分，「外面天氣這麼冷，大清早的跑步多受罪啊！」

「沒辦法啊，我太胖啦，要多運動！」蘇小棠不在意地直接說道。

方景燦立即反駁：「妳一點都不胖！」

「呃……」雖然這句話是她夢寐以求的，可蘇小棠還是很想質疑你眼睛有問題嗎？正想著要怎麼接話，褲腿動了動，是蹲在一旁被忽略的方景深略微不耐煩地用爪子扯了一下。

「啊，這就走！」蘇小棠急忙說，然後看向方景燦，「我要去跑步了，你……」

方景燦權衡之下開口道：「我跟妳一起跑！」

蘇小棠想了想，人都來了，總不好讓他回去吧，出於禮貌，她倒是想陪陪客人今天不跑了，可是看方景深這意思顯然是要繼續跑的，於是好像只能如此了。不過她還是有些擔心方景深不高興，畢竟這傢伙昨天才對自己哥哥做過沒節操的事情，最重要的是她實在是很不放心讓這兩隻待在一起。

於是蘇小棠還是決定確定下方景深的意思。

「你要跟我一起跑？」蘇小棠一邊不確定地問一邊摸了摸方景深的腦袋，撫摸的手掌不動聲色地劃出一個問號，表面上是問方景燦，其實是在徵求方景深的意見。

方景燦以為她是懷疑自己的能力，急忙捏捏手臂解釋：「妳別看我這樣子，平時我也經常運動的！身體很好！」那架勢都恨不得脫光自己衣服證明給她看了。這時候，方景深「汪」了一聲，方景燦立刻笑逐顏開，自戀道：「看看，肉球都同意我說的話！」

方景深自然不是「汪」給他聽的，這邊蘇小棠終於得到了方景深的一聲「汪」，於是趕緊說道，「那好吧！」

遲鈍的蘇小棠很快便發現自己這個決定有多失策。她這樣平凡普通身材又不堪的女孩身邊突然跟著個金光閃閃的大帥哥一起跑步，還對著她笑靨如花，更別提有多親熱……這一幕實在是太引人注目了！

可這也是男神做出的決定啊，蘇小棠自然是一個不字都不敢想，只能硬著頭皮繼續跑。

於是，那些每天早上跟她打招呼的人打完招呼之後幾乎都要問一句：「這位是？」

「一個朋友」「只是朋友」「真的只是朋友」……蘇小棠回答得嘴都酸了。

雖然蘇小棠說只是朋友，但方景燦那自然流露的親昵態度明眼人一看就不正常，於是大家紛紛感嘆——

「這實在太勵志了！我決定明天就去和男神表白！」

「小棠加油啊！我看好妳！妳就是我們胖子的指明燈！」

「這誰下手這麼快啊？我還在準備這妹子要是瘦下來了就去追呢！」

挺蘇小棠的人很多，當然，也有憤憤不平一朵鮮花插在肥肉上、好白菜都被豬拱了的。蘇小棠聽著聽著也就麻木了。反正她連最尷尬的事情都經歷過了，這種還真傷不了她。

「小棠，我知道有家新開的法國餐廳，廚師超有名，我上次去吃了一回，簡直好吃到我舌頭都快吞下去了，下回我帶妳去吃吧，妳一定喜歡！」

「小棠，我朋友上次給我帶了幾盒進口的糖果，今天忘記了，下回我帶給妳！」

「啊對了，我還有個朋友是開巧克力工廠的，我帶妳去參觀好不好？」

雖然一路上蘇小棠擔心的事情都沒有發生，兩隻姓方的難得地和平共處，只是方景燦一直都在談論這些喪心病狂的話題，蘇小棠簡直有苦難言。

不過，方景燦這個人雖然自來熟，還有些熱情過頭，但卻也很真誠。最重要的是，他是方景深的弟弟，愛屋及烏什麼的……她自然是想討厭也討厭不起來。

方景燦說到最後，還是繞到他最關心的問題，「沖喜什麼的實在是太不科學了，所以妳可千萬別一時心軟答應我太奶奶，知道吧？」

「放心，我不會的。」蘇小棠笑著回答。

她仔細想過之後，覺得不用太在意這個問題，就算方景深的曾祖母病急亂投醫，方家其他人難道能任由她這麼胡鬧嗎？而且男神不同意的事情，打死她也不可能會做的。

一旁的方景深聽到蘇小棠的話之後，不由得抬頭瞥了她一眼。

「唔，還有件事。」方景燦突然有些扭捏，小心翼翼地開口道，「小棠啊，妳覺得……」

「什麼？」蘇小棠問。

方景燦正要說話，手機卻響了起來，只好先接電話。

方景燦一說正事表情就變了，本來蘇小棠還一直懷疑方景燦這樣的性子是怎麼管理大公司的，這下發現他正常的時候還挺能唬人的！方家的人果然都不一般。

另外方景燦確實像是他自己說的那樣經常鍛鍊，一邊打電話一邊跑步，還一點都不喘。

「事情辦得怎麼樣？那就好。廢話，當然是儘快了！不行，你親自去接，務必確保是史密斯醫生本人，別再用學生助理耍我！這你不用管，專心辦好這件事就行，還有醫院那邊……」

方景燦顯然在說方景深的事情，蘇小棠在一旁聽著還挺有感觸的，醉酒那次她就知道方景深這個弟弟看似跟他關係不好也沒心沒肺，其實還是很關心這個哥哥。

方景燦講完電話之後繼續嘻嘻哈哈地跟蘇小棠裝熟，兩人聊著聊著也挺融洽，方景燦看差不多了，正要繼續說剛才那件事，往常一樣那隊惹眼的阿兵哥便迎面跑了過來。

威武肅穆的隊伍一遇到蘇小棠和方景燦，就都邊跑邊扭頭盯著兩人看，人都跑遠了，頭還扭著，最後一群人齊刷刷轉頭把目光放在了自家隊長身上，目光裡還透著一絲同情。

莊毅自然也看到了，本來沒覺得有什麼，但是卻被那群傢伙奇奇怪怪的眼神給惹毛了，犀利的雙眸刀光劍影般掃了過去以示警告。一隊人這才戰戰兢兢收回目光，雖然嘴上不敢說，心裡卻在嘖嘖嘆著：哎哎惱羞成怒，惱羞成怒了啊……

方景燦幾乎是立刻就發現了氣氛不對勁，轉過頭去目光探究地在莊毅身上掃了一眼，看來棘手的事情不只一件啊！

回到家裡。方景燦見肉球站在門口不動，便笑著去哄牠，「球兒，進來啊！」

方景深用餘光輕飄飄地掃了他一眼，然後直接無視了。

方景燦的笑容僵了僵，為什麼覺得這狗在用看白癡的眼神看自己？狗怎麼可能有表情呢？

方景燦收回自己亂七八糟的想法，撓撓頭問道：「小棠，肉球怎麼不進來？」

蘇小棠從洗手間拿了兩條半濕的毛巾出來，在方景深跟前蹲下，「因為要先擦手，還有毛也沾了灰，肉球很愛乾淨的。」

於是方景燦便看到一動不動的肉球主動伸出了爪子，擦完了一隻又主動伸出另一隻，完了把頭低下了，於是蘇小棠又換了一條毛巾幫牠把毛仔細擦了一遍。

方景燦看得嘆為觀止的同時也湧起一股異樣的感覺，之前他就覺得有點怪怪的了，這隻肉球的某些行為，總讓他莫名想到自家哥哥，現在看來連潔癖這一點都像得不能再像。

見一人一狗相處得極其融洽，對自己總是不屑一顧的肉球在面對蘇小棠的時候總算像一隻狗該有的樣子，方景燦又覺得自己瘋了，他居然覺得一隻狗跟方景深很像……

給方景深打理好以後，蘇小棠滿意地點了點頭，正準備起身，方景深突然湊近了一些，接著，毛茸茸的腦袋在她的手背上溫柔地蹭了蹭。

這這這……男神這是在做啥？

這個動作在方景燦看來沒什麼，可是看在蘇小棠眼裡，這前所未有、極其親昵甚至可以稱得上撒嬌的動作簡直讓她受寵若驚，整顆心都化掉了，連眼睛都開始泛酸……她是不是太容易滿足了？為什麼明明已經再三告誡自己不要再對他心存幻想，卻還是輕而易舉地被感動。

蘇小棠在自己失態之前趕緊背過身去，「你隨便坐，喝什麼？茶可以嗎？還是果汁？給你榨杯柳橙汁吧？」

看著蘇小棠滿臉震驚後紅著眼睛落荒而逃的樣子，方景深不由得心頭一軟。

「隨便，都可以。」一無所覺的方景燦打量著裝飾得略有些日式的屋子，接著一眼看中了一張粉嘟嘟的懶人沙發，於是開心地把同款草莓形狀的抱枕摟在懷裡，一屁股坐了上去。

整理好心情的蘇小棠端了果汁過來，見了方景燦坐的地方臉色一囧。

說是隨便坐，可是，那麼多地方可以坐，為啥一眼相中了男神的御座啊，這兄弟兩個還真是天生的不對盤。

蘇小棠輕咳一聲尷尬道：「那個，這是肉球的狗窩……」

方景燦臉色黑了一下站了起來，回頭看了眼那張上面鋪著白色天鵝絨又軟又舒服的沙發，瞅著她脫口而出：「小棠，我好想做妳家的狗！」

「……」這年頭連做狗都有人搶？

方景燦口口聲聲說要來家裡找她玩，蘇小棠還真不知道該怎麼招待他，她這裡實在是沒什麼好玩的。正發愁，一旁的手機響了起來。

「不好意思，我去接個電話。」

「沒事沒事，妳忙妳的，我跟肉球玩！」

蘇小棠瞅了眼螢幕上閃動的「S」，匆匆去了陽臺：「喂……」

屋內，方景燦不知道從哪掏了一根骨頭出來，一臉討好地湊到方景深跟前，用骨頭逗他，「球兒寶貝，來～」

方景深一見蘇小棠的臉色就知道剛才那通電話是誰打來的，正擔憂呢，哪裡有功夫理他，連側眼都沒給。

方景燦再接再厲地找了一袋寵物零食，「肉球過來吃～很好吃的哦～」

依舊被無視。

這狗到底是什麼神奇的品種啊？真的是哈士奇嗎？變異了吧……方景燦一邊腹誹一邊又把角落裡的球拿過來拋到他跟前，「肉球，哥哥陪你玩球好不好？」

這回方景深終於回頭正眼看他了，因為他那聲自稱的「哥哥」。

呃，肉球為啥要這麼看著自己，他做錯什麼了嗎？方景燦一頭霧水。

哎，不是說狗狗都非常單純的嗎？怎麼比女人的心還要難懂……方景燦從肉球入手套交情的計劃全部失敗了，不由得挫敗不已。

這時候，蘇小棠已經打完電話回來了，見方景燦垂頭喪氣的樣子，不用想就知道肯定是方景深沒有陪他玩。

「有什麼想吃的嗎？我去買菜？」

方景燦在蘇小棠放著筆電的被爐對面坐了下來，「小棠，妳忙妳的，隨便抽個空跟我說說話就行，不用特意招呼我！」

蘇小棠只好在對面坐下，有一搭沒一搭地跟他聊著。而方景深這次沒有跟往常一樣，如果有外人在場便一個人去陽臺或者其他清淨的地方待著，而是直接趴在了他們身後的沙發上。

蘇小棠又想了想，唔，不對，方景燦也不算外人吧？

「你今天不上班嗎？」蘇小棠一邊跟買家說話一邊問道。

「最近休假。」

「哦。」

「小棠，妳一直一個人住嗎？」方景燦問。

蘇小棠點點頭，「大學以後就搬出來自己住了。」

「好獨立啊！妳家裡放心妳一個女孩子自己住外面？」方景燦感嘆。

蘇小棠打字回覆買家的動作頓了頓，「沒什麼好不放心的，我都這麼大了。」

方景燦將腦袋趴在桌面上嘆氣，「哎，真羨慕妳啊，可以一個人住！」

因為之前聽方景燦說過被逼不許自己出去住的事情，蘇小棠忍不住失笑，「那你早點找個女朋友定下來，不就能搬出去了嗎？」

話題終於走上正軌，方景燦立即直起身子，「小棠妳呢？妳怎麼也一直不找男朋友？妳喜歡什麼樣的男人？」

身後的方景深耳朵抖了抖，然後豎了起來。

「喜歡什麼樣的男人？」蘇小棠陷入了思考，半晌後說，「我沒有什麼特別的要求，老老實實本本分分踏實上進可以給人安全感就可以啦！」

方景燦聽得眼角直抽，「真的？」

「真的啊，有什麼問題嗎？」蘇小棠不解。

「當然有問題！老實本分踏實安全感？妳剛才說的那幾項我哥有哪個字符合了？那個無論是讀書還是工作向來坐著火箭身邊愛慕者無數的傢伙……妳怎麼就喜歡上他了呢？」

蘇小棠神情一怔，抬頭瞥了眼沙發上的方景深……哎，自從方景深變成了狗待在自己身邊，這已經不知道是第幾次被人當面揭發自己的喜歡，蘇小棠都快麻木了。

「為什麼啊？我真的很好奇！」方景燦還不死心地追問，蘇小棠只好嘆了口氣，小聲地囁嚅道：「你問我，我也說不清楚啊，我沒有說謊，從小到大我確實都是以那樣的標準來找我未來的另一半的。你說得也沒錯，方景深確實完全不是我喜歡的那種人，甚至可以說是完全相反的兩種人……」

「就是說嘛！」聽到這句話，方景燦的眼睛都亮了起來，卻聽到蘇小棠接著說道：「可他是我喜歡的那個人啊。」

他不是我喜歡的那種人，卻是我喜歡的那個人。

方景深聽得心裡咯噔一下，似乎是有什麼終於衝破黑暗的泥土緩緩萌芽，他曾經也為這個問題迷惑過。蘇小棠，她也不是他喜歡的那種人……

實在是太煽情了，還是在男神在場的情況下，蘇小棠剛說完就不好意思地紅了臉，趕緊此地無銀三百兩地解釋，「不過那都是以前的事情啦。呵呵，我們聊點別的吧。」

方景燦悶悶點頭，「嗯，都是以前的事情了，不說這個了。對了，小棠啊，妳覺得我這個人怎麼樣？有沒有特別踏實本分讓人有安全感？」

聽到這個問題蘇小棠有些無語，是不是踏實本分她不瞭解，可是安全感？蘇小棠看了眼他那張同樣擁有方家完美遺傳基因的臉。

「怎麼樣怎麼樣？」方景燦期待地問。

蘇小棠輕咳一聲，昧著良心答道：「還好吧……」

方景燦一聽挺高興的，「是吧是吧！那小棠，如果我跟妳說……」

方景燦說了半天沒有下文，蘇小棠不由得抬頭問：「說什麼？」

方景燦深吸一口氣，「如果我跟妳說我……」

話未說完，某隻在後面待得好好的狗突然跳到兩人中間，嘴裡還叼著一把刷子。

「要梳毛嗎？」蘇小棠把刷子接過來。

方景深蹭了她的手一下表示是的，然後挨挨蹭蹭地靠著她的腿邊，乖乖躺好了求順毛，眼睛還期待地瞅著她。

蘇小棠簡直快要瘋掉了，男神今天到底是怎麼回事？他之前一直客客氣氣的，從來沒有對她這麼親熱過，她簡直都快要懷疑眼前的到底是不是男神了，該不會是肉球回來了吧？

見蘇小棠傻呆呆的遲遲沒有動作，方景深疑問地「啊嗚」了一聲歪了歪腦袋。蘇小棠快要被萌出血了……我的男神怎麼可能這麼可愛！

「好好好，我知道了，這就給你梳！」蘇小棠趕緊手忙腳亂地開始給男神梳毛。

方景深這才滿意了，下巴舒服地搭在她的腿上輕輕趴著，瞇著眼睛打盹。

一旁的方景燦看得羨慕不已，原來肉球不是天性冷淡，而是性格忠誠，只對主人親昵。

「肉球真可愛啊……」方景燦讚嘆了一句，憧憬道，「我一直都好想養隻狗來著……」

「那怎麼沒養？」蘇小棠問。

方景燦嘆氣，「還用問嗎？我哥連地上多一根頭髮都受不了，何況是養狗！」

「呃……」可是現在方景深自己卻變成了狗，人生還真是難以預料啊！

蘇小棠仔仔細細地給男神順了一遍毛，「好了！」

這麼快？方景深睜開眼睛，似乎有些不高興，不過還是站起來抖了抖毛，叼起刷子走了。

這麼一打岔，方景燦好不容易鼓起勇氣想要說的話只說到一半，又不敢直接問了。只好拐彎抹角道：「小棠，我給妳介紹個男朋友要不要？」

「啊？」蘇小棠吃了一驚，急忙揮手道，「不用了！怎麼突然想到這個啊……」

出師不利，方景燦也急了，「為什麼不用啊？」他還準備把自己介紹過去呢！

「目前還沒有這個打算……總之，我現在還不想找，就算要找，至少也要等我減肥成功吧！不然誰願意跟我在一起啊！」蘇小棠自然不能說出方景深的意外，不過這個理由確實也占了很大一部分原因。

方景燦情急之下，一把拉住了蘇小棠的手：「誰說的，誰說沒人願意，我就……」

躂躂躂，剛走沒多久的電燈泡又悠悠蹀回來了，嘴裡叼著一袋零食，正好「啪」地放在了蘇小棠正被方景燦握著的手裡。方景燦看著蘇小棠手心裡花花綠綠的零食袋，簡直快瘋了，他都要懷疑這隻狗能聽懂人話，在故意跟自己作對了！

「你要吃這個嗎？」男神一過來蘇小棠的全部注意力就被轉移了，盡職盡責地幫他撕開塑膠袋，餵給他吃。

然後方景深便順勢在蘇小棠的腿上躺下來了，悠哉地享受，完全沒有要走的意思。

「你剛剛想說什麼？」蘇小棠一邊餵一邊問。

這氣氛簡直搞得好像自己才是那個電燈泡一樣，方景燦神色訕訕，「沒事沒事，就是想給妳看看手相而已呵呵……」

「你還會這個？」蘇小棠吃驚。

方景燦眼珠子一轉，隨即咧嘴一笑，又想到了一個好主意。

等下他就給小棠看手相，然後告訴她，「小棠，妳命裡缺我……」

多麼浪漫啊！方景燦傻呵呵地正準備付諸行動，可是，就在這時候，咚咚咚的敲門聲又響了起來。一鼓作氣，再而衰，三而竭，三番兩次被打斷的方景燦頓時像被戳破的皮球洩了氣。

今天是怎麼回事，也太不順了吧！哎，就當好事多磨了。方景燦正自我安慰，看到蘇小棠走過去打開門，然後愣在原地。

方景燦好奇地伸頭去看是誰來了，接著同樣也愣住了，失聲喊了出來：「爸？」

第八章 全家總動員

「還有太奶奶……你們怎麼來了？」方景燦一臉震驚。

門外的方景燦他爸方澤銘見了自家兒子，蹙了蹙眉頭反問，「你怎麼在這？」

「我……我是小棠朋友，過來做客不行嗎？你們來才奇怪好不好！」方景燦反駁。

蘇小棠剛剛只認出了太奶奶，聽方景燦叫那個男人「爸」，才知道原來這是他和方景深的父親，於是更加震驚了，心裡直打鼓，急忙把人迎進來，「老太太，還有方先生……先進來說話吧！」

太奶奶一進門就笑呵呵地握住了蘇小棠的手，「小棠啊，我和深深他爸是來提親的！」

「噗——咳咳咳……」方景燦嚇得被自己的口水給嗆到了，他早料到他們過來定然跟那件事情有關，可是「提親」這個說法也太雷了吧！

蘇小棠顯然也被嚇到了，尷尬得手腳都不知道往哪放，「這……」

看著這一團混亂，屋內的方景深別過頭去，似乎是在心裡默默地嘆了聲氣，接著，他踱步到蘇小棠身旁，一副同陣營的姿態。

蘇小棠低頭看著自己身旁的方景深，一顆慌亂無措的心莫名地平靜了下來，不管發生什麼事還有男神在呢，到時候看男神吩咐應對好了。

方澤銘也很尷尬，扯了扯一旁的老太太，「媽，妳別嚇到人家了！」

因為妻子身體不好，還一直沒告訴她兒子出事的消息，這邊老太太又突然鬧著要沖什麼喜，不答應就一哭二鬧三上吊，他一個大男人，堂堂上市公司董事實在沒辦法，也只能陪著胡鬧。

「抱歉蘇小姐，這位是景深的曾祖母，昨天你們應該見過了，感謝妳的幫忙，老人家只是因為擔心孫子，所以太心急了些，妳別介意。」方澤銘客客氣氣地說道。

「沒關係的……」

在老太太的眼神催促下，方澤銘硬著頭皮繼續說：「今天冒昧上門打擾，是有件事想要請蘇小姐幫忙。」

「這樣……你們先坐，我去給你們倒茶，有什麼事坐下來慢慢說！」蘇小棠跑去倒茶了，方景燦忙不迭地跟上去，悄聲道：「小棠，妳可別忘了之前答應過我的事情啊！不管他們說什麼，千萬別答應知道嗎？」

「知道啦！」

方景燦聽了稍稍安心了些。

其實蘇小棠忙得團團轉，方景燦的話壓根沒進過腦子就隨便答了一句。

蘇小棠端著茶回到客廳，見老太太正在摸肉球的頭，一邊撫摸一邊笑道，「小棠啊，妳家的狗養得可真好啊！」

被老太太又摸頭又捏臉的方景深似乎頗有些無奈，蘇小棠見狀不由得抿嘴笑了下，這也虧得是方景深的太奶奶啊，要是別人，方景深怕是絕對不肯乖乖趴在那裡給摸的。

方澤銘和老太太在沙發上並排坐著，蘇小棠被老太太拉著手，腳邊趴著方景深，方景燦抱著個枕頭坐在被爐旁邊，一手支著額頭，頗為不耐煩的模樣。

曾經男神在她眼中就是那天邊的雲彩可望而不可即，可是如今……方景深、方景深他太奶奶、方景深他爸、方景深他弟弟……男神的家人除了他媽媽基本都到齊了，這種見家長般的感覺還真是微妙啊。

儘管來之前方澤銘已經打了無數遍腹稿，可是真到了這個時候，這種事情他還真是沒辦法開口，但是又怕如果由老太太來說會更糟糕，最後還是自己出馬了。

「蘇小姐，我就不多說了。妳知道，我們絕對不是來提親什麼的，請別誤會……」

老太太一聽急了，「什麼誤會啊！不是誤會！我們不就是來……」

方澤銘無奈地湊在老太太耳邊小聲道：「奶奶！到底是您說還是我說，在家裡不是說好了由我來說的嗎？您要是再這樣，我可就不管了！」

老太太這才撇撇嘴，不甘不願地噤聲了。

方澤銘輕咳一聲繼續說道：「沖喜這種封建迷信的說法確實有些荒謬……」

老太太臉一沉，但強忍住了沒插嘴。

「真的很抱歉給妳造成困擾，只希望蘇小姐能理解一下為人父母的心，我們也實在是走投無路了……」方澤銘一臉頹然。

方景燦看到自家老爸露出這種假惺惺的表情，就知道他要開始陰人了，不由得焦急不已。

果然，蘇小棠的臉上也浮現了同情的表情，「方先生，您快別這麼說，我理解的！」

方澤銘感激地看著她，「蘇小姐一看就是個善良的女孩！」

老太太在一旁嘀咕，「當然了，我吃過的鹽比你們這些小娃娃吃過的米還多，我就說了我的眼光不會錯！」

蘇小棠被誇得有些不好意思。方景燦看得捶胸頓足，急得像熱鍋上的螞蟻，這妹子實在是太單純了啊，絕對玩不過那隻老狐狸的，這可怎麼辦啊！

見蘇小棠是個性子軟的，方澤銘也多了幾分信心，「說是沖喜，但其實只是完成個儀式而已，並不需要去民政局登記，而且我們並不大辦，只私下悄悄舉行，方某以人格保證，絕對不會對蘇小姐造成任何影響，妳只需要騰出一天的時間就可以了。」

方澤銘頓了頓繼續說道：「本來我是準備直接給妳一筆錢請妳幫這個忙，不是方某侮辱人，只是方某是個生意人，這是我能想到最妥當的法子，但是，見到蘇小姐以後我就知道，妳並不是我常打交道的那類人，我不該用生意人的做法對待妳。要是我這麼說，妳怕是更不肯幫我這個忙了。所以我只能以一個父親的名義來懇求妳，今後妳如果有任何需要幫忙的事情，方某絕對不會推辭。我也知道，婚禮對一個女人的重要性，這樣實在是太難為妳了，還希望妳不要怪罪方某唐突……」

方景燦頭疼不已。該死的，老狐狸還是一如既往的狡猾！這話聽得連他這個不贊成的人都覺得沒有拒絕的理由，更別提蘇小棠那隻毫無心機的小白兔。方景深則是老神在在，基本上他父親今天過來會說什麼他都猜到了，跟他預想的是一字不差。

對方如此誠懇地求自己，話又說到了這種地步，蘇小棠確實是完全不知道該怎麼辦了，急忙開口道：「方先生，您千萬別這麼說，該說對不起的人是我，若不是我，方景深現在也不會躺在醫院裡，可是您對此連一句都沒有提，我又怎麼可能反過來怪您！」

「那妳是……答應了？」方澤銘的眸光亮了亮。

身後的方景燦急忙偷偷伸出手指戳蘇小棠的後背提醒她千萬別中計，結果一抬頭就對上了方澤銘犀利的眼神。

方景燦下意識地就收回了手，接著又把脖子一梗，那眼神彷彿在說，方景深是你兒子，我就不是了？你明知道我的審美，明明也看出我喜歡這女孩……

方澤銘的眼神則是在說，到底是你哥哥的命重要你太奶奶的命重要還是你那點兒女情長重要？怎麼還是一樣不懂事！

靠！從小到大我都被你們管得死死的，我還不夠懂事嗎？再說你別偷換概念，什麼哥哥的命太奶奶的命，這個辦法本來就不可能有效好嗎？誰能眼睜睜看著自己喜歡的女孩子跟別的男人舉行婚禮啊，而且還是跟自己親哥哥！

父子倆以眼神無聲交流的同時，蘇小棠也在偷偷跟方景深交談。她將手掌遞給了方景深，看著他，詢問他的意見。

不管方景深的爸爸怎麼說，最後她還是會聽方景深的決定。否則就算會遭到怨恨，她也不可能去做的。

此時，方景深的爪子輕輕覆在那隻綿軟白皙微微汗濕的手掌上，心情前所未有過的複雜。

就在這時，方景燦氣呼呼地開口道：「爸，太奶奶，你們這樣做，考慮過我哥的感受嗎？

萬一他醒來以後知道……」

是啊！那麼神聖的儀式，怎麼可以隨隨便便跟個女人舉行，還是跟她這樣糟糕的人，方景深可是個挑剔的完美主義者，不僅是在看女人的眼光上，也在於他對自己人生的要求上。

方澤銘和老太太都沉默了，蘇小棠更是神情黯淡，下意識地就要收回微微顫抖的手，她不想成為他人生中的污點，不想成為那個他每每想起就難受的存在。

就在蘇小棠抽回手的一瞬間，方景深比她速度更快，軟軟的爪子迅速在她手心癢癢地畫下了一個勾。

「混小子！你懂什麼！」老太太一看好不容易快答應的蘇小棠猶豫了，氣得往方景燦腦袋上敲了一下，「要是人都沒了，還在乎這些東西有什麼用？等深深醒了，我親自去跟他說，他要怪就怪我一個人好了！我就不信深深是不講理的人！」

「也不知道誰是不講理的人……」方景燦摸著腦袋咕噥。

「你們都覺得我老太婆無理取鬧是不是？好啊，你說我的法子不行，你有本事倒是讓深深醒過來啊？要是做不到就別在這裡礙手礙腳，再說沒有試過怎麼知道不行？總之就算是只有一線希望，我老太婆也不會放棄的……」

老太太說著便傷心地哭了起來，一旁的方澤銘無奈地去勸說安撫，老人家思想固執，是不可能輕易被說服的，他怕她急出毛病來，也只能順著她，不然打死他也不會做這種跑到人家女孩子家裡來求她給兒子沖喜這種事的。

他曾經也找過身邊圈子裡的一些人，有權有勢的不可能答應讓自己女兒去給個半死不活的男人沖喜這種晦氣事，其他主動找上門來要幫忙的全都動機不純，老太太說那些人心不誠，說什麼也不同意，非要自己去找，一大把年紀了還在外奔波差點出事。這回他要是不把事情辦成，她說不定還會做出什麼事情來，等照著她的意思做了，最後還沒用處她也就會死心了。

想到這裡方澤銘也擔心蘇小棠不答應，若是人家不願意，他也不能勉強人家啊。

這邊剛剛因為男神在手心裡畫的一個勾而驚訝到呆滯的蘇小棠總算是回過神來了，趕緊過去拍著老人家的背安撫，「老太太您別急，我沒說我不答應啊！」

老太太一聽立即止住了眼淚，期待地望著她：「那妳是答應了？」

蘇小棠又小心翼翼地看了方景深一眼，然後點了點頭，「嗯。」

「謝謝，謝謝妳！」老太太激動不已。

「您別說謝了，畢竟這事情跟我也脫不了干係，只要是我力所能及的事情，我都會幫忙，這是我應該做的，所以您千萬別覺得對不起我。」

老太太感嘆不已，「妳是個好姑娘，誰娶到妳是他上輩子修來的福氣！」

方澤銘鬆了口氣的同時又有了新的擔憂，「這件事妳是不是還需要跟父母商議一下？畢竟也不是小事，如果他們介意……」

蘇小棠一向不在外人跟前提家裡的事情，聽方景深的父親這麼問，只好解釋道：「不用了，這件事我自己就可以做決定。我母親在我很小的時候就去世了，我的父親也已經有了新的家庭，平時我們也不怎麼往來，這也不是什麼大事。您也說了，不過是個儀式，只需要一天就能辦完，不必跟他說了。」

方澤銘雖然還是覺得有些過意不去，但也只能如此。

老太太聽得心疼不已，拉著她的手，「可憐的孩子，妳要是不嫌棄，以後太奶奶就是妳的親人！有什麼委屈就來跟太奶奶說……」

「老太太，您太客氣了。」

塵埃落定，事情已經沒有了迴轉的餘地，一旁的方景燦握緊雙拳，一言不發地奪門而出。方澤銘看著小兒子憤然離開的背影心裡直嘆氣，他是他老爸，可他還是老太太的孫子呢，老太太執意如此，他能怎麼辦？這孩子也是個沉不住氣的，只是個儀式而已，又不是真的結婚，要是真那麼喜歡，又不是沒有機會了。哎，這事情鬧的……希望能儘快結束吧。

方澤銘雖然完全不相信沖喜能讓自己兒子醒過來，不過內心深處其實也抱著萬分之一的希望，萬一……萬一有用呢？

「那麼，現在我需要做什麼？」蘇小棠有些忐忑地問。

太奶奶拍著她的手，「所有的事情我們都會安排得妥妥當當！妳啊，什麼都不需要做，等著做新娘子就好啦！」

這話雖然沒錯，但聽得蘇小棠實在尷尬，乾笑著點點頭，「我知道了，那到時候聯繫吧？我會儘量配合的。」

「好好好，那就這麼說定啦！我這就回去挑個良辰吉日！」

「嗯，慢點，我送您！」

方家的人全都離開後，屋裡只剩下了蘇小棠和方景深兩個人。

蘇小棠正坐立難安，聽到方景深用 IPAD 說了一句：【不用緊張。】

蘇小棠深吸一口氣點點頭，腦海裡有好多話想問，可是卻亂糟糟的一個字都說不出來。

【小棠，謝謝妳。】突然，方景深說。

方景深不僅沒有任何不悅，還跟她說了謝謝，同時也是在告訴她，她心裡最擔憂的事情根本不存在，他並不會介意，並且為此感激。

只因為這句話，蘇小棠紛亂如麻的心驟然平靜下來。

晚上，好幾天沒聯繫的李然然在線上不停地敲她，又點了視訊通話。

蘇小棠洗完澡回來看到後接通，畫面裡立即跳出一張白花花的臉，嚇了她一跳。

李然然一邊拍著面膜一邊激動道：「小棠小棠，有八卦！」

「麻煩下次視訊前先說一聲妳在敷面膜好嗎？差點被妳嚇死……」蘇小棠咕噥。

「矮油，驚嚇有利於減肥啦，我這是在幫妳！」

「到底什麼八卦啊？」

「大八卦啊大八卦！宋明輝之前不是一直在同學面前吹噓他的新公司跟鼎鼎大名的 S&N 合作，前途無量嗎？結果話沒說出去多久就被打臉了！根據 S&N 內部消息，宋明輝得罪了人，合作全吹了妳知道嗎哈哈哈哈哈……」

「哦……」

「妳怎麼一點都不激動啊，簡直大快人心好嗎？那賤人靠著林雪托了好幾層關係才搭上了

S&N這條線，也不知道他不長眼得罪了哪路神仙，聽說這次可是S&N董事長親自出面終止合作的，所以他肯定沒戲了，最近正到處托人幫忙銷貨呢！賤人總算是遭報應了！小棠妳最近怎麼樣啊？有沒有撞大運啊什麼的？我感覺宋明輝倒楣，妳的好運就要開始了啊！」

「唔，最近都是老樣子啊……」蘇小棠當然沒提白天的事情。

兩人聊了一會兒，李然然突然傳了個連結過來，蘇小棠點開一看，居然是內衣，而且款式還很情趣，方景深就在她腿邊趴著用IPAD看電影呢，蘇小棠手一抖嚇得趕緊把頁面給關了，也不知道他看到沒有。

「好不好看好不好看？小棠我們一人買一件吧！這兩天正在打折呢！」

「呃……我的夠穿了……」

「妳所謂的夠穿就是兩件夠一洗一換是吧？妳哦，多少也注意點嘛！」

「不是……我前幾天剛買過了！」蘇小棠說著也傳了一串連結過去。

李然然看得嘴巴張成了「O」字形，「小棠妳什麼時候這麼有品味了？我還以為妳要發一串喜羊羊印花的款式給我……」

「就隨便選的……」蘇小棠敷衍。

實際上自從減肥開始，她不僅生活習慣還有從上到下的衣服鞋子款式髮型全都是方景深在做決定，剛開始住在一起時蘇小棠簡直是如履薄冰，做什麼都束手束腳，後來居然漸漸就習慣了，如今他這麼趴在腳邊，她也覺得很自然，當然，只要李然然不要總那麼彪悍的話。

李然然見她終於開竅，頗感欣慰，隨即眼珠子一轉：「妳忙不忙？過來陪我們組隊啊！」

蘇小棠一聽這個就頭疼，「你們自己玩吧，上回被我坑的還不夠啊？」

「哎喲沒事啦，遊戲而已，快來快啦，都是認識的人！我、薛凱、小陳還有班長！」

「可我只會玩蓋倫這麼一個職業……」

「沒事啦，妳去下路輔助小陳，小陳操作超棒的，帶妳小CASE！快來！等妳啊！」說完便關了視訊。

蘇小棠只好登錄遊戲，進去房間看到他們幾個已經用語音聊開了，李然然正在說她無數種奇葩的死法……

「沒關係，小棠妳等等按照我說的做就行，我帶著妳，絕對打爆對面！」小陳自信地說。

「那小棠就交給你啦！」李然然嘿嘿嘿了幾聲。

蘇小棠被她「嘿」得頭皮發麻，這才反應過來，這個小陳不就是上次李然然說對自己有意思的那個同學嗎？難怪她好好的突然喊自己一起遊戲……

其實李然然有自己的一番打算，她不可能隨便給小棠撮合個男人啊，如果小陳同學跟小棠玩了一局之後還能保持耐心並且堅持喜歡她的話，這第一關就算過了，她就相信他是真愛！

四十分鐘後，53比59，雖然人頭相差不大，但是家裡的塔已經被破到高地了。

小陳腦子裡只剩下一句話：「真是不怕神一樣的對手，就怕豬一樣的隊友」，通過遊戲來泡妹子的想法必須立即打住，不然他真怕自己會英年早逝……

眼看著局勢越來越不利，對方玩家囂張地在公頻各種嘲諷挑釁出言不遜還罵他是小學生，氣得小陳一頭火，他算是精英玩家了，到哪都是大神被人抱大腿的，還從來沒受過這種氣，偏偏在小棠面前又不好爆髒話回罵。

【這鬼神般的操作……對面蓋倫是個妹子吧？】

【妹子，妳跟妳隊友多大仇？】

蘇小棠的小肥手啪啪啪按著滑鼠，急得滿頭大汗，她按照小陳說的做了，可是每次手速都跟不上啊，一緊張還屢屢犯錯……都說她不適合玩這個了……

正著急，手背上多了一隻肉肉的爪子，方景深以眼神示意她讓位，實在是看不下去了……

蘇小棠猶豫著把位置讓給他，小聲道：「你會嗎？」

蘇小棠離開的幾秒鐘裡又被打得只剩下一層血皮了，方景深頂著那一層薄薄血皮一邊逃跑一邊在隊友欄裡打了幾個字：【我去拖住他們，你們迅速推塔。】

說完繼續跑，對面除了剛剛掛掉還沒到復活時間的玩家，其他四個都歡快地跟在他後面，一邊口無遮攔地調侃一邊追人……

方景深不急不忙地往前跑著，每次他們快要追上的時候就按Q加速，每次稍微拉遠了些還自己返回去，惹得本來不想繼續追的幾個人又不死心地追了上來……

於是，蘇小棠眼睜睜看著方景深帶著那四人繞著戰場轉了大半圈，隨即畫面跳轉，出現了大大的勝利兩個字。

所有人都沒有反應過來發生了什麼事。剛才死回家沒有跟著一起追的人在公頻破口大罵：【一群白癡，家都不要了？追蓋倫好玩嗎？】

剛才還囂張不已的四個人這下一句話都說不出來了。

【剛才換人了吧？】其中一人發出疑問。

……說換狗了他們會信嗎？

遊戲結束後小陳也沉默了，私底下問李然然。

【然然，小棠是不是已經有男朋友了？】

【怎麼可能啊！】

【那剛剛的事情怎麼說？小棠剛才那句話為什麼不是說出來的而是打字，操作又突然這麼厲害，顯然是有人看不過去在幫她，而且我直覺是個男人。】

【我也納悶，可小棠真的是單身啊我確定！】

【妳怎麼知道她沒騙妳？我看我還是算了吧……】小陳覺得今天沒有做成英雄反而被罵這麼慘，更有可能還班門弄斧，實在是太丟臉了，悶悶地下了線。

李然然想起之前很多事情，也發現不對勁了。蘇小棠突然這麼自覺地減肥、穿衣品味也大大飛躍……看起來確實是像有人在身邊幫忙指點的樣子，可是沒道理她要瞞著自己啊？

於是李然然跑去問她：「小棠，剛剛真的是妳自己操作的嗎？」

事到如今蘇小棠也只能死撐了：「是啊，不是我還能有誰啊，我只是誤打誤撞而已，妳沒看我一直在逃跑嗎？」

「能只剩一層血皮的情況下耍猴一樣帶著對方四個人跑遍整個戰場，妳能做到？我剛把影片傳到網路上了，下面網友全都在求跟大神合影呢！妳就別藏了！」

大神？蘇小棠瞅了眼叼了刷子過來蹲在她跟前求表揚求撫摸的肉球，不知道是不是做狗太久的原因，她總覺得方景深似乎越來越親人了……

蘇小棠費了好大一番口舌才讓李然然相信剛剛只是個意外。

李然然聽得直嘆氣，「不應該啊，最近妳桃花運明明不錯的說，更何況還有我在這幫妳悉心澆灌牽橋搭線，怎麼就一朵都開不了呢？算了，我也不急著給妳張羅了，等妳減肥成功了，咱們找更好的！」

趴在一旁正被梳毛的方景深聽著李然然方才那番話眸色漸漸轉沉，立即抖了抖毛站起來，隨即有些煩躁地溜了幾圈，接著跳到沙發上叼起了IPAD，打開某個文檔專注研究了起來。

「怎麼了？」蘇小棠不解地看著他突然的動作，瞥了眼看到他打開的是減肥計劃書，不由得問，「有什麼問題嗎？」

方景深的眼神看起來很嚴肅，還有點不高興的樣子，蘇小棠有些不安，「我已經很努力按照上面寫的做了，平時也絕對沒有偷吃零食，我這輩子還沒這麼瘦過呢……」

方景深自然知道蘇小棠說的是實話，她不僅沒有偷懶，過了最初的適應期之後更是一直超額完成他的任務，最近尤其刻苦……

眼見著當初圓滾滾肉嘟嘟的女孩一點點瘦下來，身體開始有了曲線，身邊甚至也漸漸有了曖昧對象和追求者，方景深開始後悔自己當初親手制定的計劃了。

蘇小棠看著他的臉色，不知道想起了什麼，趕緊走到他的身邊，慌慌張張地看著他，「方景深你放心，在你變回去之前我是絕對不會找男朋友的，不會讓你為難，你安心住在我這裡就好，就……就算你哪天厭倦了或者想回家了，也千萬告訴我一聲……」

看著她生怕自己再突然不見的神情，方景深情不自禁地伸出爪子拍了拍她的腦袋。在他變回去之前絕對不會找男朋友，那之後呢？

沉默片刻後，方景深收回爪子猶豫著寫出幾個字——【還喜歡我嗎？】

蘇小棠一聽急得趕緊搖頭，「不喜歡！不喜歡了！真的！你放心好了……我沒別的意思，就是覺得對不起你而已，等你好了，我絕對不會在你眼前出現的，不會讓你尷尬！」

一旁的方景深聽完蘇小棠的話之後臉色越來越沉，最後扭頭跳下沙發去陽臺了。

蘇小棠看著他的背影拍拍胸嘆了口氣，剛才那麼說，他應該會相信自己了吧？

想起自己當初曾傻傻地說過「就算你變成一隻狗我也一樣喜歡你」這種喪心病狂的話，蘇小棠簡直懊惱得恨不得一頭撞死算了，她這樣跟變態有什麼兩樣嘛。

換位思考下，方景深好好的一個人突然變成了狗，在她這個可以稱得上陌生人的女人面前經歷了無數尷尬的情況，現在又要為了長輩被迫配合沖喜，蘇小棠真的難以想像有朝一日男神恢復真身以後該有多討厭看到自己。

方家的人動作比她想像中的還要快，第二天早上就打來電話說已經安排好了，問她有沒有空去試禮服。

蘇小棠自然也希望這件事情越快辦完越好，立刻配合著去了。

剛下車到門口就有個漂亮苗條的女孩子踩著高跟鞋一臉微笑的迎了上來，「蘇小姐是嗎？」

「是……」

「您好，我是這家店的店長，妳可以叫我ＡＭＹ，蘇小姐果然如同方叔叔所說，一看就特別有福氣。」

蘇小棠笑了笑，這個人還真會說話，她不過是比較胖，長得很有辨識度而已。

「方叔叔已經安排好了，今天我們只接待蘇小姐一個客人，您可以隨便挑選。」

蘇小棠覺得這有些太誇張了，可是她只不過是來幫忙的，又不是真的要嫁給方景深，哪裡有立場說什麼，於是很少說話，小心翼翼地努力配合著。

一旁的ＡＭＹ一直在不動聲色地打量著蘇小棠，面上笑靨如花，心裡卻充滿了鄙夷。雖然從款式搭配來看她品味還算可以，但穿的都是很普通的牌子，身材又這麼臃腫，哪個名媛千金不注重自己的身材，怎麼可能允許自己吃成這樣，還穿這麼低檔次的便宜衣服。所以看在ＡＭＹ眼中，她肯定是那種為了錢倒貼上來的女人。

真正有背景的人家絕對不會讓自家女兒沖喜，但是方家放話出去之後，主動找上門來毛遂自薦的人還是絡繹不絕，其中也不乏條件不錯的，她實在是搞不懂方家怎麼就選上了這麼一個。

方景深那樣的男人，就算現在躺在床上，也不能找個如此不堪的女人來給他沖喜吧？

ＡＭＹ家裡跟方家有不少生意合作，兩家交情不錯，她頗為欣賞方景深，不過又自視甚高，從不肯放下面子主動，更不肯去做沖喜這種事自降身分，可看到突然冒出來要跟方景深舉行婚禮的蘇小棠，又有種本該屬於自己的東西被玷污般的感覺。

她甚至想，如果方景深醒過來，如果有一天自己跟他在一起，那麼他跟這個胖女人舉行過婚禮的經歷橫在他們美好的婚姻中間該是多麼的噁心。

試衣間裡。

「不行，拉不上去……」

「沒關係，我去給您換一件。」

「還是不行，有大一點的嗎？」

「您稍等，我去找找看。」

「胸好像太緊了……」

撕拉——衣服被撐破的聲音。

「對不起對不起，把你們衣服弄壞了，都怪我太胖了，實在很抱歉……」蘇小棠窘迫不已地道歉。

「沒關係的，我再去給您換個寬鬆點的款式。」

「真是太麻煩妳了！」

試衣間外。幾個店員捂著嘴巴笑得開懷不已。

「小趙小趙，妳過來，妳把這件旗袍拿去給她試！」

「哈哈哈，妳好壞啊，她怎麼可能穿得進去啊！」

「當然就是要讓她穿不進去啊，真好笑，胖成那樣還想穿婚紗！」

「可不是嗎，還都是中式的禮服呢，就算穿進去了，得難看成什麼樣啊？店長花那麼多心思設計的，件件精品，給這種人穿真是太糟蹋了！」

「得了，人家可是貴客，妳們少說幾句。」AMY嘴裡責備著，面上卻完全沒有怪罪店員的意思。

實際上大家都心照不宣，知道店長看這個女人不順眼，故意為難她給店長出氣。

「她這麼糟蹋我男神，憑什麼不讓我說啊！要我說啊，方醫生那樣完美的男人也就只有我們店長配得上了，對吧？」

「就是就是，真是可惜了……」

「啊咧？狗狗你去哪啊！別亂跑啊——」

不遠處，本來正安靜趴在沙發上等蘇小棠，完全不理會幾個店員們的肉球突然站了起來，往試衣間跑去。

試衣間裡，蘇小棠正窘迫地跟穿也穿不上，脫也脫不下來的衣服纏鬥，只見簾子一掀，肉球毛茸茸的身體突然鑽了進來。

「方……方景深？」

蘇小棠尷尬地紅著臉捂住脫到一半的衣服，但還是小心蹲下來把手伸給了他，「怎麼了？」

方景深在她手心裡快速寫了幾個字。

蘇小棠猶豫，「這樣真的好嗎？她們忙半天了，我們突然要換一家……」

方景深瞥她一眼，眼神頗為不耐煩。

蘇小棠急忙道，「你不喜歡這家？我知道了，這就換！」

外面的店員正好送衣服進來，蘇小棠已經換好自己的衣服走出來了。

「蘇小姐，您試試看這件吧？」店員滿臉熱情。

蘇小棠搖了搖頭，「抱歉，我不試了。」

店員的臉色這才變了變，不過看這女孩好說話也不著急：「怎麼了蘇小姐，是對我們有什麼不滿意嗎？」

「沒有，衣服很好看，只是不適合我，我會跟方先生溝通換一家，抱歉讓妳們忙這麼久。」

店員求助地看向店長，AMY便笑盈盈地迎上來，「再試一次吧，我突然想到有一款您穿一定合適，哎，都怪時間太趕了，只能找成品，不然就能給您量身訂做了……」

這時候，蘇小棠的褲腳又被方景深扯了一下，於是蘇小棠態度堅決地搖搖頭，「不必了。」

AMY沒想到她真的執意要換，事情如果辦不好難免給方叔叔留下不好的印象，於是臉色也不太好了，「蘇小姐這是什麼意思？覺得我店裡的衣服配不上您？」

蘇小棠搖搖頭，「是我配不上您店裡的衣服。」

說完也不想多說，直接帶著方景深離開了。

雖然蘇小棠很遲鈍，但這時候多少也感覺到這家店的老闆對自己莫名的敵意，再說既然方先生非常肯定地打電話來說一切都安排好了，就不可能出現因為趕時間就一時找不到她能穿的衣服這種事。方景深突然衝進來執意要她走，恐怕也是在外面聽到了什麼。

「那現在怎麼辦？」蘇小棠有些擔憂地問：「要不要打電話跟方先生說一下？其實也不能怪她們，如果不是我那麼胖……方景深？方景深……你生氣了嗎？」

蘇小棠自顧自地說了半天都沒得到回應，心中未免忐忑，她能感覺到車內壓抑的氣氛，能感覺到他似乎非常不高興，不過又弄不清楚他為什麼這麼這麼生氣，是不是因為自己太丟他的臉了呢？

蘇小棠想到這裡有些落寞，正想說些什麼，方景深趴到了她的腿上，直起身體用毛茸茸的腦袋無比溫柔地蹭了蹭她的臉頰。

他哪裡是生她的氣，他是生自己的氣，生氣只能眼見著她被欺負，卻什麼都不能做，不能拉著她的手離開，不能幫她說話，連想要抱抱她安慰一下都做不到……

他想起蘇小棠當初在那份減肥問答卷裡填寫的話：「擁有喜歡一個人的權利」。那時候還沒什麼感覺，此刻卻深刻感受到了這簡簡單單的一句話裡面有多少辛酸和無奈。

【什麼都不用做，現在是方家有求於妳，妳不用感到抱歉，如果不開心，就拒絕。】

蘇小棠急忙搖搖頭，「我沒關係的，沒有不開心……」

以前買衣服的時候經常被人指指點點，她早就習慣了，並沒有覺得有什麼，只有剛才方景深突然安慰地挨蹭了自己一下，才讓她心頭湧上一股類似委屈的情緒。

其實很多看似堅強，沒心沒肺的女孩子不是不會難過不會委屈，只是沒有人會在乎，又能委屈脆弱給誰看？

第九章 男神再歸來

蘇小棠剛在樓下停好車，一輛風騷的大紅色藍寶堅尼吱呀一聲橫過來，停在了她的車前。修長的雙腿自車內跨出，前幾天還怨夫般從小棠家淚奔出去的方景燦又滿血復活，出現在蘇小棠的跟前。

「方景燦？」蘇小棠下了車，一頭霧水地看著眼前一如既往金光閃閃的男人。

「不是跟妳說過有麻煩就打電話給我嗎？被欺負了就這麼一聲不吭地自己跑回來了？」方景燦一臉不滿地瞅著她，說完還是生氣，忍不住捏了捏她的臉。

蘇小棠後退一步捂住自己的臉，有些不適應他過分親暱的動作，「呃……你知道了？其實也沒有，只是……」

「得了！妳的心比豆腐還軟！」方景燦說著胳膊一伸，將她攬過來往自己車前走。

「早就知道老頭子辦事不可靠，卻沒想到不可靠到這種地步，把妳送到AMY那去不是存心害妳嗎？那個女人一直對我哥有企圖，卻又愛端架子。自己不屑做，看到別人做了還給人使絆子，最討厭那些假清高又心思多的女人，也不嫌累得慌！走吧，我帶妳去選禮服！」

「你帶我去？」蘇小棠微驚。

「怎麼了？」方景燦挑眉。

「你……你不是不同意我……」

一說這個方景燦就有氣：「妳還知道我不同意！之前答應得好好的，結果呢？」

「對不起……」

一看她垂著頭可憐兮兮的樣子，方景燦就氣不起來了，「算了算了，不就是辦個假婚禮嗎，反正都是假的！」

本來他確實很生氣，但是冷靜下來之後，還是覺得自己不能就這麼輕易放棄，要是方景深躺在床上自己還搶不贏，那豈不是太窩囊了？

既然這件事情已經無法阻止了，還不如主動幫忙，也好跟她多點接觸的機會。

蘇小棠正要徵求方景深的意見，一低頭就看到他一雙幽藍的眸子一直盯著方景燦那隻正放在自己肩膀上的手。

方景燦也後知後覺地發現了，被看得脊背一陣發寒，下意識地就鬆開了手，「球兒你看啥，剛才我捏你主人可不是打她，那是一種友好親昵的表現知道嗎？」

蘇小棠挺擔心的，相處久了之後能夠感覺到此刻的方景深似乎極度不悅，還好他最後只是輕瞥了方景燦一眼便跳上了後座。

方景燦紳士地給蘇小棠打開副駕駛座的車門，蘇小棠猶豫了一下撓撓頭，「我還是坐後面吧！萬一肉球亂動，打擾你開車就不好了。」

方景燦只好遺憾地作罷。

蘇小棠在後座坐下後，方景深立即將腦袋擱在她的腿上，爪子也搭在她的掌心，毛茸茸的尾巴搖晃了幾下，圈在了她的肚子上。

這幾日方景深對自己越來越親昵，蘇小棠一開始還挺惶恐，後來漸漸也適應了，心想著應該是他比較沒有安全感的表現，更加決定要一刻不停的盯著男神，絕對不能再把他弄丟了。

方景燦從後視鏡裡瞥了一人一狗溫馨親密的畫面一眼，不由得心裡泛酸，反應過來之後急忙搖搖頭，他居然在跟一隻狗吃醋！不過這隻狗有時候還真是挺礙事的，他明明就很喜歡狗，可是對這隻卻越看越不順眼。

方景燦一進婚紗店大門，就像土財主一樣在沙發上坐下，「把店裡所有的款式都拿過來給我看，尺碼不對的就給我現場改！改壞了算我的！」

「嚷嚷什麼呢，店裡就我一個人，沒人伺候你！」二樓走下個三十多歲模樣的女人，並非時下流行的骨感美人，長得頗有些豐滿，說完一臉揶揄地走上前來，在方景燦旁邊的沙發扶手坐下：「喲，方少，結婚啊？」

方景燦一聽就火大：「去去去，少揶揄我！我家那點破事妳還不清楚？」

「呵呵，火氣挺大啊？你哥沖喜，你這麼生氣做什麼？又沒徵用你媳婦……」女人意味深長地看了眼規規矩矩坐在對面的蘇小棠。

未來媳婦就不是媳婦了？方景燦鬱悶地憋住了這句話。

「小姨，妳就別說風涼話了，行行好趕緊給我安排成不？」方景燦的語氣略帶不耐。

這女人居然是方景燦和方景深的小姨？

對面蘇小棠一聽，又忍不住多看了對面的美人一眼，越看越淒涼，方景燦的小姨看起來也挺胖的，可是人家怎麼看起來就這麼順眼有氣質呢？甚至比那些纖瘦的美人更多了一股韻味。

方景燦的小姨秦悠揪了揪他耳朵，「臭小子，老娘在家休假休得好好的，被你一個電話叫回來開店，你爸都沒這個面子，說你兩句還不樂意了？」

「我哪敢不樂意啊！我這不是怕錯過了太奶奶訂的良辰吉日……」方景燦忙湊過去又是敲背又是捏肩地討好著。

秦悠這才消了氣，「自己看畫冊，看中了哪款告訴我，你帶來的這姑娘身材還挺不錯的，我這裡好些款式也就她能穿出效果。」

「不然怎麼說家裡我最欣賞的就是小姨妳呢！果然有眼光！」方景燦誇張地讚嘆了幾句，然後喚小棠，「小棠，快過來選！」

這還是第一次有人說自己身材好，蘇小棠不好意思地坐過去，捧著畫冊一頁一頁地翻起來。款式太多，蘇小棠挑花了眼，根本不知道選哪款好，翻著翻著，突然左邊方景燦的手和右邊方景深的爪子一起拍在了畫冊上——

「小棠，這款好看！咦？球兒你也喜歡這款嗎？」

蘇小棠驚訝地看看方景深，這還是第一次看到這兄弟兩人這麼有默契。

「這款……好看嗎？我穿會不會很臃腫……」蘇小棠很沒自信地問。要是不相干的人也就算了，可是這人是方景深的小姨，要是把人家衣服弄壞了可怎麼辦。

「確實不錯，臭小子算你有眼光。」秦悠打量著她，一臉認真，「相信我，不管妳的身材怎樣，這世上總會有一款衣服適合妳，全都千篇一律的瘦成竹竿多沒意思，我的設計就是為了不同需求的女性存在的！過來吧，我幫妳試穿！」

唔，聽起來很厲害的樣子……蘇小棠懵懵懂懂地點頭，「那麻煩您了。」

蘇小棠在裡面試衣服，一人一狗在外面百無聊賴地等待著。

大約半個小時之後，試衣間的簾子撩開，一抹嬌豔的火紅色自簾內緩緩邁出來。

蘇小棠的頭髮盤起來了，化了淡妝，眉如遠山含黛，目似秋水橫波，唇如點絳，肌若凝脂，雙手交疊放置在小腹前，略有些緊張地垂著頭。一襲傳統的經典款鳳冠霞帔，使得她整個人看起來極其婉約端莊，特別有古典氣質和韻味，大紅色顯得她的膚色更加白皙，微微有些肉的雙頰看起來特別討喜有福氣。

秦悠摸摸下巴，「難怪老太太選中妳呢……」

方景燦看得好半天回不過神來，「小棠，妳這麼穿……真好看。」

媽的，捨不得讓她去給方景深沖喜了。

「真的可以嗎？不會很奇怪？」

方景深眼睛眨也不眨地看著她，接收到她忐忑的目光之後不動聲色地搖了搖尾巴。

男神說好才是真的好，蘇小棠這才放心地點頭了，「那就選這套吧！」

秦悠見她進去換衣服之後一臉八卦地坐到方景燦旁邊，在他眼前揮了揮手，「回神！」

「幹嘛呀！」方景燦拿開她的手，依舊伸著脖子往裡面看。

「出息點！這麼急幹嘛？人還能跑了？不就是跟你哥舉辦個假婚禮嗎，瞧你心疼的，還有沒有一點兄弟愛了……」

方景燦哀怨地咕噥：「妳什麼都不知道，小棠……小棠她之前一直喜歡我哥！」

秦悠訝異地挑了挑眉，「原來還有這一齣！不過安啦，這女孩完全不是景深喜歡的類型，就算他醒了後知道這事，也不可能因此擦出火花或者有什麼曖昧好嗎？再說現在的男人眼皮子這麼淺，你要是追這女孩還真沒什麼競爭壓力，真不懂你在擔心什麼。」

方景燦舒了口氣，「也是……」

一旁的方景深瞥了二人一眼。說得沒錯，他若是醒來確實不會跟小棠有曖昧，他會直接清清楚楚地以身相許。

婚禮當日，蘇小棠家樓下清一色大紅色名車組成的迎親隊伍排滿了整整一條街，喜糖不要錢一樣撒了厚厚一層，一群小孩子樂得拎了水桶過來搶。

「這誰家娶親啊，排場這麼大？」

「不知道啊！剛有人好奇去打聽了，好像沒打聽出來！」

「這附近最近誰嫁女兒啊？」

「王大媽，妳這個百事通都不知道了，我們這些凡人怎麼會曉得！」

「奇怪，誰家女兒嫁得這麼好，還不早傳得人盡皆知，我居然一點風聲都沒聽到……」

蘇小棠看著樓下的陣仗頭皮發麻，說好的低調呢？哎算了，就算是假的，也不能委屈了男神啊……反正等下她紅蓋頭一蒙，出去了也沒人知道是她。

蘇小棠左一層又一層整整齊齊穿戴好了坐在床上，緊張得手心直冒汗，想下去走走，卻被秦悠攔住了，「可不能下地！不然妳嫁過去可是要受苦受累的！」

呃，好像是有這習俗。可是，只不過是假的婚禮而已啊，為什麼會這麼鄭重，她好緊張……蘇小棠下意識地看向方景深尋求安慰，卻看到他在屋裡子來回踱著步……呃，男神也緊張嗎？應該是緊張沖喜會不會真的有用，讓他恢復正常吧？

半個小時後，總算等到了迎親的人過來。

秦悠蹙眉道：「怎麼辦，小棠誰來背？要麼阿燦你來背好了！」

方景燦正看著小棠發呆呢，一聽這話不樂意了，「為什麼是我啊？新娘子不都是應該由新娘的哥哥或者弟弟來背的嗎？」他可不想做小棠兄弟輩的人……

「那你說怎麼辦？明知道不可能去找小棠真的兄弟過來！」

看著蘇小棠絞著手指為難的模樣，方景燦咬了咬牙走過去在她跟前蹲下身子，「上來吧！」

小棠遲遲不敢動作，「我可能有點重……」

「沒事，儘管上來，再重我也背得動，摔不到妳的！」

方景燦將小棠背到了車裡，又忙不迭地繞到前面去開車，又背新娘又做司機，忙得滿頭大汗，嘴裡嘀咕著，「方景深，你哪裡去找我這麼好的弟弟，且行且珍惜吧……」

蘇小棠自從上車之後整個人就呈癡呆狀了，雙頰更是紅得只差冒煙。

天天天天哪！她以為婚禮就是她一個人走個過場就行了，誰知道卻在上車後看到了閉著雙眼，似乎只是睡著了一般的方景深靜靜地靠坐在那裡，離自己這麼這麼近，難道她要和男神本人舉行婚禮？

方景燦看到後座蘇小棠的反應之後心裡直泛酸，小棠啊，妳那句「只是喜歡過」如今看起來實在是很沒有可信度啊！方景深動也不動的有什麼好看，妳看看我，看看我這個大活人啊！

一旁毛茸茸的方景深看著蘇小棠對著自己的身體緊張得面紅耳赤的樣子，心情也很複雜。方景深目前的生命體徵一切正常，只是一直無法醒過來，不過為了保險，身上還是連接了不少儀器，旁邊也有私人醫生全程跟著。

色彩豔麗的禮服襯得他看起來更加脆弱，也讓蘇小棠內心的愧疚更深，小心翼翼地扶著他的身體以免路上顛簸搖晃。

順利到達方家老宅，私人醫生和助理幫忙將方景深移到輪椅上，接著立即有好幾個早就等待在那裡的專家上前檢查儀器連接是否正常，確定一切正常後新郎新娘才一起被迎進屋裡。

方景燦一路嘀咕：「何必搞這麼麻煩，直接讓我代替不就行了，古時候沖喜又不是沒有這種先例，還有用大公雞代替新郎的呢，這折騰來折騰去，要是出了什麼意外怎麼辦……」

「拜個堂不用花幾分鐘時間，能出什麼意外！」太奶奶白了他一眼，然後笑咪咪地盯著蒙著大紅蓋頭緩緩走到自己跟前的蘇小棠，真是越看越喜歡。

一拜天地——蘇小棠緩緩轉身，方景深的輪椅也在醫生的幫助下轉了過來，二人對著天地盈盈一拜。

二拜高堂——方澤銘微笑著點點頭，本來還挺排斥這場鬧劇的，這下心裡倒真有幾分兒子娶媳婦的感慨和欣慰了，萬一兒子這輩子都躺在床上醒不來，今天也算是完成一樁心願了。

太奶奶看著一對新人，激動得老淚縱橫，「想不到我老太婆還能活著看到曾孫結婚……」

太奶奶這是假的啊，您別入戲太深成嗎？方景燦想要吐嘈，看老人家這麼高興，最後什麼都沒說，只遞了張紙巾過去，湊在老人家耳邊悄聲問道：「太奶奶，您就這麼喜歡小棠啊？」

老太太滿意地直點頭，「小棠是個有福氣的姑娘，心地又好，現在很難找啦！可惜你們年輕人的審美觀念跟我們這代人不一樣，都沒啥眼光……」

方景燦立即反駁道：「誰說的！太奶奶，我眼光跟您最同步了，連我哥不都說我們家最像太奶奶的就是我了嗎！太奶奶您說是不是？」

太奶奶瞥他一眼，「你這孩子，到底想說啥？」

方景燦嘿嘿一笑：「我想說……我會幫您老人家達成心願的，放心好了，小棠肯定是您曾孫媳婦，跑不了的！」

太奶奶聞言激動地握住他的手，「是吧，你也覺得沖喜以後深深一定會醒吧！」

方景燦一臉無語，這都什麼跟什麼啊，您家深深醒了小棠就能成您曾孫媳婦了？他要說的是，我也是您曾孫子，由我來娶小棠也是一樣的好不好？太奶奶怎麼就老是轉不過來呢，到底有沒有把自己當成她曾孫子啊……

夫妻對拜——看著兩人對拜，方景燦的心在滴血。媳婦，媳婦……我未來的老婆啊！方景深你這個禽獸……

送入洞房——方景燦看著兩人進屋，差點把領帶都給咬破了，急忙跟了進去。

蘇小棠按照身旁喜娘的提醒一步步走完了全程，方家把婚禮辦得實在是太細緻了，每一個細節都非常注重，就像是真的在給長孫操辦人生中最重要的婚禮，讓一直提醒自己這只是一場儀式的蘇小棠被這樣的莊重氣氛影響得緊張不已，等終於結束被送進屋裡，大冬天的卻出了滿滿一身汗。

「新郎要揭蓋頭啦！」一旁的喜娘笑咪咪地提醒。

「你們還能不能專業點？我哥他這樣怎麼揭蓋頭啊？」方景燦真是看不下去了。

「方二少爺，你握著你哥哥的手幫個忙不就成了？老太太說了，要儘量讓新郎官親力親為才好！」喜娘說道。

「我才不要！」方景燦別開臉，真是夠了。

僵持了一會兒，蘇小棠臉上的蓋頭一動，被拽下來了。嗯，是被一隻狗爪拽下來的。

喜娘：「……」

方景燦：「……」

蘇小棠：「……」

始作俑者傲然斜睨了眾人一眼，接著悠然跳上了鋪滿紅棗花生桂圓蓮子的大紅色喜床，一半身體趴在蘇小棠腿上，方景深一擺出求撫摸的姿態，蘇小棠便自然地順手摸了摸牠的腦袋。

喜娘的臉色黑了黑，輕咳一聲，「這怎麼辦？要重來嗎？」

方景燦不耐煩地揮揮手，「差不多就行了，那麼多講究，真要像妳說的親力親為，妳有本事讓他自己洞房啊！」說完就把喜娘趕出去了。

他寧願一隻狗把這蓋頭揭了也不要便宜方景深。

喜娘剛一出去，老太太和方澤銘就進來了，老太太緊張不已地看著躺在床上的曾孫子，「怎麼樣怎麼樣？深深有沒有醒來啊？」

「奶奶，之前不是說好了只是試試，您也別抱太大希望了！」方澤銘勸道。

「是我太心急了……」太奶奶喃喃著拉起蘇小棠的手，「小棠啊，真是難為妳了！累不累啊？我讓廚房準備了吃的，待會兒就給妳送過來！」

「我沒事，倒是您忙一天了，別累壞了身體，不然方景深他就算醒了也不能安心的。」

太奶奶見她面上疲憊和沉重的表情嘆了口氣，「小棠啊，妳千萬別有壓力，就算深深醒不來也不是妳的錯，知道嗎？對了，太奶奶還有一個請求，不知道可不可以……」

方景燦一聽立即警惕地站在後面朝蘇小棠擺手：不可以，絕對不可以！

「太奶奶您說。」

「這婚禮就只剩下最後一步了，總不能功虧一簣是不是？我知道讓妳跟深深孤男寡女共處一室不太合適，可深深他昏迷不醒，妳就當他是個擺設好了，你們在一個屋子裡待一個晚上，讓他沾沾妳的福氣，妳看成嗎？」

方景燦自然是不依，「太奶奶，您這像話嗎？人家一個姑娘家，還沒嫁人呢！您讓她以後的老公怎麼想啊！」

蘇小棠倒是不在意地笑了笑，「沒關係的，只要大家不說，就不會有人知道。我說過能配合的就一定配合。」

方景燦憋屈不已，怎麼不會知道，他已經知道了啊喂！

孤立無援之下方景燦只能妥協，但是也不肯走，一直在屋外踱步，走了兩步就要往裡面衝，「我也要進去！」

太奶奶揪著他的耳朵往外拉，「安分點，別給我添亂……」

「為什麼我不能進去啊？小棠家的狗都能進去！」

「你是狗嗎？你是狗我就讓你進去！」

「太奶奶您欺負人……」

所謂洞房也不過是蘇小棠和方景深待在屋裡，醫生助理等人在屋外候著。

新房裡，蘇小棠環視了被裝扮得喜氣洋洋完全看不出原樣的屋子一眼，這應該是方景深之前住的房間，被擅自改成這樣真的沒有問題嗎？

正擔憂著，一旁的肉球躂躂躂地跑去打開衣櫃的門，從裡面叼了幾件衣服出來。

「這是？」蘇小棠一隻手接過衣服，一隻手遞給他說話。

方景深在她手上寫：【換】

蘇小棠臉一紅，「呃……是要我給你換嗎？」

方景深搖搖尾巴表示是的。

蘇小棠撓撓了頭，「那……那好吧。」

方景深每天都要擦身換衣服的，可太奶奶說了，現在開始不許任何人進去打擾，這種事大概也只能由她來做了。

蘇小棠去打了盆熱水，坐到床沿，深吸一口氣開始解方景深的衣服扣子，還好她身體壯力氣大，給他翻身什麼的做起來還都算順利。

蹲坐在一旁的肉球方景深以第三者的姿態旁觀蘇小棠紅著臉抖著手解開自己的衣服，小心溫柔地給自己擦拭身體，幫自己穿好衣服……一股想要回到自己身體裡的巨大意念席捲了他，甚至讓他的腦袋微微有些暈眩，連視線都開始模糊起來。

「嗷嗚」，一聲痛苦的嗚咽讓蘇小棠趕緊飛奔過去，「方景深，怎麼了？」

見方景深用爪子捂著腦袋很難受的樣子，蘇小棠擔憂不已地伸手給他揉了揉，「頭疼？撞到什麼了嗎？」

方景深搖了搖頭，突然跳到了床上。蘇小棠不解地看著他，不知道他想做什麼。

只見肉球形態的方景深繞著自己的身體走了一圈，伸出爪子左捏捏右碰碰，接著乾脆跳到自己的肚子上踩了幾下，最後盯著自己略顯蒼白的臉，一爪子拍了上去，發出「啪」的一聲。

蘇小棠嚇了一跳，趕緊跑過去阻止他，「方景深你別激動啊，我們慢慢來！」

說完趕緊去看方景深的臉，紅紅的一個狗爪印子，不過還好沒有破皮，不過為了以防萬一，蘇小棠還是弄了點藥水給他擦了擦。

看著蘇小棠捏著棉花棒給他擦拭臉頰，對自己的身體如此小心謹慎的樣子，方景深覺得自己又開始頭疼了。

忙完以後，蘇小棠看著臥室內的唯一一張大床陷入掙扎。

與男神本體共處一室勉強在接受範圍之內，可同床共枕她是萬萬做不到的。

「那個，方景深，你這裡還有多餘的棉被嗎？」

【有，怎麼？】

「我想打個地鋪……」

地鋪？方景深瞥了自己的床一眼，【夠大。】

蘇小棠看了眼床上的「睡美人」解釋道：「不是大小的問題，我是擔心我睡覺的時候不老實，萬一不小心壓到你的身體就不好了！」

她知道方景深有潔癖，用方景燦的話說就是他的私人領域是不讓任何人碰哪怕一下的，更何況還是床這麼私密的地方，她自然不好意思去睡。

方景深的回答是跳到床中間，趴在自己的身體旁，用爪子拍了拍外面的位置：【過來睡。】

蘇小棠看著男神示意自己上床來睡的動作還很猶豫，心想男神啊，你不用跟我客氣，在你床上我會睡不著的，還不如睡地上呢。

彆扭到最後還是無法違背男神的意思，乖乖上去睡了。不過蘇小棠還是遠遠地靠著最邊邊的位置睡，跟肉球的身體之間隔著至少還能再躺一個人的距離。

想不到有生之年她居然有機會跟男神同床共枕，雖然男神的靈魂和肉體被一分為二了，但好歹全都躺在一張床上啊！

蘇小棠以為自己在這種刺激之下絕對會失眠。然而，大概是因為白天太累了又一直神經緊繃，旁邊又是熟悉的肉球，於是腦袋沾了枕頭沒多久就被疲憊席捲，沉沉地進入了夢鄉。

最後失眠的成了方景深，蘇小棠睡著以後就很少動，背對他側躺著，雙手擱在臉頰旁邊，膝蓋微微曲起，長長的睫毛隨著呼吸微微起伏。方景深心頭湧上一股想要從身後將她擁住的衝動，而事實上他也差點就這麼做了，但是，在看到自己爪子的那一刻，猶如被人兜頭潑了一盆冷水，毛茸茸的腦袋蔫蔫地躺了回去，淒涼地瞅了一旁自己動也不動的身體一眼。

第二天清晨，六點鐘一到，蘇小棠準時醒了過來。

短暫的迷茫之後，她很快反應過來自己是在方家，接著第一反應就是扭頭去看肉球以及方景深的身體。

蘇小棠的心臟跳動得越來越快，心想會不會真的有奇蹟發生呢？連方景深變成狗這種事都有可能發生了，為什麼沖喜就不可能讓他變回來？

蘇小棠心中湧起期望，稍稍湊近了些，緊張地喚了一聲：「方景深……」

試探著喚了好幾次，方景深的身體依舊沒有醒來的跡象，不過身旁的肉球倒是抖了幾下耳朵撐開眼睛。

肉球打了個呵欠，累極了的樣子，在她的懷裡蹭了蹭，然後便貼著她的胸口繼續睡了。

唔，看來還沒有換回來。雖然現在是一隻狗，可同樣的動作由男神做起來便格外的繾綣溫柔，那慵懶的姿態和氣質一看便能知道這身體裡的是誰。

不過男神昨晚沒睡好嗎？以往他也是準時醒的，今天居然破天荒的賴床了。

蘇小棠怕吵到他，便陪著多了躺一會兒。方景深也不知道是不是做噩夢了，看起來睡得很不安穩，蘇小棠擔憂地摸了摸他的腦袋，發現這樣有效，便有一搭沒一搭地順毛安撫著。

等方景深醒來已經是兩個小時之後了，彼時蘇小棠正靠坐在床頭，隨手拿了一本書在翻看，另一隻手搭在他的腦袋上溫柔撫摸著。

方景深突然不想醒了，睜開了眼睛又趴了回去，繼續瞇著。

一直到了快九點鐘，醫生叮囑必須要進行檢查的時間，蘇小棠推了推方景深將他叫醒，簡單洗漱了一下，然後去開門。

蘇小棠剛將房門打開一條縫，外面突然摔進來一個重物，蘇小棠嚇了一跳，下意識往後退了一步，那重物便直接摔進來倒在地上，撞到了她的小腿。

「呃……方景燦？」蘇小棠愕然。

眼前狼狽摔在地板上的可不就是方景燦，那傢伙本來打扮得比新郎官還要鮮亮，現在衣服卻變得皺巴巴的，頭髮也亂七八糟，臉上頂著兩個重重的黑眼圈……

「唔，小棠，妳醒了？怎麼這麼晚啊……」方景燦迷迷糊糊地撓撓頭髮，顯得有些孩子氣。

「你不會是在門外守了一夜吧？」蘇小棠問。

「是啊，我不放心嘛！把自家小白兔一樣的未來媳婦跟大灰狼哥哥關在一個屋子裡誰能放心啊……」方景燦自言自語地嘀咕。

一旁的肉球方景深聞言眸子中閃過不屑，接著目不斜視地直接踏著方景燦躺在地上的身體走了出去。

方景燦一臉委屈，「球兒你無視我就算了，可是你踩到我了啊……」

蘇小棠輕咳一聲，幫著扶方景燦起來，「讓醫生進去給方景深檢查吧！」

方景燦的語氣有些沉重：「我哥他……還是沒醒？」

「沒有。」蘇小棠搖搖頭，「抱歉，沒幫上忙。」

方景燦嗔道：「說什麼傻話，本來就沒人指望真能有用。」

正說著，不遠處方澤銘扶著老太太急匆匆地趕了過來。

「怎麼樣啊？深深醒過來了沒有？」老太太一過來就一臉期待地問。

方景燦沉默著搖搖頭。老人家一心指望著自己曾孫子能醒過來呢，提心吊膽了整整一晚上，一被告知沒醒，當場就扶著額頭差點暈倒，「深深……我可憐的孩子啊……」

方澤銘也有些失望，不過還好之前就沒有抱太大期望，扶著老人家安慰：「奶奶！奶奶您別太著急了，一定會有辦法的！」

「是啊太奶奶，您放心吧，我剛請到了國外非常有名的專家，在這方面相當權威……」兩人安慰了好一會兒才讓助理把老太太送去屋裡休息，方澤銘看著一臉自責的蘇小棠勸慰道：「蘇小姐，辛苦妳了。」

「沒關係，我也沒幫上什麼忙。」

「之前我就已經說過，這次請妳幫忙只是為了安撫老人家，而不是為了讓景深醒過來，這個結果也在意料之中，蘇小姐千萬不必自責。」

「就是啊，我早就說過這方法行不通了，不過是為了安慰太奶奶罷了。」

蘇小棠有氣無力地彎了彎嘴角。

「對了，上次說的事情安排得怎麼樣了？」方澤銘看向方景燦問。

「我已經跟史密斯醫生碰過面，美國那邊現在全都安排好了，隨時可以送我哥過去。」

「那就好。」方澤銘點頭，表情凝重，「景深要是再不醒，你媽媽那邊怕是瞞不住了。」

方景燦也頭疼不已，「一個太奶奶已經夠受了，要是被我媽知道，還不知道怎麼折騰呢！她身子骨又這麼弱，到時候家裡恐怕又要多個病號……」

蘇小棠聞言心頭一驚，遲疑地出聲詢問，「你們剛才說，要送方景深去美國？」

「是啊，繼續待在國內肯定是沒有進展了。其實早就想直接送我哥過去了，只是因為太奶奶執意要找人給他沖喜才耽誤了下來。」方景燦回答。

「那他什麼時候回來？」蘇小棠急切地問。

方景燦沉吟：「在醒過來之前，恐怕是要一直待在那邊了。」

蘇小棠頓時心亂如麻，方景深在國內她還可以每天帶著肉球去看他，現在方景深突然要去那麼遠的地方，讓她心裡更加沒底了，最重要的是不知道靈魂轉換過來會不會受到距離的影響。

方景深此刻的心情也很沉重，身體和靈魂相距那麼遠讓他很沒有安全感，但是美國那邊的醫療水準確實要好很多，所以他也不確定到底該怎麼做了。實際上他就算知道該怎麼做，怕是以現在的身體也什麼都做不了……

「先送你哥回醫院，去美國的事儘快安排，越快越好。」方澤銘看著手裡響起的手機眉頭緊蹙，「你媽打過來的，哎……」

「知道了，沒意外的話明天就可以走。」方景燦回答，然後看向有些魂不守舍的蘇小棠，「小棠，我讓司機送妳回去吧！」

蘇小棠看著坐在輪椅上被醫生推出來的方景深，「我跟你一起送他去醫院可以嗎？」

方景燦猶豫了一下，點點頭。

一路上，大家都很沉默。蘇小棠的眼睛片刻不離地盯著方景深的身體，很快，醫院終於到了，她卻還是沒能想出主意。

眼睜睜看著病房一步步接近，看著醫生推他進去，想到方景深就要去美國了，可能要很久才能回來，也可能永遠回不來，她甚至想到最壞的可能，萬一方景深的身體……死了怎麼辦？

好好的人，卻要一輩子做一隻狗，全都是因為自己，為什麼要去喜歡他呢？那天晚上為什麼要貪戀他的溫柔，為什麼不自己回家呢？若不是因為自己的貪戀，貪戀不該屬於自己的東西，這一切就不會發生了。

她越想越害怕，越想越自責，越想越絕望。這時候，她看到跟著醫生就要走進病房的方景燦突然滿臉驚恐地看著她，確切地說，是看著她的身後。

她正沉浸在痛苦之中，不知道發生了什麼，懵懵懂懂地轉過頭去，那明晃晃的利刃已經逼到了眼前。

一個穿著白袍的醫生跌跌撞撞地從她身旁跑過，身後一個穿著黑色背心，神情瘋狂暴戾的男人手裡拿著一把刀胡亂砍著，眼看著就要殃及池魚砍到她的身上。

等她反應過來的時候刀鋒已經落下，完全來不及躲避了，她只能嚇得閉上雙眼，可是，預料之中的疼痛卻沒有降臨。

只聽到「嗷嗚」一聲痛苦的嗚咽，蘇小棠一睜開眼睛就看到方景深猛然跳起來撞上了男人的身體，些微的偏差使得刀劍偏離了她的身體，險險躲過一劫，可是肉球的身體卻被那個男人暴怒地一腳踹開，重重地砸到牆上滑落下來，然後便一動也不動了。

「方——肉球！」蘇小棠驚魂未定地撲過去將方景深抱在懷裡，臉上是前所未有的慌亂，「肉球，你醒醒啊……肉球……」

蘇小棠全身顫抖地抱著肉球哭泣著，另一邊方景燦衝了出來幫忙制服暴徒，醫生和患者的尖叫聲亂成一團，很快保安和警察出現了，將暴徒帶走。

半個小時後，VIP病房。

因為事情發生在醫院，又有方景燦的周旋，院方接納了肉球，幫牠做了個全身檢查還安排了一間病房。

還好檢查結果顯示肉球只是撞暈了，左前爪有些紅腫和擦傷，其他地方並沒有受傷。

方景燦拍拍她的肩膀，「別擔心了小棠，醫生說肉球沒事，最遲兩個小時之後就能醒了，先去食堂吃點東西吧，妳早飯都還沒吃，又受了這麼大的驚嚇……」

騙人，上次醫生也說方景深一切正常，很快就能醒，可結果呢？

蘇小棠搖頭不肯，「我要在這裡守著肉球，要是牠醒了看不到我，會著急的。」

「哎，好吧，我去給妳買飯。」

「不用麻煩了真的，我沒有胃口，吃不下。」

方景燦感嘆不已：「這年頭醫生也成了高危險職業，當初我哥要當醫生，我媽就不太同意，說最近醫療糾紛很嚴重，我哥倒是沒遇到，沒想到卻被妳遇到了。路過也能被牽連，這也太倒楣了，還好咱們肉球厲害，不然後果真是不堪設想，等球兒醒來了一定要好好獎勵牠。」

蘇小棠摸了摸肉球柔軟溫暖的毛，眼眶泛紅。上次車禍是方景深在最後一秒護住自己，這一次又是他救了自己。什麼福星高照，她簡直就是個災星，而且災難全都轉移到自己最愛的人身上了，世上還有比這更殘忍的懲罰嗎？她上輩子是屠了幾座城才會這麼造孽？

「我沒事了，你去忙吧，不用陪著我了。」蘇小棠穩了穩情緒，儘量平靜地說道。

「那好吧，肉球醒了告訴我一聲，我送你們回去。」

「好。」

蘇小棠趴在床沿，一直眼睛都不眨地陪著方景深，心疼地摸了摸他的腦袋，怎麼這麼傻，萬一他出了什麼事或者被刀傷到了該怎麼辦，本來肉球的身體就用不習慣了，再傷到就更不方便了。反正自己脂肪厚，就算被戳一刀問題也不大啊……蘇小棠胡思亂想著，不知怎地就昏昏沉沉睡著了。

再次醒來的時候是被臉頰上的輕癢給弄醒的。蘇小棠迷茫地撐開雙眼，肉球放大的臉映入眼簾，接著是舌頭舔在臉上的感覺，癢癢的。

「肉球別鬧……」蘇小棠迷糊了幾秒很快就清醒了，一骨碌坐直身體，抱著肉球的腦袋左看右看，「你醒了，感覺怎麼樣？有沒有哪裡不舒服？你餓不餓，我去給你弄點吃的！」

方景深張著嘴巴哈氣，熱情地在她手上身上舔著，尾巴極快地左右擺動，還試圖往她身上撲。蘇小棠很快便察覺到不對，把再次企圖撲上來的某隻稍稍推開，伸出一根手指，無比緊張地問：「方景深，這是幾？」

方景深的回答是一口咬住了她的手指。

「……」蘇小棠抽出手指，跟往常一樣把手掌伸到他的跟前，「你還是方景深嗎？」

「方景深」低頭在伸過來的手掌心舔了舔，然後抬起頭傻傻地瞅著她，爪子不耐煩地動著，似乎在問：「吃的呢？」

蘇小棠無法置信地看著眼前的傻哈士奇，這……這是她的肉球！她的肉球回來了！她的肉球回來了，那方景深呢？正驚疑不定，走廊上傳來幾個小護士嘰嘰喳喳的議論聲。

「妳說方醫生醒了？真的假的啊！」

「早就傳開了，走廊一堆聞風趕過來探病的呢，還能有假？」

「什麼時候的事？不是說明天就要轉去美國醫院了嗎？怎麼突然就醒過來了？」

「誰知道，就在剛剛不久，醫生把他扶回床上的時候發現他的手指突然動了一下，接著他就自己醒過來了！大家都高興壞啦！」

「謝天謝地，菩薩保佑，我家男神就是福大命大！」

醒了？方景深真的醒了？蘇小棠刷地站起來，跌跌撞撞地往外跑：「肉球，來！」

身後的肉球聽到主人的呼喚，搖著尾巴跳下床跟了上去，跳下來的時候一個不穩差點滑倒，大概是還不習慣自己的身體突然變得這麼輕盈。

第十章 功成而身退

前方走廊裡聚集著黑壓壓的人群，個個捧著鮮花抱著果籃補品，其中不少是她認識的同學，甚至還有不少報社雜誌的記者焦急地等在那裡，見不到人便纏著護士醫生打聽消息。

人群中傳來竊竊私語——

「以前老聽你們說方醫生家裡怎樣怎樣我還不信，要是真那麼有錢幹嘛跑出來做醫生啊，沒想到來頭居然這麼大……」

「可不是，要不是他突然出車禍，誰知道他居然是方氏集團的大少爺啊！」

「那為什麼公司最後是老二繼承的？方醫生也從來不提家裡的事……」

「豪門的事誰知道啊！」

「我還聽說方醫生這回能醒過來是因為方家找了個女人給他沖喜！」

「真的假的？這年頭還有人沖喜？」

「你別不信，剛沖喜完人就醒過來了！」

「巧合吧？」

蘇小棠站在被人群環繞的病房外遠遠張望，還好她個子不算矮，踮起腳尖勉強能透過縫隙看到病房裡的情形。

穿著白袍的醫護人員來來回回走動著，病床旁邊立著方澤銘和方景燦，病床上，方景深靜靜地靠坐在那裡，陽光從對面的玻璃窗投射而來，在他淡漠的眉梢跳躍，他正神情安然地配合著醫生的各項檢查，臉色略微有些蒼白，不過精神看起來還不錯，原本緊閉的雙眸也恢復了往日的神采。

不知他跟身旁的方景燦說了什麼，方景燦立即跳腳，嘴巴快速地張張合合，大概是跟他爭辯，方景深勾唇一笑略有些無奈的樣子，面上是恍若隔世般的神色，方景燦看著他的表情突然噤了聲，避開臉雙臂環胸不耐煩地說了句什麼。

蘇小棠一直站在原地，呆呆地看著他醒來的一舉一動，每一個細微的表情……方景深真的回來了。

那塊時時刻刻壓在心頭的巨石終於轟然落地，時時刻刻折磨著她的自責愧疚焦急擔憂在看到他安然無恙後驟然煙消雲散，呼吸陡然恢復順暢。

可是，一切糾結和煩惱都消失後，隨即而來的巨大空洞感卻席捲了她，有那麼一瞬間，她無措地站在原地，像一直被牽著手卻突然跟大人失散的孩子，不知道自己下一步該往哪走。

「嗷嗚……」肉球繞著她的腿急得直打轉。

「餓了？」蘇小棠蹲下來撫摸牠的腦袋，然後做了這些日子以來從來不敢對方景深做的事，緊緊抱著肉球的身體，痛痛快快地使勁揉了揉牠毛茸茸的腦袋。

肉球很開心地回應著，伸著舌頭哈哈喘著氣。

蘇小棠將腦袋埋在牠溫暖的毛裡，許久後緩緩起身，看了病房最後一眼，轉過身。

「肉球，我們回家，給你做牛肉丸子好不好？」
「嗷嗚嗚！」
身後，病房內。
方景深透過窗戶望了一眼病房外，原本淡定的神色漸漸染上了幾分不耐。
修長的手指關節有規律地敲擊著床邊的木質桌面，敲著敲著，突然一把將身旁喋喋不休的方景燦給揪了過來，在他身上摸索著。
方景燦見方景深突然對自己上下其手，誇張地後退幾步捂住衣服，「幹嘛呢幹嘛呢？」
「手機借我。」
「你才剛醒就不能多歇會兒嗎？醫生說你要好好休養，其他事情別管了，反正你都睡這麼久了，也不在乎多休息幾天……」
方景深直接打斷他，「給我。」
「好心當成驢肝肺……」方景燦咕噥著不情不願地把手機給了他，「你要給誰打電話啊？記得號碼嗎？對了，我開機密碼是……」
眼見著方景深不待他說出口便刷刷刷輸入密碼成功進入，方景燦一臉震驚地指著他說不出話來，「我靠你個變態，為什麼你會知道我手機密碼！我還有隱私嗎？」
方景深沒理自家弟弟不滿的乾嚎，飛快地在通訊錄裡翻找著，最後手指一動螢幕定格在C欄，目光落在「Candy」這個名字上。
方景深抬頭看了方景燦一眼，方景燦突然有些心虛地別開眼，「幹嘛？我手機裡又沒你認識的人！」

方景深直接點下名字旁邊的綠色圖標撥通了號碼。

「喂喂，你別亂撥啊……」方景燦差點撲上來搶，被方景深一個眼神給嚇退了，心想這傢伙哪裡有半點病人的自覺啊。

「對不起，您所撥打的電話已關機……」

手機傳來重複的語音提示。

方景深的眉頭微蹙，手機在掌心轉了幾圈，又撥打了一次，還是顯示關機。

方景燦趁機把手機搶了回來，「打不通就別打了啊，大概手機沒電了吧！」說完小心試探著問了一句：「你知道這是誰的號碼？」

Ｃａｎｄｙ是他對蘇小棠獨一無二的暱稱。

「我不在的時候，有沒有發生什麼事？」方景深不答反問。

方景燦立即回答：「沒啊，沒有！能發生什麼事？」

話音剛落，病房的門從外面推開，被方澤銘接過來的老太太一邊哭一邊激動地走了過來，「深深啊……」

「太奶奶……」

老太太坐在床沿，上下打量著曾孫，「深深啊，你可算是醒過來了……」

「太奶奶，我這不是好好的嗎，您別哭了。」

「醒了就好，醒了就好啊！深深啊，你這次能醒過來，一定要好好感謝一個人！」

方景燦來不及阻攔，老太太已經脫口而出，「就是你那個同學啊，叫蘇小棠的，說出來你可能不高興，但真的多虧了她你才能醒過來。你爸爸還說我胡來，要不是我堅持請人家給你沖喜，你能醒過來嗎！」

世上沒有不透風的牆，方澤銘知道這件事遲早瞞不住，也沒阻攔老太太說出來，不過對於兒子的反應還是有些擔憂，便在一旁解釋道：「只是個儀式而已，沒有外人知道，我承諾過以後她要是遇到什麼麻煩，能幫的一定會幫，不會有其他不必要的牽扯，你也別怪我們自作主張，我們也是實在沒辦法了才……」

發飆吧發飆吧發飆吧！方景燦在一旁默默祈禱。以他對方景深的瞭解，這人不僅有身體潔癖還有精神潔癖……

「沒關係，只不過太委屈人家女孩子了。」

方景深的反應平靜得令他驚恐，怎麼回事？不僅不生氣，這眉宇間怎麼似乎還挺樂意的樣子？這真的是他哥嗎？

太奶奶一聽高興了，拉著他的手激動不已，「是吧，小棠真是個好女孩，幫了我們方家這麼大的忙，一定要好好感謝人家才行，深深你說是不是？」

「當然。太奶奶放心，我會親自感謝她。」方景深回答。

方景燦感覺他哥的「親自」二字聽在耳朵裡總有些別樣的意味，也不知道是不是他的錯覺。

回到家裡，蘇小棠的第一件事是給肉球準備吃的，發現口袋裡的手機沒電了，找來充電器充電，隨後打量了屋子一眼，將方景深的毛巾、牙刷、毯子等日常物品一件件收拾起來，放在一個大盒子裡。

做完這一切後，蘇小棠盤腿坐在地上發了會兒呆。肉球剛才被吃的完全吸引了注意力，吃完才有功夫注意周遭，似乎是感覺到家裡跟以前有所不同，不停地東聞聞西嗅嗅熟悉地形，大概是剛才在醫院的時候感覺到了身體的不同，現在牠最喜歡的動作就是跳上跳下玩得不亦樂乎，最後一骨碌滾到蘇小棠懷裡撒嬌。

蘇小棠笑著揉了揉牠的腦袋，隨手拆開了袋寵物餅乾一塊一塊餵牠，從整理好的盒子裡拿出ＩＰＡＤ，打開之後發現裡面靜靜躺著方景深給她制定的減肥計劃書，還有平常他跟自己說的話，都沒有刪除，保存在同一個文檔裡。

【以後我汪一聲表示是，兩聲表示否。】

【搖尾巴表示同意。】

【可以摸頭，但耳朵最好不要。】

【不要剪毛。】

【不要項圈。】

【妳幫我洗，不去寵物店。】

一行行看完，蘇小棠隨手點開相簿，裡面有一張照片，點開一看，照片中的女孩鳳冠霞帔，靦腆無措地微微垂著頭，雙手交疊放在小腹。是那天她試衣服的畫面，是方景深拍的嗎？

肉球吃完餅乾以後，從角落裡叼了一顆球過來放到她跟前，一臉期待地瞅著她，蘇小棠隨手把球扔遠了，牠立即乖乖地跑過去撿回來，她再扔，牠再搖著尾巴撿回來，如此反覆，完全不嫌無聊。以前方景深也經常跟她玩同樣的遊戲，只不過那時候為了給她減肥，扔球的是方景深，來回撿球的是她。

蘇小棠一直笑著陪肉球玩，直到感覺手背上滴下一滴冰涼，用手一抹臉，才發現濕涼一片。

「啊嗚？」肉球見主人不扔了，狐疑地將球叼起又放下，最後搖了搖尾巴，在主人身旁安靜地趴了下來。

社區樓下。一輛寶馬歪歪斜斜地停了下來，宋明輝和林雪爭吵著從車上走下來。

宋明輝大步追上掉頭就走的林雪，拉住她的胳膊，「小雪，小雪妳聽我說！」

「放手！宋明輝你個烏龜王八蛋，居然把我騙到這裡來，想要我低聲下氣的跟那個女人道歉？你做夢！」林雪激動不已地掙扎著。

宋明輝疾步跟上，「小雪，妳就不能稍微為我著想一點？因為妳說絕對萬無一失，所以我才放心的早早開始購買原材料，如今公司前期投入了這麼多錢，如果再接不到單子，東西爛在倉庫裡我就全完了！一次，就這麼一次好嗎？」

林雪轉過頭，語氣毫無轉圜的餘地：「不好！我告訴你宋明輝，絕對不可能！你以為你是誰，憑什麼讓我跟一個賤女人低頭？我從小到大都沒受過這種屈辱！」

「我是誰……林雪，妳說我是誰？妳到底有沒有把我當成妳男朋友？」

「我要是沒有，能幫你那麼多忙嗎？沒有我你公司能開起來？宋明輝你良心被狗吃了？」

宋明輝終於也忍不住了，怒道：「妳少拿開公司來說嘴，所有的事情都是我自己努力的，妳整天除了逛街買東西跟狐朋狗友出去廝混還會做什麼？妳不過是提供了一點人脈，能成功也是因為我不停在外面打點，可是最後呢？就因為妳的刁蠻任性得罪了人，害得我功虧一簣！現在明明有彌補的機會，妳卻因為那一點點自尊心，不肯為我做哪怕一點點犧牲！」

「你現在是後悔跟我在一起了是吧？我告訴你，我才後悔跟了你這麼個沒用的男人呢，出了事居然把自己的女朋友推出去擋刀！犧牲？我為你犧牲得還不夠多嗎？」林雪氣得發瘋，一巴掌揮在宋明輝的臉上。

宋明輝捂著臉，目眥欲裂：「妳不可理喻，只不過是幾句話就能解決的問題，為什麼妳一定要說得這麼不堪？這件事根本就是妳引起的，如果不是妳喝醉了發酒瘋非要偷狗……」

「我說多少遍了，那本來就是你的狗好不好？再說你會不會太看得起那個女人了？要是她真那麼有本事，還能一個人住在這種鬼地方？你別忘了，蘇堇可是有個親兒子，蘇家還有聶阿姨在呢，那個女人能討到什麼便宜？蘇堇不過是心血來潮，偶然想起自己還有個女兒罷了，你還真把她當個寶了？」

兩人正爭吵不休，一輛路虎緩緩朝著這邊開過來，停在不遠處。

宋明輝制住發瘋的林雪，看著那輛車沉聲道：「那好像是蘇堇的車！」

「什麼？你會不會看錯了！」林雪也朝著那輛車看過去。只見一個中年男人從車上走下來。看清那人的臉之後，宋明輝臉色更沉，「真的是他……」

林雪的臉也黑了，「他來這裡做什麼？」

「自然是來看小棠的！」宋明輝瞥她一眼，篤定地分析道，「蘇董都親自上門了還說不在乎？那天他把我叫過去的時候說的那些話，分明就很疼愛這個女兒，因為小棠跟他鬧彆扭，不願意原諒他，所以他們父女才這麼生疏。蘇董對小棠心存愧疚，就算他還有個兒子，也不可能虧待了這個女兒！」

「小棠，小棠……叫得這麼親熱！後悔甩了人家是吧？後悔選了我是吧？呵呵，也是，誰知道那個胖女人居然是有錢人家的千金小姐呢，那你去找她啊！你去討好那個死胖子！本小姐不伺候了！」

林雪轉身就走，臨走卻扭了一下腳踝，淚汪汪地回頭看了宋明輝一眼，卻發現他望著蘇董離開的方向，絲毫沒有要追上來的意思，於是只能狠狠瞪了他一眼，一瘸一拐地走了。

彼時蘇小棠剛把家裡重新整理好，正被肉球纏著出去玩，聽到門鈴聲響了起來。看到門口站著的人，蘇小棠微愣，「你怎麼來了？」

蘇建樹今天特意換了一身清爽的休閒裝，神情略有些忐忑地站在門口，看到女兒開門立即露出微笑，聽到她的話又有些傷心，「小棠，妳不是答應今晚陪爸爸一起吃飯的嗎？爸爸剛剛打電話給妳一直打不通，怕妳出事，所以才趕過來的。還是，妳不想跟爸爸吃飯了……」

「不是，對不起，我手機沒電了正在充電，你先進來坐吧。」蘇小棠這才想起前天答應了蘇建樹今晚要一起吃飯，這兩天發生了太多事情，她差點忘記了。

蘇建樹聽她這麼說鬆了口氣：「當然好。」

肉球好奇地看著進來的陌生人，遠遠地打量著他。

蘇小棠給他倒了杯水，「你等一下，我去換件衣服就可以走了。」

蘇建樹猶豫著叫住了她，「等等，小棠啊，要不然就不麻煩去外面吃了，外面的東西都不乾淨又油膩，爸爸在家給妳做一頓好不好？其實我帶了菜過來，直接去車裡拿就行了……」

蘇建樹話都說到這份上了，蘇小棠也不好拒絕，「那好吧。」

「妳等等啊。」蘇建樹高高興興地下樓去了。

蘇建樹骨子裡終歸是個商人，擅於最大程度的優化利益，原本只是簡單一頓飯，卻趁機發展成了親自給女兒做飯聯絡感情。這時宋明輝還沒走，一直在暗處等著，眼見著蘇建樹這麼快就下來不由得有些失望，不過，他緊接著發現蘇建樹沒有開車離開，而是從後車廂裡提出幾大袋蔬菜水果牛奶零食等等，興沖沖地又上去了。

看來他的判斷沒錯，蘇建樹確實很在乎這個女兒，而從他愉悅的表情來看，顯然是父女關係有所進展。宋明輝的眸子裡閃過一絲懊悔，但隨即又露出勢在必得的神情。

「小棠，圍裙在哪？」蘇建樹拿著菜進了廚房。

蘇小棠面色猶豫地看著他：「還是我來做吧！」

「雖然我很久沒下廚了，不過手藝可一點都沒退步，妳吃了就知道了！」蘇建樹信心滿滿地找來圍裙繫上，勸她去沙發上坐著看電視，又把剛提上來的一大袋零食塞給她，「瘦了這麼多，是不是在減肥呢？千萬別學那些女孩子減肥啊，餓壞了身體可怎麼辦？」

蘇小棠坐在沙發上看著他在廚房裡忙碌的背影，眼眶有些泛酸，蘇建樹一直以來都很疼她，小時候她最親近的就是父親，也最黏他，最後卻因為他犯了所謂的「每個男人都會犯的錯誤」，而漸漸與他形同陌路。

蘇建樹做了一桌子她喜歡吃的菜，還特意為肉球煮了一鍋香噴噴的排骨，牠本來還一副警惕的樣子，吃了東西立刻就搖著尾巴倒戈了。

「怎麼樣？好吃嗎？」

蘇小棠點點頭，或許是因為她現在心裡空落落的，特別需要關心吧，對待蘇建樹的態度也緩和很多，再說過了這麼多年，就算埋怨，也沒辦法表現得那麼激烈了。

蘇建樹沒有說「那以後爸爸經常過來好不好」這種煽情卻會引起爭執的話，而是選擇了在這個還算合適的時機說出自己最關心的問題。

「明年就二十七歲了吧？妳長大了呢。當年還是個小蘿蔔頭，眼看妳一點點長這麼大……」

蘇建樹感嘆了許久，最後問了一句，「有喜歡的人了嗎？」

蘇小棠怔了怔，「沒有。」

「妳也不小了啊，雖然現在憑妳的能力可以養活自己，可是妳一個女孩子終究還是要嫁人的，千萬別因為一次失敗就對愛情失去信心，很多事情也要看緣分的，不是所有人都能那麼幸運一直走到最後。但是，可以陪妳一輩子的那個人肯定會出現的，當然，像妳這樣天天待在家裡可不行，在遇到對的人之前也是需要經歷很多摸索和嘗試的。」

蘇小棠直接拒絕：「我暫時不想相親。」

哎，繞這麼半天還是白說了。蘇建樹苦笑著嘆氣：「終歸還是爸爸給妳做了一個壞榜樣。」

蘇小棠戳了戳眼前的飯：「每個人都有自己的人生，我也不會因為一次失敗就否定所有，只是我現在還沒有整理好心情，等過完年再說吧。」

蘇建樹看女兒的表情覺得這段時間肯定發生過什麼，但是又不確定這件事是不是跟之前的宋明輝有關，說到底有些事情還是做媽媽的問起來比較方便，更何況他這個爸爸還做得這麼失敗，想關心也使不上力。

「那好吧，爸爸尊重妳的決定，雖然爸爸也很著急，不過這畢竟是一輩子的事情，不能倉促決定，我蘇建樹的女兒不用擔心嫁不出去，妳只管好好挑！」蘇爸爸很霸氣地丟下一句。

或許他不是一個好丈夫，不過對這個女兒倒是打從心底疼愛。

吃完飯，蘇建樹試探著問：「還有幾天就過年了，今年去爸爸那裡一起過好不好？」

蘇小棠搖搖頭，「我要去鄉下陪外婆。」

雖然她對蘇建樹的態度有所鬆動，但是讓她去他和那個女人的家裡一起過年，無論如何她也沒辦法做到。蘇建樹本來也沒抱太大希望，聽她這麼說便沒有勉強她。

坐了一會兒，蘇小棠送他下樓，肉球也熱情地跟著一起下來了。

送走蘇建樹之後，蘇小棠正準備上去，突然感覺背後似乎有人在跟著自己，那感覺越來越強烈，最後突然整個被人從背後摟住，蘇小棠立即狠狠地一腳踩上那人的腳背，然後提腳就踹。

那人痛苦地捂住了褲襠，「小棠是我，宋明輝……」

「……哦。」那就沒打錯人。

之前方景深有教她一點防身術，她一直覺得自己肯定用不上，沒想到居然還用上了。

「小棠，我是來跟妳道歉的。上次實在很抱歉，當時林雪發酒瘋，我應該攔著她的……」

肉球一見是熟人，還是經常餵自己好吃的、帶自己出去玩的人，開心地搖著尾巴繞著宋明輝打轉。

宋明輝一看肉球對自己親近，立刻大喜過望，「乖肉球，明天帶你去吃好吃的好不好啊？」

「汪嗚汪嗚！」

蘇小棠的臉立即黑了，「不許叫，跟我回家。」

奈何她之前習慣了不給方景深繫牽繩，這會兒肉球沒有戴項圈，又完全被好吃的誘惑，蘇小棠沒辦法拉，根本叫不走牠。

宋明輝一臉深情地看著她，「小棠，狗尚且如此，人豈能無情？過去是我不對，現在我已經想通了，世上對我最好的還是妳，我已經跟林雪分手了。小棠，我們重新開始好不好？」

「肉球你走不走？」蘇小棠真的生氣了。

肉球回頭看了一眼主人，又看看眼前代表著好吃好玩的人，猶豫地來回走動，最後看蘇小棠作勢轉身要一個人走了，才艱難地朝著蘇小棠的方向跑了過去。

蘇小棠鬆了口氣，完全沒有搭理宋明輝，直接帶著肉球上樓了。

回到家之後，蘇小棠對肉球進行了非常嚴肅的批評教育，可是沒辦法，平日太寵牠了，以至於牠毫無節操也完全不怕自己，被她義正言辭地罵了也完全感受不到主人的憤怒，還一臉傻相，湊上來舔她撒嬌。這就跟教育孩子一樣，一開始沒教好，家裡有紅臉沒白臉，以後就很難矯正過來了。蘇小棠又是個心軟的，尤其一看到牠就想到方景深，見牠賣萌比以往更沒有抵抗力，垂著腦袋放棄了教育，妥協地掏出了火腿餵牠。

原以為事情到這裡就結束了，可是，宋明輝卻沒有放棄，接下來的幾天一直纏著她求復合。先是追著送玫瑰花、零食、項鍊，然後又是在她樓底下擺愛心蠟燭唱情歌玩浪漫，最可惡的是每次都企圖勾搭肉球，只要她一出門就能遇到他。蘇小棠本來準備後天再走的，如今被噁心得只好用最快的速度買完年貨，凌晨就起床開車趕去了鄉下外婆家。

灰濛濛的天空開始亮起來，天際泛起了魚肚白，等蘇小棠開到村外，太陽升了起來，天已經完全亮了。路上有些坑窪，蘇小棠小心地開著車進去，遠遠地就看到外婆佝僂著背在那餵雞。見到遠處有車開到了自家門前，外婆狐疑地直起腰往外看，「這是誰啊？」

「媽，怎麼了？」屋內走出個穿著皮襖子的中年男人。

「不知道是誰來了，你快去看看！」外婆說。

「該不會是蘇建樹那混蛋吧？」男人說著就抄起一旁的鐵鍬。

聽到外面的動靜，一個抱著孩子的女人從屋裡走出來，一把拉住了衝動的男人，「幹嘛呀，來就來，他來不是應該的嗎，幹嘛老死不相往來，讓他一個人風流快活過好日子啊！」

「我們家不稀罕他那幾個臭錢！」男人怒道。

女人嘀咕：「瞧你這臭脾氣……」

「外婆！舅舅，舅媽！」車門打開，前頭傳來蘇小棠的身影。

「哎呀！是小棠啊！」外婆把懷裡的簸箕一放，歡喜地迎了上去，「你們快別吵了，是小棠回來了！」

「外婆！」

「快快，進屋坐，外面冷。妳這孩子，來怎麼也不說一聲？」外婆算了算時間，然後眉頭皺了起來，「這麼一大早就來了，妳起得多早啊！」

「想給您一個驚喜嘛！」蘇小棠抱了抱外婆，然後笑呵呵的逗著一旁的小侄子，「哇，瑞瑞都長這麼大了，去年在醫院看到還是皺巴巴的一團呢，長得可真漂亮，姑姑抱抱！舅媽，我給瑞瑞買了些衣服，妳看看合不合適，還有託朋友帶的進口奶粉！」

舅媽看她大包小包的，笑咪咪地迎了上來，「來就來了，還帶這麼多東西幹什麼！妳上次帶的奶粉還沒喝完呢。老伴，還不幫小棠拿東西！」

舅舅忙幫著接過東西，「別亂花錢，我們這什麼都不缺，下次別買了！」

蘇小棠很喜歡小孩子，抱著侄兒軟綿綿香噴噴的身體，瞬間覺得心情好多了，可是察覺不遠處的動靜之後下一秒臉就黑了，「肉球！給我回來！不許胡鬧！」

肉球又開始發瘋一樣追著院子裡的雞鴨了，自從換回來以後，大概是憋太久了，牠變本加厲，精力旺盛得不得了。

蘇小棠把侄兒交給舅媽，趕緊去牽肉球，追了好幾圈才用腳踩住繩子。

蘇小棠一邊氣喘吁吁地拉著上竄下跳的肉球一邊問：「對了，表哥表嫂呢？」

「那兩個懶鬼，還在睡呢！」舅媽嗔道。

「唔，好不容易放假，還不讓人多睡會兒啊！」身材高大的男人裡面穿著睡衣外面套著件棉襖就走了出來，看到外面的一人一狗嚇了一跳，「表……表妹？小棠啊，妳怎麼瘦這麼多啊？還有，這是肉球嗎？還是妳換條狗養了？」

「沒有啦，就是肉球，我也沒有瘦很多吧？還是很胖啊……」蘇小棠摸了摸自己的臉。

外婆端了碗熱騰騰的麵糊過來給她暖手，看著她一臉心疼，「還說沒瘦很多，都瘦成這樣了。我剛才就想說妳，好端端的怎麼突然瘦了這麼多！是不是生病了？」

表嫂穿好衣服走了出來，「奶奶，妳操心什麼啊，現在女孩子都流行減肥，小棠再繼續胖下去才可能生病呢！」說完瞅了眼屋外停著的白色小汽車，「小棠，那車是妳買的？」

「嗯，剛買。」買車的理由難免讓她又想起某個人，臉色也黯淡了些。

「妳爸給妳買的？」表嫂心直口快的問。

蘇小棠搖搖頭：「不是，我自己買的。」

「我們小棠自己有錢，哪裡需要那個混蛋的錢！」舅舅氣呼呼的。

「我就隨便問問嘛……」表嫂訕訕的不敢再提那個人。

一家人熱熱鬧鬧地吃了頓午飯，因為肉球實在鬧得太厲害，剛吃完飯蘇小棠就遛狗去了。牠一路鬥雞碾鴨撲鳥撈魚就沒一刻安靜的，蘇小棠跟在後面累得半死。

突然，草叢裡跳出一隻白色的兔子，肉球耳朵一抖，神色一凜，整隻狗都瘋了一樣撒開腳步追了上去，速度越來越快，到最後蘇小棠壓根就拉不住牠，腳步踉蹌了一下，讓牠掙脫繩子一溜煙跑遠了。蘇小棠嚇得趕緊追了上去。但肉球很快就跑得不見身影，蘇小棠焦急地找了半天，才在一片林子裡聽到牠嗚咽的聲音。

等找到牠的時候便看到肉球可憐兮兮地趴在地上，後腿被一個大大的捕獸夾給夾住了。

看著肉球被夾住的後腿，蘇小棠又氣又急，「讓你亂跑，讓你瘋，這下好了吧！你怎麼就這麼能鬧呢！」

「嗷嗚嗚嗚……」肉球沒精打采地趴在地上，舔了舔她的手指。

蘇小棠看牠這樣，生氣全都轉成心疼了，伸出手去試探著想要把捕獸夾扳開，可是實在是太緊了，她手都被磨破了，再用力都紋絲不動，想要下山去叫人幫忙，又怕留肉球自己在這裡會有危險。正進退兩難不知道該怎麼辦，對面山坡後面走出個軍綠色的人影，手裡提著隻白色的兔子，四目對上，兩人皆是一怔。

「隊長！」這不是在公園跑步的時候經常遇到的消防隊隊長嗎？

莊毅也認出她了，不過不知道她的名字，直接走過來問道：「怎麼回事？」

「我的狗追兔子，結果不小心被捕獸夾夾住了……」

「……」莊毅的神色有些複雜，想像不出這隻習性更接近貓的狗追起兔子會是什麼樣子。

「拿著。」莊毅把手裡的兔子塞給蘇小棠，然後蹲下來開始扳捕獸夾。

「是不是很難弄？不然我下山去拿工具……」

話音未落，捕獸夾就「喀嚓」一聲被硬生生扳開了，肉球一瘸一拐地撲進了蘇小棠的懷裡。

「謝謝，謝謝你……」蘇小棠感激不已。

莊毅查探著肉球的傷口沉吟：「牠這樣暫時不能走路了，附近沒有寵物醫院，不過有個畜牧站，但是有點遠，我送妳過去吧。」

「會不會太麻煩你？」蘇小棠有些不好意思。

莊毅看了她磨傷的手一眼：「沒關係，給我抱吧。」

肉球大概知道他是自己的救命恩人，乖乖被莊毅抱著沒有亂動。蘇小棠也想自己帶肉球去，可是那地方真的很遠，剛才逛得太遠，回外婆那拿車也不近，肉球雖然減肥成功，但也有幾十公斤呢，她還真沒把握能自己把牠抱過去。幸虧遇到了好心人，阿兵哥就是樂於助人啊！

莊毅看著身旁一臉感激地望著自己的女孩，眸子裡浮現一絲笑意，「妳怎麼到這裡來了？」

「我外婆就住在山下的村子。」

「這樣。」

「你呢？」

「和妳一樣。」

「哈？你外婆也住這附近？」

「嗯。」

「好巧啊。」

莊毅陪著蘇小棠去給肉球處理了傷口，又把他們送回家，臨走還把手裡的兔子送給了她。

「呃，給我？這是你打的啊……」

「不是，牠自己突然竄出來撞到我腿上的，沒死，大概是撞暈了，我拿著沒用，給妳玩吧。」

蘇小棠擦了擦汗：「那……謝謝，今天真的非常感謝你！」

莊毅笑了笑，又俯身摸了摸肉球的腦袋，轉身走了。

等人走得快沒影了，蘇小棠才想起來到現在都不知道人家的名字呢！

「都走遠啦！還看！」外婆從身後走過來揶揄道，「有對象了怎麼也不跟外婆說一聲，害得外婆還天天替妳擔心呢！」

「外婆妳誤會了，這不是我對象啦！」蘇小棠急匆匆地把剛才的事情說了一遍。

「有沒有傷到哪裡啊？」外婆一臉緊張地上下打量她。

「沒有沒有，我就是手破了點皮，已經處理過了，肉球也沒事。」

「哎，我還以為是……小棠啊，妳可不小了，妳可別不愛聽，女孩子年齡一大，就算條件再好都不好嫁的！光就生孩子這一點，年紀大了生孩子可受罪啊！隔壁村那個考出去的大學生，現在都讀博士啦，三十多歲了還沒嫁人，現在只能湊合著嫁了個四十多歲的男人，還是離過婚的。還有鎮上妳王婆婆家的閨女……」

雖然早知道來了之後絕對會被外婆念，蘇小棠還是有些受不了，沒辦法只能在一旁乖乖聽著，腦袋裡嗡嗡作響。

外婆嘮叨完之後就是全家總動員，被這麼轟炸了整整三天，蘇小棠腦子裡那點少女情懷和憂鬱悲傷全都煙消雲散。最後，蘇小棠終於受不了了，「去去去！明天中午是吧？」

「是啊是啊，就約在鎮上那家麵館，穿漂亮點去啊！妳這身衣服太素啦！穿我前天給妳買的那一身，一定要穿啊！」

「嗯！」

「別穿高跟鞋，妳個子這麼高……」

「知道！」

「別帶著肉球了，我幫妳看著，丟不了，哪有人相親還帶著狗的！」

「知道啦……」

俗話說躲得過初一躲不過十五，蘇小棠躲過了爸爸還是沒能躲得過外婆。

第二天中午，蘇小棠穿著花衣裳，在外婆的千叮萬囑下去赴約了。

麵館裡人不算多，蘇小棠環視一圈都沒找到外婆形容的那個「又高又帥的小夥子」，蘇小棠看了半天，真沒覺得有誰能帥得讓她一眼就認出來的。

大概是還沒到吧，畢竟她提前十分鐘過來了。於是蘇小棠便點了杯飲料在那等著。

五分鐘之後，門口走進來一個熟人。蘇小棠看到他的第一眼就想起了外婆之前對那個相親男的形容，不過……怎麼可能？

蘇小棠跟往常一樣跟莊毅點頭打了個招呼，便沒有多說話。畢竟這個情況下還真不適合敘舊，萬一待會兒那個相親的男人過來了還真不好解釋。

莊毅本來也只是略一點頭便移開視線，不過很快視線又轉了回來，在她的身上轉了好幾圈。

蘇小棠只當是因為自己今天穿得太奇葩了，有些不好意思的撓撓頭，卻看到莊毅徑直朝著她走過來站到她跟前，看著她說：「蘇小棠？」

「我是。」蘇小棠突然有種不好的預感，「難道你是……？」

「妳好，我是莊毅。」

蘇小棠的瞳孔驟然收縮，要死了，居然真的是他！要不要這麼巧啊！

「沒想到會是你……」蘇小棠尷尬不已地笑了笑。

「我也是。」莊毅在她對面位置上坐了下來，神情還挺淡定的。

「你怎麼認出我的？」蘇小棠有些好奇地問。

莊毅瞥了眼她的衣服。蘇小棠也垂頭看了看自己這身衣服，花團錦簇好不熱鬧，而且起碼繡著幾百隻蝴蝶，哎，外婆的審美啊……

「咳，我外婆給我買的，非要我穿。是不是很奇怪？」

莊毅似乎也不知道該怎麼評價，半晌後憋出一句：「很有辨識度。」

蘇小棠忍不住笑了笑。

「妳的狗怎麼樣了？」

「好多了，上次真是謝謝你。」

「不客氣。」

接著兩人點了單，然後好半晌都沒話說，蘇小棠撓撓頭，覺得這個尷尬的問題還是得說清楚才行，「你也是被你外婆逼著過來相親的？」

這話的意思是她本意是不願意相親的？莊毅喝了口水，思索了下回答：「也不算逼我，我是自願過來的，畢竟年紀也不小了。」

「唔，聽外婆說了，比我大三歲。」

「嗯，過年三十。我外婆說妳是個很有福氣的女孩子。」

「咳，因為身材看起來比較有福氣吧，老人家都喜歡胖一點的。」言下之意，她有自知之明，男人不會喜歡她這樣的。

兩人隨意地聊了幾句，蘇小棠繞來繞去只想說一句「既然我們都沒那個意思，那就當只是出來吃個飯吧」，可是卻一直沒有機會說，準確來說是莊毅沒讓她有機會說。

聊到飯都吃完了，她終於準備開口，對面莊毅也正好開口，「小棠，我覺得我們可以試試。」

「哈？」蘇小棠傻傻地張大了嘴巴。

莊毅輕笑，「我對妳感覺還不錯，妳呢？」

「啊？」更傻了。

「我覺得妳挺好的，不像城市裡的女孩子一樣浮躁，那些女孩子我也應付不過來，我希望妳可以考慮一下。」

蘇小棠就這麼暈暈乎乎地回家了，一到家就被外婆舅舅舅媽表哥表嫂圍住追問，聽到她說對方有交往的意願之後個個高興得合不攏嘴。

表哥激動道：「小棠啊，莊毅真的不錯，村裡多少女生喜歡他呢！妳得把握機會！」

蘇小棠頭疼：「把握什麼啊，他只是說試試……」

「唔，他是不是認真的啊？」表嫂覺得以莊毅的條件看上蘇小棠實在是有些奇幻，可就算是他不想認真，也該找個漂亮身材好的啊。

「可是，聽說莊毅他媽媽不太好說話，眼光高著呢，不知道小棠嫁過去會不會受委屈。」舅媽表示很擔心。

蘇小棠扶額：「八字還沒一撇呢，你們也想太遠了吧！」

外婆立即反駁：「可是我們小棠條件也不差好嗎？他們有什麼好不滿意的！」

「有沒有人問過我願不願意啊喂……」蘇小棠無語地繞到院子裡去餵雞了。

蘇小棠這邊還在頭疼呢，沒想到舅媽的話一語成讖。

還是昨天的小麵館，不過這次坐在她面前的是莊毅的母親。

「昨天的事情是莊毅的外婆自作主張，我這個做媽的完全不知情，不管莊毅跟妳說了些什麼，蘇小姐就當沒發生過吧！」

本來就什麼都沒發生，被莊毅的母親這麼一說，好像是發生了什麼一樣，蘇小棠心裡難免有些不快，但畢竟莊毅人不錯，又幫過自己，一時之間她還真不知道該如何應對。

另一邊，蘇小棠外婆家的院子外，一群人圍在一起嘰嘰喳喳地八卦著。

「這老趙家怎麼回事啊？怎麼三天兩頭有好車往裡開！」

「前幾天的是他家外甥女兒，這回不知道是誰，那車是什麼牌子的？」

「好像是保時捷吧！會不會……是那個男人啊？」一說那個男人，大家都意會地唏噓著，不過也有明眼的反駁道：「不是吧，上回來我記得他開的不是這個車，明明是路虎來著！」

「人家有錢，一天換一輛啊！」

「別吵別吵，人家下車啦！」

「喲！這小哥長得可真俊俏！」

第十一章 突來的溫柔

蘇小棠的表哥打開門，一臉狐疑地看著眼前穿著考究清冷矜貴，與他們這小地方格格不入的男人，「請問你找誰？」

「蘇小棠。」方景深回答，然後很快地打量眼前的男人，似是在判斷他的身分，「你是？」

男人身上無形的壓迫感讓表哥有些吃不消，「我是小棠的表哥，你找她幹嘛？」

原來是表哥。方景深露出個清淺的微笑，「你好，我是小棠的朋友。」

那股無形的壓迫感陡然消失了，表哥鬆了口氣，難道剛才是錯覺，這個男人明明看起來還挺親切的啊！

「哦，小棠她跟男朋友去約會了，你要不要改天再來？」表哥大咧咧地回答。

剛才小棠走的時候沒敢說是見莊毅的母親，而是藉口說去見莊毅了。

比剛才更加迫人的壓力直逼而來，表哥不由自主地擦了把汗，「呃，要不然你先進來等會兒？說不定她待會兒就回來了，就怕讓你等太久。」

等太久……方景深的面色從黑雲壓城城欲摧到北風捲地白草折。

表哥一臉迷茫，我說錯了什麼嗎？

「在哪裡？」方景深沉聲問。

「什麼？」
「在哪裡約會！」
「應該是鎮上的大老黑麵館……」表哥撓撓頭回答。
話音剛落方景深便轉身離開，剛走沒幾步，餘光看到一個非常熟悉的身影——鳩占鵲巢窩在老母雞的雞窩裡啃骨頭玩的那隻，可不就他熟悉得不能再熟悉的肉球？
「嗷嗚？」肉球似乎也注意到了方景深，突然直起身放下了骨頭，踉蹌著腳步朝他走來。肉球看起來似乎有些怕他，好半天不敢靠近，直到方景深伸出手才敢湊上前去聞聞又嗅嗅，接著張開嘴巴激動得猛吐舌頭，小馬達一樣飛快地搖起尾巴。
「腿是怎麼回事？」方景深拿下牠頭頂一根雞毛，蹙眉看著牠受傷的後腿。
「前幾天上山追兔子不小心被捕獸夾給夾的，幸虧後來遇到了莊毅，哦，就是小棠現在的男朋友……」一旁的表哥說著興起就把事情全都給說了，說完還感嘆道，「肉球也算是當了一回紅娘啦！」
本來還在撒嬌的肉球突然趴在方景深腳邊不敢動了，小心翼翼地抬頭瞥他一眼，然後立即又躲開了眼神。
方景深抬腳便走，肉球雖然對他似乎有種與生俱來的害怕，猶豫片刻之後卻還是跟上了他。
「喂，肉球，回來！你往哪跑啊！」表哥跟在後面喊。
「放心，待會兒我會送牠回來。」
方景深帶著肉球絕塵而去，表哥不放心地來回踱著步，肉球可是小棠的命根子啊，要是丟了可怎麼辦？可是，那個男人看起來也不像是隨便拐人家狗的人，再說看肉球對他的態度顯然是認識的，而且還很熟悉，應該不會出什麼問題吧。

麵館內。莊毅的母親見蘇小棠遲遲不說話，繼續說道：「我兒子的事情只有我能做主，他外婆說了不算。我們莊毅就是性子太好，最不擅長拒絕別人，如果說了什麼讓妳誤會的話，蘇小姐還是不要放在心上的好！」

蘇小棠被她繞得頭疼，「我想，我沒有誤會什麼，我跟莊毅不過是吃了一頓飯而已，當時莊毅只是說要試試，但我……」莊毅的母親立即打斷她的話：「呵呵，照妳的意思，還是我家兒子追著妳了？我兒子什麼女人找不到，需要到這窮鄉僻壤來找老婆嗎？」

窮鄉僻壤，妳不也是從這裡出來的，這麼說自己的家鄉真的好嗎？不過她倒是終於有些理解為什麼莊毅條件這麼好，卻一直到三十歲還沒有女朋友了。

蘇小棠也不知道自己說了什麼讓她突然這麼激動，不想跟她起衝突，只好疲憊地道：「阿姨，妳的意思我明白了，就這樣吧。」

可是莊毅的母親卻不罷休，「妳明白什麼？妳要跟我保證不許再糾纏我兒子！」說罷上上下下打量了她一眼，眸子裡滿是不屑。

蘇小棠為了哄老人家開心，這兩天穿的都是外婆買的那件花衣服，這衣服款式非常喜慶，但免不了有些俗氣，不過蘇小棠皮膚白嫩，看起來還是很討喜，不過看在莊毅的母親眼裡，自然覺得庸俗不堪。

這邊的動靜鬧得有些大，再加上這樣的狗血戲碼，很快周圍便開始指指點點和竊竊私語，有人說這個做母親的太咄咄逼人，也有人說這女的胖成這樣也難怪人家覺得配不上自己兒子，還有人看了莊毅的母親衣衫華麗，蘇小棠穿得跟土包子一樣，便一口咬定蘇小棠攀龍附鳳。

鬧成這樣，蘇小棠也有些生氣了，語氣生硬地回答：「我沒辦法保證。」

她壓根就從來沒有糾纏過，要怎麼保證不再糾纏？

莊毅的母親立刻急了，「妳怎麼這樣，我不是那種沒有教養的人，難聽的話我也不想說，可是妳好好一個女人，也不能因為沒人要就跑來禍害我家兒子吧！」

圍觀的群眾本來還津津有味地旁觀著，突然望著門口的方向都不出聲了。

蘇小棠彼時正對著莊毅的母親，背對著門口，所以並不知道發生了什麼。

「隨便妳怎麼想！」蘇小棠憋著氣轉過身，然後便徹底愣在那裡。

有一個人，每次出現在她的眼前都自帶背景音樂和背景動畫，那個人是方景深，也只有方景深。

蘇小棠的腦子嗡嗡作響，好半天眼前鋪天蓋地的虛幻花海以及腦子裡煽情的音樂聲才終於消失，卻還是呆呆的，怎麼也說不出話來。

看到她這樣的反應，本來寒著臉趕來的方景深心情稍稍好了一些，不過還是板著一張臉，一步步徑直走向她。

看著方景深嚴肅的表情，蘇小棠更加緊張了，明明沒有做錯什麼卻莫名心虛。

「沒什麼要跟我解釋的嗎？」方景深看著她。

哇哇哇——有姦情啊！怎麼突然來了個這麼帥的男人，還用這麼一副被拋棄被戴綠帽似的語氣跟這胖女孩說話！眾人的八卦之火熊熊燃燒了起來……

「解……解釋？」蘇小棠結結巴巴地問，她不知道要解釋些什麼啊。

「為什麼關機？妳知道我找了你多久嗎？」

「啊！那……那是因為之前我手機沒電了，後來……」後來因為宋明輝的糾纏乾脆沒開機，這段蘇小棠沒敢說，再後來……

「這邊訊號不太好……」所以來這邊之後她都沒怎麼用過手機了。蘇小棠斷斷續續地解釋。

方景深一副勉強相信了的表情，蘇小棠剛鬆了口氣，卻遭受到了更加嚴酷的拷問：「妳表哥說妳跟男朋友約會去了，我怎麼不知道妳除了我之外還有別的男朋友？」

哇哇哇——天哪，這帥哥居然是這女孩的男朋友？有沒有搞錯啊！

相比眾人驚訝的反應，蘇小棠則是徹底當機了，為什麼男神說的每個字她都懂，連在一起她就理解不了了呢？

「我……沒有……男朋友……你……莊毅不是……」蘇小棠連話都不會說了。

方景深的雙眸危險地瞇起，「不是？那妳剛才說沒辦法保證？」

他連這個都聽到了？蘇小棠總算稍稍有些清醒了，磕磕絆絆地解釋：「我的意思是，我跟莊毅壓根就沒什麼，我也沒糾纏過他，卻要保證不再糾纏，這不是很沒道理嗎？」

方景深的眉頭稍稍舒展，可莊毅的母親臉卻黑了，她很想貶低幾句這個突然冒出來打她臉的男人，無奈把他從上看到下，卻愣是找不出一個可以令人信服的貶義詞。

「可妳還跟他吃飯了。」方景深又開始繼續質問，眸子裡居然還有幾分委屈。

蘇小棠哪裡受得了這個，急忙道：「那是我外婆替我著急，一直勸我相親，只有那麼一次……而且我也沒有答應什麼……」

方景深伸手揉了揉她的頭髮，「下次跟我鬧彆扭可以，但不許再禍害別人。」

徹底失去思考能力的蘇小棠也只能不停點頭了。

「要禍害也只能禍害我一個人。」這語氣溫柔似水，繾綣不已。

蘇小棠臉紅得能煮雞蛋了。

「回家。」方景深牽起她的手，離開了麵館。

「啊啊啊天哪，好浪漫！」

「為什麼沒有人這樣對我啊！我男朋友就是個不解風情的呆子啊！」

「這哥們是挺帥的，不過這審美會不會有點不正常啊？」

「膚淺，就知道看外表，說不定人家一起經歷了很多風風雨雨感情深厚呢！倒是有些人哦，滿腦子只有物質金錢，自以為是，還有被害幻想症呢……」

剛才還罵得起勁的莊毅母親看著蘇小棠被那個男人牽著手拉走，上了外面那輛價值不菲的豪車，在眾人的奚落之下跺了跺腳落荒而逃。

剛才因為蘇小棠的眼睛裡完全看不到別的，只剩下男神，所以直到上了車才發現肉球也一起跟來了。

牠因為不滿她的無視，正拚命地撒嬌，跳到她的腿上，毛蹭了她滿臉。不知道為什麼，亢奮的肉球又突然改變了態度，乖乖跳回去後面趴著，連尾巴都不敢搖了。

男神在身邊，蘇小棠暫時沒多餘的心思去想肉球的奇怪舉動，看了眼身旁的人，問道：「肉球怎麼在你這？」

「剛去過妳外婆那，自己跟上來的。」方景深充滿磁性的聲音在狹窄的車廂裡低空飛行。

「哦……」蘇小棠問完之後就找不出話說了，偷偷瞥了他一眼立即躲開視線，把自己的花衣服都快絞破了，剛才被男神牽過的手一直在發燙。

幾天前在醫院遠遠地看了他一眼，是抱著再也不見的覺悟，卻沒想到有一天他居然會主動出現在自己的面前，還是以這種嚇得她差點魂飛魄散的方式。直到現在蘇小棠腦子裡還是一團亂麻，剛才發生的一切簡直比方景深變成狗還讓她難以理解。

糾結得她都快崩潰了，蘇小棠終於忍不住開口問：「剛才……」

「不用謝。」方景深說，目不斜視地開著車。

「啊？」蘇小棠一愣，半晌後想明白了，捂著胸口長長舒了口氣，大腦終於可以恢復正常運轉了。

嚇死她了，原來男神剛才只是為了給自己解圍才故意那麼做的。

「謝謝。」雖然男神客氣說不用謝了，這聲謝謝還是要說的。

方景深從後視鏡裡看了她如釋重負和滿頭大汗的樣子一眼，蹙了蹙眉，怎麼心理承受能力這麼差？看來還是太快了嗎？

「咳，你找我有什麼事嗎？怎麼突然過來了？」蘇小棠緩了緩剛才起伏太過激烈的情緒。

「太奶奶讓我向妳道謝。」方景深面不改色地回答。

就因為這個，這麼大老遠親自跑過來？

蘇小棠聽了非常過意不去，「真的不用，之前我就說過了，這是我該做的，再說我也不完全是在幫你，最後我的肉球也回來了。」

所以兩清了是嗎？蘇小棠撇清關係的態度讓方景深非常不高興。

察覺到他似乎心情又不好了，蘇小棠抿著唇不敢繼續，「你的身體沒問題了嗎？」

醒了之後一個電話都不打，也不來看他，現在倒是知道問了。方景深悶悶地「嗯」了一聲。

看他的態度，蘇小棠更不敢說話了。

很快就到了家門口，聽了表哥的描述之後，外婆一家人都在猜測剛才帶走肉球的男人到底是誰，這會兒全都在門口守著等他們回來。只見兩人下了車一前一後地走著，方景深在前面，蘇小棠小媳婦一樣跟在後面，身旁是肉球。

外婆迎了上來，一邊打量著她旁邊的年輕男人一邊問蘇小棠，「小棠，跟妳朋友回來啦！怎麼樣，沒什麼事吧？」

「沒事啊，對了外婆，還沒跟你們介紹，這是我朋友，大學時候的同學，方景深。」

「朋友？」外婆似乎有些遺憾也有些狐疑，小棠什麼時候交了這麼一個出色的朋友？而且老人家的感覺很敏銳，雖然兩人沒什麼互動也沒什麼親昵的舉動，但氣氛卻不太對頭。

「外婆好。」方景深禮貌地問好。

蘇小棠又給方景深介紹了一下家人，方景深一一打過招呼，沒有跟平時一樣看起來很難以親近，對著她家人的時候倒是挺親和的。

外婆越看越滿意，只可惜不知道到底是不是她想的那樣，還有莊毅又怎麼辦呢？

「既然來了，就留下來一起吃頓飯吧？」一旁的舅媽暗自打量了半天，覺得這男人看起來挺可靠的，尤其是這長相氣質嘖嘖……

「是啊，大老遠趕過來肯定餓了，今天剛弄了條幾十斤的大魚，正好加菜！」舅舅也熱情地招呼著。

蘇小棠沒辦法幫方景深做主，只好看了他一眼，方景深以眼神表示可以。

「怎麼樣啊？」外婆問。

「他說可以。」蘇小棠說。

「哦，那就快進屋吧……」外婆跟舅舅夫妻面面相覷。兩人之前早就習慣了眼神交流，所以不覺得有什麼，可看在外人的眼裡可就大有深意了。

進了屋，表嫂一邊張羅晚飯一邊說道：「我們這邊也沒什麼好吃的，都是自己家裡種的養的，也不知道你吃不吃得慣！」

「沒關係，我都可以。」

「我去把院子裡那罈酒挖出來吧？」表哥建議。

「去吧。」舅舅允了。

最後連蘇小棠抱在懷裡的小侄子都好奇地看著方景深，張開小短手想要他抱抱。

蘇小棠有些發窘，家人們會不會有點熱情過度了？

方景深只是露了一面而已，就已經得到了蘇小棠外婆家每個人百分之八十的好感度，至於蘇小棠本人，早就滿了。

做飯的時候，外婆偷偷把蘇小棠拉到一邊。

「小棠啊，妳老實告訴外婆，這人到底跟妳是什麼關係？」

「剛剛不是說了嗎？就是朋友關係啊！」蘇小棠回答。

「普通朋友？」外婆顯然不相信。

「普通朋友。」蘇小棠篤定。

好吧，其實說是普通朋友她都覺得有些牽強，畢竟方景深本人跟自己只有過一次交集而已，她認識了他七年，他卻只認識自己一天。

外婆沉默了一會兒又問：「妳跟莊毅那孩子怎麼樣了？」

蘇小棠的臉色沉了沉，在心裡默默嘆氣，今天又在男神面前丟臉了呢。

「外婆，以後別提莊毅了。」蘇小棠回答。

外婆立即敏感地察覺到了什麼，有些急切地問：「是不是妳今天去見他，他跟妳說了什麼？妳不是說他願意試試看的嗎？」

蘇小棠沒提莊毅媽媽，但為了讓外婆徹底斷念，只好說道：「他是願意，可是他媽媽不願意啊。」

外婆似乎想起了什麼不好的回憶，臉色大變，立即改變了態度，沒有再繼續勸蘇小棠。

「外婆明白了，這事就這麼算了吧！既然他媽媽不願意，咱也不強求，強扭的瓜不甜，外婆是過來人，婆媳關係若是不好，將來可有妳受的，當年妳媽媽……哎，不提了，都是外婆老了不中用，考慮不周，讓妳受委屈了。」

蘇小棠急忙安慰沮喪的外婆，「外婆可別這麼說，我還指望妳給我找更好的呢，妳這樣我以後哪還敢讓妳給我找啊！」

外婆這才破涕為笑，「妳說的是，我們小棠這麼好，外婆給妳找更好的！」

好不容易把外婆哄好，蘇小棠一轉身就看到方景深，也不知道在身後站了多久。

「讓你看笑話了。」蘇小棠撓撓頭。每次在方景深面前她就覺得自己渾身上下都失去了自信，身上奇葩的衣服更是讓她面如火燒。她揪了揪衣襬：「這衣服是外婆給我買的，是不是很誇張……」

「很好看。」方景深說。

「……」男神真的完全恢復正常了嗎？

這時外婆捧著水煮蛋從廚房出來，聽了方景深的話，笑得很開心，「我就說好看！」

「嗯，外婆您很有眼光。」方景深附和，且神情相當誠懇，讓人相信他是真心這麼認為的。

外婆更高興了，把手裡的蛋都塞給他，「餓了吧？先墊一墊！馬上就開飯了！」

外婆走後，蘇小棠抽了抽嘴角，輕咳一聲，「你可別再助長她的審美了，再這麼下去，她得逼我們全家都穿成這樣，說不定還要幫你也買一身！」

「像妳這樣的嗎？」

「是啊！就是這種風格，花團錦簇白蝶飛舞，你大概就是龍鳳呈祥什麼的……」

「挺好的。」方景深說著似乎還挺期待的樣子。

「……」把我的男神還給我……

一家人圍在一塊吃了頓晚飯，方景深明明極少開口說話，卻不知道怎地竟把一家人都哄得挺開心，個個偷偷摸摸拉著蘇小棠說她這個朋友真是不錯。

夜裡天空下起了小雪，並且還有越下越大的趨勢。外婆一臉擔憂，「小棠啊，雪越下越大啦，看起來一時半會兒也停不了，讓深深留下來住一晚吧？不然連夜趕回去太危險了！」

深深……外婆對方景深的稱呼什麼時候變得這麼親昵了？

蘇小棠也不放心，「那我去問問他吧。」

這會兒方景深正好從裡屋走出來，手裡拿著撥浪鼓，懷裡抱著小侄子瑞瑞，腳邊跟著亦步亦趨的肉球……那畫面看得她怔了好半晌。

「怎麼了？」

「哦，外面雪下太大了，外婆問你要不要留下來住一晚明天再走。」

「方便嗎？」方景深問她。

外婆立即說道：「沒什麼不方便的，小棠隔壁的屋子是空的，收拾一下就能住。」

「那麻煩您了。」方景深客氣道。

「不麻煩不麻煩。」外婆立即去忙了。

想不到男神居然答應留宿。今天真是顛覆了太多她對方景深的印象。之前他在她眼裡總是高高在上，強大自信，同時也有些冷漠寡言，甚至不食人間煙火，這時見他抱著小侄子，對自己家人親切的態度陡然讓她覺得方景深也是個普通人，離自己似乎沒有她想像的那麼遙遠。

「這邊沒有空調，不過床是我舅舅他們自己砌的土炕，晚上睡覺很暖和的！只是有些簡陋，不知道你住不住得慣。」蘇小棠一邊鋪被子一邊說。

「沒問題。」方景深站在身後，看著面前忙碌的女孩，放在身側的拳頭鬆了又緊。

從醒來後開始就一直在想，等可以使用這雙手的時候一定要好好抱抱她。可是，真的到了這一刻，只需要前進一步的距離……卻還是忍住了。

方景深想像著如果他真的這麼做了，她像受驚的小動物一樣全身炸毛的樣子，有些無奈地勾了勾唇。

看來還是需要養熟一點再下手。

不過，除此之外，還有更重要的事情要做。

方景深去廚房攻略蘇小棠的外婆了。

第二天清晨。

「哇——」蘇小棠一推開門就忍不住驚呼一聲。

外面銀裝素裹，整個世界都成了白色，空氣清新得不得了。

「看樣子昨晚雪下得很大。」身後突然傳來方景深的聲音，蘇小棠嚇了一跳，「是，是啊！你醒啦，昨晚睡得還好嗎？」

「很好。」

「那就好。」蘇小棠搓了搓手，進屋拿了把鐵鍬出來，既然不能跑步，就做點別的運動吧。

「要鏟雪？」方景深見狀問。

「嗯。」蘇小棠點點頭。

「我來吧。」方景深走過去。

「呃，沒關係，我自己來就好，你可是客人。」

「那就不要把我當客人。」

不當客人那當什麼啊？反正她不能讓男神做這個，本來堅決拒絕，可是方景深溫熱的手掌一覆上她的手，她就立即沒出息地鬆開了鐵鍬。

蘇小棠看著白白的雪輕嘆了一聲，「好像有點可惜……」

方景深思索了下，看著她問：「想不想堆雪人？」

蘇小棠猛點頭，她剛剛就想堆雪人來著，可是，都這麼大了，堆雪人會不會太幼稚了？

方景深小心地將上層乾淨的雪全都堆到一起，然後再開始把下面的雪也鏟乾淨堆到另一處，蘇小棠見狀，興沖沖地跑去用那些乾淨的雪堆了起來。

外婆舅媽他們陸續起床，見這兩人一大早就醒了在堆雪人，都不由得笑出了聲。

「這麼大了還小孩子心性！」外婆嗔怪著。

「方先生啊，別忙了，這事哪能讓你來做啊！」舅媽在一旁喊道。

不過身邊的外婆卻不同意了，「妳讓他做去吧，深深又不是外人！」

舅媽：「……」
在一旁堆雪人的蘇小棠：「……」
為什麼外婆對方景深的態度越來越讓她看不懂了啊？
方景深轉身看到蘇小棠直接用手堆雪，不由得皺起眉頭，「小棠。」
「啊？」
「去戴了手套再玩。」
「哦……」蘇小棠撓撓頭，一溜煙進屋拿手套去了。
外婆看著兩個人，點點頭笑瞇了眼。
過了一會兒，表哥也起床了，揣著手湊到門口往外看了看，冷得直縮脖子，朝屋裡喊道：「老婆啊，我凍死了！」
「凍死了你不會多穿點衣服啊？」
「我穿了，可是我手冷脖子也冷啊，妳給我織的圍巾手套到底什麼時候能好啊？」
表嫂手裡拿著毛線從屋裡走出來，「催什麼催，不是正在給你織嗎！」
「都大半個月了，再等下去春天都要到了！」表哥咕噥著抱怨，不過老婆在給自己織圍巾，心裡還是美滋滋的。
見方景深一直看著表嫂那邊，從屋裡拿著手套出來的蘇小棠問：「怎麼了？」
方景深笑道：「沒什麼，只是沒見過手工織的圍巾。」
舅媽聞言笑道：「這有什麼，很簡單的，小棠也會！是吧小棠！」

「是嗎？」方景深挑眉。

蘇小棠呵呵兩聲點點頭。

舅媽打開了話匣子，「我記得是大一寒假的時候吧，小棠一回來就吵著要我教她織圍巾手套，挺認真地學了好久呢，不過後來織好了，怎麼從來沒看妳戴過啊？」

一旁的表哥嘿嘿笑著，「媽，妳懂什麼啊，表妹肯定是織給喜歡的男孩子的！」

怕什麼來什麼，被揭穿的蘇小棠一眼瞪過去，少說兩句會死啊！

一旁的方景深陷入了沉思，大一的時候織的？

小棠跟宋明輝是大四快結束的時候交往的，以那次同學會得到的訊息來看，她從高中到大學喜歡的人都是自己，那麼這圍巾和手套……會不會是織給自己的呢？

如果是，為什麼他沒有收到？

難道是因為收到的禮物太多了，所以並沒有注意到？

那些禮物裡面有圍巾和手套嗎？說實話，他從來沒注意過這些，真的想不起來了。

很快，方景深的注意力被蘇小棠堆的奇形怪狀的雪人給吸引了，「妳堆的是……什麼？」

蘇小棠一臉開心：「你猜猜看！」

說實話，這造型有點太超現實主義了。

「猜不出來。」

居然連男神都猜不出來，她堆得有那麼糟糕嗎？

蘇小棠悶悶地回答：「是肉球啦！」

方景深聞言怔了怔，接著用拳頭抵住唇，背過身去。
看他忍笑的樣子，蘇小棠更加沮喪，「真的不像？早知道我還不如直接堆一顆球呢。」
這時肉球也醒了，蹦躂著跑了過來，好奇地圍著她的半成品轉了一圈。
「別亂動，到那邊坐著，當我的模特。」
肉球哪裡聽得懂，爪子剛好了一點，這會兒又看到滿院子的雪，立即就蠢蠢欲動開始亂跑亂撞，還把她的半成品給撞倒了。
蘇小棠氣急敗壞，「肉球！你再鬧我就把你拴在樹上！」
肉球充耳不聞，一陣風似地跑著，接著腳下一滑，腦袋栽進了一堆雪裡，整隻狗可以直接做雪人了。
「肉球。」方景深淡淡喚了一聲。
肉球耳朵一抖，直起身子，垂著頭躂躂躂地朝著方景深跑去了。
「自己弄乾淨。」
肉球猛地甩了甩身上的毛把雪抖落，然後討好地蹭了蹭他。
「去那邊坐好。」
肉球乖乖待到屋簷下去蹲著了。
蘇小棠看得嘆為觀止。我的肉球怎麼可能這麼聽話！
「肉球怎麼這麼聽你的話，有什麼絕招嗎？可不可以教教我？」蘇小棠特別激動地湊到方景深跟前問。

「絕招？」

「嗯嗯！」

「跟牠交換靈魂。」

「……」算她沒問。

最後，在男神的幫助下，蘇小棠堆了一隻超帥氣的哈士奇，男神還指揮著肉球在雪人周圍踩了一圈可愛的小腳印，看起來活靈活現。

化腐朽為神奇！男神的手實在是太巧了啊！

「我去拿手機拍照！」蘇小棠拿了手機過來啪啪啪拍了好多張，越看越喜歡。

表哥抱著小侄子瑞瑞出來玩，一看就忍不住樂了，「喲，你們這雪人堆得還真有創意！哦不，雪狗雪狗！」

方景深走到表哥跟前，把自己的手機遞給他，「幫我跟小棠拍張照可以嗎？」

「呃，可以可以！」表哥忙接過了手機。

「小棠，過來。」方景深朝著小棠招手。

「怎麼啦？」

「拍照。」

「啊？」

方景深把小棠拉了過來，讓肉球乖乖蹲在她身邊，手臂環住了她的肩膀。

蘇小棠瞬間就肌肉僵硬了。她這輩子只偷拍到了一張男神的清晰正面照，現在居然有機會跟男神合照？幸福簡直來得太突然。

「別緊張。」方景深在她耳邊低聲道。

蘇小棠快哭了，那你把手放下去啊！

方景深卻摟得更緊了，「想像著我是肉球。」

噗，肉球……想像著方景深的肉球形態，蘇小棠覺得稍微放鬆一點了。

「好啦！」表哥拍好把手機還給了方景深，然後意味深長地看了他一眼。正想說話，餘光瞥見了院子外的一抹綠色，眸子裡立即湧現了八卦的興味，捅了捅一旁的小棠，「喂，表妹！外面有人找哦！」

「啊？」蘇小棠抬眼看去，然後便看到穿著軍大衣，如一棵松樹般屹立在院子外的男人。

是莊毅……他怎麼找到這裡來了？

蘇小棠埋著頭小跑過去，「你……找我？」

莊毅點頭。

「進屋裡說？」

「不進去了，我說幾句話就走。」

「哦。」

身後，表哥笑嘻嘻地用肩膀碰了碰方景深，「喂，老實說，你是不是喜歡我表妹啊？」

方景深瞥他一眼，「很明顯？」

「也不算明顯啦，像我這種明眼人自然能看出來的，都是男人嘛，我懂的。不過小棠這麼遲鈍，你要不點明她多半一輩子都發現不了，不過你要是真的明說了，大概會把她嚇個半死！」

方景深蹙眉，「你也這麼認為？」

「廢話，連我都很驚訝好不好！其實我表妹人很好，不對，是超級好，只不過要透過那麼厚的脂肪看透她的內在，還真不是普通的難。我只能說，你很有眼光！」

「謝謝。」

莊毅誠懇地看著她，「昨天的事情我已經知道了，我替我母親向妳道歉。」

看著他鄭重的態度蘇小棠挺不好意思的，連忙擺擺手道，「沒關係。」

莊毅看著她嘆氣，要是其他人，這種情況下看到自己肯定要激動地控訴質問，之前的相親對象多半都是聲淚俱下地抱怨，可是她卻連他母親的一個不字都沒說。

「昨天那個男人是妳朋友？」莊毅問。雖然是問句，語氣卻是肯定的，他覺得她不會是那種有了男朋友還出來相親的女孩子。

「呃，是啊。他來找我有事，順便就幫我解圍了。」也不知道莊毅的母親怎麼跟莊毅說的，肯定沒什麼好話，不過看莊毅的意思，似乎沒有相信就是了。

「我父親在外地任職，平時工作非常忙，是我母親一手把我帶大的，加上我又是家裡的獨子，從小她就對我很嚴格，全副心思都放在我身上，可能是因為投入了太多的精力，對我期望過高，總覺得誰都配不上我。」莊毅毫不掩飾地說著家裡的情況，語氣裡透著無奈。

蘇小棠笑了笑：「我明白，哪個母親不覺得自己的孩子最好呢，何況你也確實很優秀。」

莊毅的眸子亮了亮，「那我們……還有可能嗎？我母親那邊我會勸她的。」

蘇小棠聞言沉默下來，好半晌後為難地開口，「其實不必……」

莊毅沉聲道：「我明白了。」

一時之間，兩個人都沒有說話。

就在蘇小棠想結束談話的時候，莊毅突然開口問她：「如果沒有發生昨天的事情，妳的答案是什麼？」

這個問題真的把她難住了。之前她就一直在糾結，結果沒等她糾結出答案來，莊毅的母親就找上門了，這個問題也就不了了之，沒想到這時莊毅又提了起來。

「我想……我會答應吧。」

如果真要拒絕未免也太矯情，在家人焦急的催促下，莊毅本身條件確實不錯，加上自己對他印象很好，跟他也算是有緣分，在他主動提出想要試試的情況下，自己實在是找不出拒絕的理由。

彼時八卦的表哥不知什麼時候把兒子塞給了方景深，自己偷偷摸摸躲到院牆後面聽牆角來了，聽到了這一句之後，馬不停蹄地跑去跟方景深獻寶。

「哈哈，剛才莊毅問我表妹如果沒有昨天的事情，她會不會和他試試？你猜我表妹的答案是什麼？」

「……」按照正常的邏輯，方景深自然能猜出小棠的答案。

表哥一副幸災樂禍的表情，「表妹說會答應哦！」

周遭明顯又開始低氣壓，表哥輕咳一聲弱弱地道：「都說了只是如果嘛，只是個不成立的假設……」

蘇小棠一回來就被方景深拉去角落裡說話了。

表哥急得直嚷嚷：「哎哎，你們說話歸說話，把我兒子還給我啊，等等有兒童不宜的畫面怎麼辦……」

方景深懷裡還抱著滴溜溜眨著大眼睛的小侄子，一大一小全都瞅著她。

蘇小棠撓撓頭，「怎……怎麼了？」

「如果莊毅的母親不反對，妳會跟他在一起嗎？」方景深問。

呃，為什麼又是這個問題啊？蘇小棠頭都大了。

「應該會試試看吧，但也不一定成啦。」

「為什麼？」方景深繼續問。

為什麼？蘇小棠的頭更大了，她才想問為什麼呢！

「因為……因為我家人都很著急，我年紀也確實不小了……」蘇小棠一邊說一邊退後，躲開企圖伸出小手來揪自己頭髮玩的小侄子。

方景深緊跟著上前一步，「還有呢？」

「莊毅條件還不錯，最重要的是人很好。對了，莊毅你也認識，就是之前我們早上晨跑的時候會遇到的那個消防隊隊長，你還記得嗎？我有次跑步暈倒還是他幫忙的，後來肉球被捕獸夾夾到腿，也是他幫著送到畜牧站……」

「所以？」方景深的臉色越來越沉。

「所以？所以感覺還挺有緣的……」蘇小棠的聲音越來越微弱。

「然後呢？」方景深的臉已經黑得不能再黑。

「然後？然後就沒有然後了。」蘇小棠下意識地回答。

「不覺得自己忘了什麼嗎？」方景深咬了咬牙，最後逼問了一句。

「忘了什麼？」蘇小棠呆呆傻傻地問。

方景深負氣地抱著孩子轉身離開。蘇小棠一臉無辜，怎麼有種自己是個氣跑老婆孩子的負心男的錯覺？

男神自從醒來以後就一直怪怪的，她真的很擔心他會不會沒有完全痊癒，留下了什麼後遺症，好憂心……

「別玩了，進來吃早飯吧，待會兒深深還要趕路呢。」外婆用圍裙揩了揩手，走出來喊道。

蘇小棠這才甩了甩頭，跟著進了屋。

第十二章 這就是喜歡

飯桌上，外婆一直笑呵呵地幫方景深夾著菜。

表嫂端了菜過來，看著表哥嗔道：「你怎麼讓方先生抱孩子啊！也太會偷懶了，快去抱回來啊！」

「是這小子自己不要我抱的好嗎！」表哥一臉哀怨，他剛想去抱兒子，那小子居然把頭一扭，親爹心都碎了好嗎？

「活該，誰讓你平時總是不帶他！」

「跟這有關係嗎？那小方才剛來一天呢。」

一旁的蘇小棠沒話找話：「方景深，你帶孩子的手法好嫻熟啊！」

「小時候帶過方景燦。」

「……」好吧。

聽到方景深跟自己說話，蘇小棠鬆了口氣，還好他沒有生氣不理自己，雖然她完全想不明白他到底為什麼要生氣。

吃完早飯，外婆依依不捨地拉了方景深的手單獨說了好半天話。

「小棠就像她媽媽，她媽媽也胖胖的，跟小棠現在差不多。我們家裡的情況你也看到了，就是很普通的家庭，當時小棠的媽媽是我們村裡第一個考上大學的，後來嫁得也好，小棠的爸爸是開公司的，長得也是一表人才，原本是她的上司，大家都覺得我閨女有福氣。誰知道，好景不長……沒過多久，那個男人就膩了，跟另一個有錢人家的小姐搞在一起，可憐我的女兒，當時已經有了小棠，為了孩子，明明早就知道還要裝作不知情，不僅要忙公司裡的事，同時還要照顧家裡，事事盡心盡力，她婆婆還對她不滿意。本來只是一點小病，但終日勞累抑鬱，變得越來越嚴重，最後真是活生生被氣死，如了他們的願……」外婆直抹眼淚，「沒多久那個男人就迫不及待地把外面的女人娶回家，逼得小棠在家裡待不下去，小小年紀就獨立……」

方景深在一旁安撫，「外婆，我明白了。」

外婆有些訝異地揚聲問：「你明白了？」

「我明白您擔心小棠會跟她的媽媽一樣，其實您心裡並不好看我吧，您更希望小棠找個門當戶對的男人。」

外婆激動地拉著他的手，「你明白就好！實在不是外婆對你有偏見……」

方景深認真道：「外婆，萬事沒有絕對，並非門當戶對的夫妻就一定都能走到最後。我可以保證我不是一時興起，我跟小棠之間經歷過很多事情，我最無助的時候是她不離不棄陪在我身邊，我確定她就是那個我想要相伴一生的人。您也不必擔心我的家庭情況會讓小棠受委屈，我可以很肯定地告訴您，我的家人全都非常喜歡小棠，若不是這樣，我不會冒昧上門來跟您說這些話。我已經解決了一切後顧之憂，才敢請求您放心將小棠交給我。而且外婆，我跟小棠未必不是門當戶對，雖然我的家境確實還算不錯，但我只是個普普通通的醫生而已，並不參與家裡的生意，平時的工作生活都很單純。」

外婆心裡一顆大石頭落了地，拍了拍他的手，「好孩子，你這麼說，外婆就放心啦。」

這時，屋外響起的吵鬧聲打斷了兩人的交談。

「出什麼事了？我去看看！」外婆急忙起身。

方景深扶著外婆走出屋外，然後便看到小棠舅舅正面紅脖子粗地扛著鐵鍬，舅媽和表嫂在一旁拉著他。

「幹嘛呀！為了這種人坐牢值得嗎？」

「就是啊，這種人自然有天收的，您別氣壞了身子！」

每次蘇建樹過來都要鬧這麼大一番陣仗，其實他也不願意來，誰讓他女兒跟他們最親呢！

蘇建樹忍著不快，「小棠，我真的沒有惡意，快過年了，我只是想過來看看妳們……」

蘇小棠好說話，一旁的表哥卻看不下去了，似笑非笑道：「呵呵，蘇董事長倒是來得挺早啊，其實遲點來也沒關係的，您怎麼不大年初二再過來呢？」

按照習俗，大年初二出嫁的女兒要回娘家，夫婿要同行，也稱作迎婿日。蘇建樹這個女婿大年初二自然是要到他現任的丈母娘家去，怎麼可能抽出空來這裡。

蘇建樹的臉色沉了下來，「青青死後一年我才娶了別的女人，我不懂到底有哪裡對不起她，你們每次見到我都要一副天理不容的樣子？」

「畜生，你還好意思說！我妹妹頭七都沒過，那女人就已經登堂入室了，要不是怕晦氣，你怕是一年都等不到就娶了她。你捫心自問，我妹妹生前可曾有半點對不起你？不就是沒給你生兒子嗎?天天看你們家人臉色過日子，你不給她撐腰也就算了，還在外面鬼混……我打死你個畜生……」

要是自己是兒子該多好，蘇小棠很多時候自己都在想，如果自己是兒子，媽媽會不會就不是這個結果了。

蘇建樹和舅舅罵嚷著，場面一片混亂，蘇小棠落寞地站在中間，但很快就打起精神想要過去勸架，不然真傷了人就糟糕了。

看著她傷心的表情，方景深雙眸瞇了瞇，大步走過去將她拽進自己的懷裡，「離遠點，小心傷到妳。」

「沒事。」小棠牽強地笑了笑，「你快趕路吧，這裡可能有些亂。」

方景深卻沒有走，而是看向蘇建樹開口道，「蘇董，好久不見。」

「你是……」蘇建樹愣愣地看著站在小棠身後，與她姿態親密的男人，一會兒後終於想了起來，「方醫生?確實好久不見，沒想到居然在這裡看到你。」

說完目光在女兒和方景深兩人之間流轉，「你們……」

「蘇董可否借一步說話?」

蘇建樹沒好氣地看了小棠舅舅一眼，整了整衣領，「好，走吧。」

正好他也不想跟這些人胡攪蠻纏了，反正他人也來了，小棠也看到了。

蘇小棠有些擔憂地看著兩人離開的方向，然後看到方景深走到一半回過頭來給了她一個安心的眼神。

心臟驟然加快。

舅舅急忙跑過來問：「怎麼回事啊小棠，小方怎麼跟那個混蛋認識啊？」

蘇小棠有些恍惚地搖搖頭，「我也不知道。」

「都是一個圈子裡的人，認識也很正常吧！可別跟姑父一樣才好。」表哥插嘴。

「臭小子，你叫誰姑父呢？」舅舅作勢要打。

「口誤，口誤嘛！」表哥捂著腦袋躲過去。

「不管人家怎樣，反正跟我們沒關係。」舅舅道。

表哥低聲喃喃：「唔，這恐怕也不一定哦……」

屋後。蘇建樹掛著客套的笑容，「呵呵，上次看到你好像還是在方董的壽宴上，之前聽說你出車禍，現在身體沒事了吧？沒想到你認識我女兒。」

「多謝關心，原來蘇董也知道我出車禍的事。」說到這裡，方景深頓了頓，話鋒一轉，「那蘇董知道……當時車裡其實還有一個人嗎？」

「有所耳聞，好像是個女孩子？」蘇建樹有些不明白他為什麼突然這麼問。

「那個女孩子是小棠。」方景深不緊不慢地回答。

蘇建樹的臉色立刻變了，「你說什麼？小棠怎麼樣？她有沒有受傷？」

方景深靜靜地看著他。

蘇建樹只覺得無地自容，口口聲聲心疼女兒，其實關心的全都是自己的事、生意上的事、老婆的事、兒子的事……最後甚至連女兒出車禍了也不知道，偶爾甚至慶幸女兒這樣也好，不會給自己現在的家庭添麻煩。

「我不是個稱職的父親……」蘇建樹嘆了口氣，打量了他片刻試探著問，「你跟小棠……在交往？」

「正準備跟她求婚。」方景深回答。

蘇建樹驚訝地看著他，隨即沉吟道：「我不太瞭解你們是怎麼在一起的，小棠也從沒跟我提過你。說實話，我並不希望小棠跟你在一起，以我的能力完全可以替她找到更合適的人，目前我已經物色了好幾個不錯的人選，小棠雖然沒有立刻答應，但也說了會考慮看看。」

甚至，他懷疑方景深選擇小棠是因為知道她是自己的女兒而另有企圖，畢竟他在方氏集團可沒有實權。

方景深自然知道他在想什麼，淡淡道，「我也說實話，其實你對小棠並沒有多大的影響力。我之所以跟你說這些，不是徵求你的同意，只是看在你生了她的份上知會你一聲。」

十幾分鐘後，蘇建樹開著車離開。

一看到方景深回來，外婆立刻擔憂地迎上前去，偷偷道：「深深啊，他沒欺負你吧？我跟你說啊，別理他，小棠的婚事輪不到他做主，有外婆給你做主呢！」

方景深失笑：「謝謝外婆。」

「一家人還客氣什麼。」外婆嗔怪了句，越看越滿意。

老人家相信相由心生。蘇建樹年輕的時候就一張招桃花的臉，而眼前的年輕人雖然相貌也是極好的，可眉宇間一股正氣，眼神也清澈，最重要的是那個蘇建樹把女兒都拐走了才來跟她打招呼，可人家第一時間就上門拜訪徵求她的同意，一看就是不一樣的。

「外婆，我走了。」

「好孩子，路上小心點啊！車開慢一點！」

「嗯。」

「外婆不打擾你們小倆口說話啦！」外婆走到正在來回踱步的蘇小棠跟前，「深深就要走啦，還不去送送他！」

他們談完了嗎？剛才想事情想得太專注都沒注意，蘇小棠急忙跑過去。

方景深抬眼看向一步步走向自己的女孩，目前至少保證了她不會再受任何外部因素的影響，可是，她自己呢？他最擔心的是，那句現在已經不喜歡了並不只是說說而已，而是她真的已經……畢竟，再深的喜歡也經不起時間的蹉跎。

這種不確定令他的自信一點點瓦解，忍不住開始心慌。

「路上小心，不要開太快了。」蘇小棠依舊穿著那件花衣服，相比初見時，再面對他，神情已經淡定了很多。

「沒別的話想跟我說了嗎？」

蘇小棠撓撓頭，想了好半天才憋出一句：「新年快樂？」

方景深無奈地嘆了口氣，一隻手輕輕摟了摟她的肩膀。

蘇小棠貼著男神溫熱的肩頭，又開始無法思考了。

看著她泛紅的雙頰，方景深的心情勉強好了一點，輕聲叮囑：「記得開機。」

「哦，可是訊號不太好……」

方景深鬆開她，不知從哪摸出一張小小的手機卡，「我給妳新辦的卡，這段時間先用這個手機給我。」

蘇小棠乖乖交出手機。

方景深給她換好卡，然後存入了自己的手機號碼才還給她。

蘇小棠揣著手機，手心發燙，唔，完全反應不過來，突然就有男神的手機號碼了。

看著她傻傻的樣子，方景深輕輕捏了捏她的臉頰，「我走了。」

蘇小棠眨了眨眼，捂臉，揮手：「再……再見……」

蘇小棠心裡怪異的感覺原來越明顯，可是卻怎麼也想不通到底是哪裡不對。

回到家裡，方景深回來第一件事就是開始找東西。

方景燦斜靠在門口看著他，「你這剛出院就出去亂跑，一天一夜沒回來，一回來就翻箱倒櫃的，找什麼呢？」

方景深沒空理他，在臥室裡沒找到要找的東西，又轉身去了自己的雜物室。方景燦好奇地尾隨上去，看著雜物室一角那些大大小小的禮物，全都是女孩子們送的，便抱著手臂揶揄道：「嘖嘖，還真是壯觀啊，不過跟我比還是差太多啦！」

不找不知道，一找嚇一跳，方景深一下子找出好幾雙手套，七八條圍巾。

「幹嘛？你冷啊？」方景燦忍不住問。

方景深辨別了一下，手套全都是商店賣的，圍巾倒有兩條看起來是手工編織的，只是不知道到底是不是小棠織的那條。

「咦？你手裡那條藍色的圍巾不是三年前某家出的新款嗎？那條白色的是ＳＡ家的全球限量版，嘖嘖，以為拆了標籤就可以當做是自己織的嗎？騙騙你還可以，但是絕對逃不過小爺的眼睛……」方景燦在一旁得意地咂舌。

這下好了，一條都不是。但方景深突然想起一件事，蘇小棠偷偷燒東西的那天晚上，如果他沒記錯的話，那些東西裡面似乎是有一條圍巾和一雙手套。

原來那份禮物確實本該屬於自己，只不過被他親手毀掉了。

終於搞清楚之後，方景深沉著臉，面色不太好地把東西全都放了回去。

「你到底幹嘛去了啊？」方景深消失了一天一夜，方景燦總覺得有鬼。

方景深不答，鬆了鬆領帶問：「爸呢？」

「書房。」方景燦回答。

「這段時間辛苦你了，謝謝。」方景深拍了拍他的肩膀，留下這句話便徑直往書房去了。

太陽打西邊出來了嗎？這廝居然鄭重跟自己道謝？方景燦看著他離開的背影，咬了咬唇，怎麼總有種不好的預感呢？脊背陰陰的，小棠又一直聯繫不上，讓他心中的不安越來越強烈。

書房。方澤銘見兒子回來了，關心道：「景深啊，身體還好嗎？要是感覺哪裡不對勁，可千萬別撐著。」

「沒事，一切正常。」

「那就好。」方澤銘點點頭，兒子自己就是醫生，他還是很放心的。

「見過蘇小姐了？」方澤銘小心翼翼地問。

想起兒子醒來後對自己說的話，方澤銘的心情至今還是久久不能平靜。一見鍾情什麼的，要是換個姑娘他也就信了，可是小棠那孩子……同樣以男人的眼光來看，怕是真的很有難度。可是偏偏兒子的態度又那麼認真，不像是開玩笑，旁邊還有他太奶奶在煽風點火，他是不認可也沒辦法了。

「嗯。」方景深點頭，沒有多說。

方澤銘想到小兒子有些頭疼，沉吟了好一會兒才開口道：「雖然不知道你醒過來跟沖喜有沒有關係，但她確實幫了我們大忙，人也確實不錯，是個好女孩。」說罷故意頓了頓：「除此之外，這段時間也多虧了景燦，為了你的事情公司醫院兩頭跑！」

方景深挑眉，嗯，確實，不過也沒耽誤泡妞和說他壞話就是了。

「我知道，辛苦他了。外人都覺得爸把公司完全交給老二不公平，卻不知道因為他我才可以做自己喜歡的事情，一直以來我都很慶幸有這個弟弟。」方景深認真地說。

對於方景深這番兄弟友愛的發言方澤銘表示很感動很滿意，於是在這樣的氣氛下，方澤銘說出自己真正想說的問題：「說起來，景燦似乎也挺喜歡那位蘇小姐的，你怎麼看？」

方景深沒有回答，而是問道：「剛剛進來看您似乎很煩惱，是公司出了什麼事嗎？」

「哦，還不是德國的分公司……不知道該派誰去比較好，有合適的人選推薦嗎？」

方景深雖然不怎麼過問公司的事情，但卻並非什麼都不懂，方澤銘也經常跟他討論問題，這些事情也不避著他。

「最合適的人選自然是景燦，別人去恐怕壓不住。」方景深一本正經地回答。

「那公司這邊？」方澤銘沉吟。

「這邊有王總經理在不會出什麼問題，景燦在那邊最多待三個月，等新公司管理層穩定下來就可以回來了。」依舊是公事公辦的語氣，並且他說的確實是事實。

方澤銘長嘆一聲點點頭，「那等過完年就讓他去一趟吧。」

說完意味深長的看了大兒子一眼，兄弟情什麼的，都是浮雲啊。景燦，不是爸爸不幫你，你喜歡誰不好，非要跟你哥喜歡同一個女人，而且誰都能看出來，人家這是兩情相悅啊，長痛不如短痛吧。

大雪之後接連好幾天都是陽光明媚的好天氣，蘇小棠剛幫著外婆做完肉圓，搬了張椅子坐在院子後的一棵臘梅樹旁曬太陽，肉球聞到了她身上的肉味，搖著尾巴繞著她嗷嗷直叫，蘇小棠拿著手機發呆，壓根就沒注意到牠。

「別鬧她啦，再鬧也沒用，你主人的魂壓根就沒在這，哥帶你去找吃的……」表哥抱著兒子，牽走了完全被無視的可憐肉球。

一串風鈴聲響起，蘇小棠終於停止發呆，手忙腳亂地拿出手機查看訊息。

很普通的一句問候，卻讓她刪刪減減十幾次才終於編輯好一條完整的簡訊。

【午飯吃過了嗎？】

【幫外婆做菜、包蛋餃、炸圓仔什麼的……邊做邊吃，已經飽了。】

【呵呵，一定很好吃。】

【唔，還好，你家裡做了嗎？】

【沒有，年夜飯是在飯店訂的……】

【那我回頭給你帶一些？】

蘇小棠這句打完就已經後悔了，她只是覺得方景深那句話看起來有些落寞，尤其是末尾那串刪節號小尾巴，似乎顯得更冷清，畢竟年夜飯是飯店的年菜，也太沒年味了。可是，轉念一想，她會不會腦補過頭了？家裡隨便做的哪能比得上飯店名廚的手藝，男神怎麼會稀罕這些呢，再說自己這話有沒有故意製造相處機會的嫌疑？

【好 :)】

正懊悔不已，男神回了一個「好」字，還加了個笑臉。

蘇小棠回憶著這些日子以來發生的事情，尤其是方景深醒來以後，先是幫自己解圍，然後是留宿，舉止之間透露的親近，走了之後還經常發訊息給自己，言語之間似是而非的曖昧，全都讓她不知所措。

是她想太多了嗎？雖然以人的身分只能算泛泛之交，但畢竟男神的靈魂跟自己相處了好幾個月，這樣的態度也並不算過分吧？

蘇小棠想通之後覺得自己實在是太感情用事了，何必把事情想得太複雜，就當做普通朋友相處就好了。不過因為車禍之後發生的詭異事件讓她心理陰影太大，潛意識也總覺得是自己害方景深倒楣，所以狠狠壓下了自己所有的旖旎之思和非分之想，規規矩矩地保持著適當距離。

可是，自己經常聊著聊著就被方景深帶得偏離了初衷，比如剛才那種情況。

【什麼時候回來？】方景深問。

蘇小棠想了想：【我也不確定，大概要等大年初七以後，準備多待幾天。】

等了一會兒方景深才回覆：【早點回來吧小棠。】

少女心噗通了一下，蘇小棠趕忙按住胸口，告訴自己這只是很普通的一句話，這只是很普通的一句話，別噗通了。

蘇小棠不知道該怎麼回了，最後索性便消極逃避沒有回覆。

大約十分鐘以後，清越的風鈴聲響起，方景深又傳了訊息過來。

蘇小棠忐忑地點開，只有兩個字——

【想妳。】

蘇小棠差點沒嚇得把手機給扔出去，心跳噗通噗通噗通噗通……再也壓制不住。

一定……一定是她打開的方式不對……蘇小棠盯著手機，就像盯著妖魔鬼怪，半晌後，哆嗦嗦地按著開機鍵不放。

螢幕一暗，關機了。洪水猛獸被關進籠子裡了，蘇小棠才稍稍壓下情緒。

又過了不知多久，正在廚房裡的表哥手機響了，接通電話後，表哥特意跑出來看了眼坐在院子裡的小棠，然後回覆手機那頭的人，「小棠沒事啊，好好的在院子裡呢，就是看起來有些呆，怎麼了？你們吵架啦？」

「沒事了，謝謝。」方景深掛了電話，嘴角掛著苦笑。

只不過稍微試探了一下而已，居然把她嚇得直接關機了。算了，讓她稍微冷靜一下吧，可是，他又怕她冷靜過頭了，冷靜完了之後會是他不想看到的結果。

優柔寡斷、患得患失，變得完全不像自己，原來這就是喜歡一個人的感覺。

蘇小棠自從那天關機之後就再也沒有開過機，甚至大腦自動選擇性遺忘了那天的簡訊。

轉眼一個星期過去了，這些日子除了有些恍惚之外，她過得還是挺愜意的，外婆天天給她做好吃的，閒得沒事就逗逗小侄子遛遛狗，最重要的是再也沒有人給她安排相親了，甚至連提一句都沒有，簡直都讓她不習慣了。

「小棠啊，這都初七啦，妳還不回去啊？」

「我想多陪外婆幾天啊！」

「我好得很，哪需要妳陪，妳只管忙妳的就是了。」

好奇怪，外婆今年居然催她早點回去，以往可都是讓她多住幾天的。

此時的方家。

方景深坐在二樓陽臺，手裡拿著本書，已經好半天沒有翻頁了，顯然心思並不在書上。

他掏出一塊龍鳳玉珮在指尖摸索著，默默算了下時間，蹙眉，都快十天了，再怎麼冷靜也夠了吧？

另一邊，樓下還不知道自己已經被陰了的方景燦一臉諂媚地湊到了母親跟前。

「媽媽……我們家那塊家傳的玉珮呢？」

「什麼玉珮啊？」方媽媽一邊看電視一邊不在意地問。

「就是一代一代傳給兒媳婦的玉珮啊！」方景燦又是捶肩又是捏腿。

「哦，幾天前被你哥要去了，說是要拿去求婚。」方媽媽回答。

方景燦一聽便跳腳了，「什麼？那我怎麼辦？」

「玉珮只有一塊啊，說好誰先結婚就給誰的，對不起寶貝，你來晚了一步。」方媽媽同情地拍了拍兒子的肩膀。

「妳剛剛說求婚？他要跟誰求婚啊？」方景燦黑著臉問。

方媽媽聳聳肩，「媽媽也不知道啊，你哥哥說暫時保密。」

方景燦扶額，「媽，你連對方是誰都不知道，就這麼輕易把這麼重要的東西交給他了？」

方媽媽很無辜，「可是媽媽盼媳婦盼了很久了啊，而且我對你哥哥的審美還是很放心的。」

求您別這麼放心啊喂！方景燦還來不及去找方景深討要玉珮，並且控訴他不要占著那啥不那啥，就已經被他爸給火速派去了德國出差，等他反應過來自己被親哥賣了，已經人在德國，鞭長莫及了。

初八，在外婆的念叨之下，蘇小棠帶著大包小包的特產，領著肥了一圈的肉球回家了。

回到家裡，蘇小棠看著外婆讓她帶回來的東西直發愁，有一半是外婆交代她送給方景深的，而且自己之前也答應方景深要給他帶土產。

可是現在，自己縮頭烏龜一樣關機了這麼久，再見面肯定會尷尬吧？難道要說手機壞了？

蘇小棠摸了摸肉球的腦袋，「肉球啊，你跟男神交換過靈魂，是不是心意相通啊，你知道他在想什麼不？」

肉球「嗷嗚」了一聲，繼續專心致志埋頭啃著從外婆那帶來的肉骨頭。

「就知道吃，男神好不容易給你減下來的肉又要養回來了，再吃成球以後可沒人給你減肥了……」蘇小棠說完從鏡子中看了眼自己，悲從中來，雖然她已經儘量克制了，可過年全都是大魚大肉，終究還是胖了點。

傍晚的時候，她接到了李然然的電話。

「小棠，總算是聯繫到妳了，回來了吧？」

「嗯，剛到家呢！」

「告訴妳，方景深已經出院啦，這回妳可以徹底放心了！」

「那就好。」當然，其實她早就知道了。

「當時我們一起聚會的同學準備約個時間慶祝方景深出院，畢竟他是在那次聚會回家的路上出事的，班長為此一直都很愧疚，大家心裡也都不好受，還好方景深命大，不然大家怕都要是難受一輩子。明天記得過來啊，待會兒我把時間地點傳給妳！」

「呃……」

「怎麼啦？明天有事？」

「唔，有點事，可能來不了。」

「什麼事啊？要不是什麼大事儘量還是過來下吧，畢竟妳身分特殊，上次我們一起去醫院看他的時候妳也沒來，這次再不來怕會惹人閒話。我也知道妳怕尷尬，露個面就走也成啊！」

「好吧，我儘量過去。」

蘇小棠接完電話後擺了個大字躺在床上，還是逃不過啊。

腦子裡又浮現那條簡訊的內容，短短兩個字，龍捲風一樣席捲而來，輕而易舉把她吹得分不清東南西北。

第二天晚上，蘇小棠很順利地選了一套衣服出門了。

因為男神太貼心，看她總是穿同一套就給她制定了各種計劃，什麼晚宴套裝、平時休閒套裝、朋友聚會套裝、正式裝等等。不過以後就沒有外掛了，她要學著自己打理好自己的生活。

到了地點，包廂裡是一張張熟悉的面孔，似曾相識的畫面，只不過，這一次某些人將對她和宋明輝的八卦熱情轉移到了她和方景深身上。

上次暗戀被當面戳穿之後居然還有勇氣再次站在這裡，她真是挺佩服自己的。實際上，只要方景深不在，她還真覺得挺無所謂的。

短暫的選擇性遺忘失效之後，她這幾天快要被方景深的那條簡訊給折磨死了。所以她還是決定過來，因為她要親口問清楚，確定他只是發錯了，或者手誤什麼的都可以，總好過她一個人胡思亂想好。

這時，班長一邊打電話一邊走進來，「剛方醫生打電話過來說還有最後一個病人，馬上就到，你們先玩！」

「我們方醫生可真敬業，病才好多久，這麼急著就上班去了。」

「小棠啊，上次我們一起去醫院妳怎麼沒來啊，打妳電話也打不通！」鄭芳一邊說一邊還好心遞了灌飲料給她，「我記得妳愛喝這種。」

鄭芳遞過來的飲料是方景深平時最愛喝的牌子，上次才被當眾揭過，這回故意選這種飲料給她，無非是想她難堪。鄭芳好不容易等到宋明輝跟林雪分手，哪知道宋明輝最近突然對蘇小棠態度大轉，竟有幾分想復合的意思，怎能讓她不憤恨。

「小棠自然是後來單獨去表達過心意了，是吧小棠？」宋明輝接話道。

找茬的是宋明輝的愛慕者鄭芳，解圍的是宋明輝……這情況實在是有些出乎意料，大家不由得都面面相覷，看向蘇小棠。

是單獨見過，不過是男神來找她的，這讓她怎麼說？聽了宋明輝的話，蘇小棠也只能順勢點點頭。手裡的飲料明明是剛從冰箱拿出來的，可是對她而言卻無異於燙手山芋。

鄭芳撇撇嘴看了宋明輝一眼，語氣酸酸的，「呵呵，心疼了？我又沒有責怪她的意思，不過隨便問幾句而已。」

這時候肉球還要添亂，諂媚地搖著尾巴纏著宋明輝求餵食去了。

大家看這情形都覺得明白了什麼。

舒甜似笑非笑地問：「宋明輝，聽說你跟林雪分手了？」

宋明輝不置可否，算是默認了。

於是舒甜幽幽道：「呵呵，我本來還準備給小棠介紹男朋友來著，我一個朋友的親戚，條件挺不錯的，三十六歲，成熟穩重，雖然薪水不高，不過是公務員，穩定嘛，人也挺好的，只是喜歡打點小牌，要求對方漂亮大方會做家務就行，就是小棠年齡稍微大了點，人家想找二十五歲以下的……不過算啦，現在看來不用我幫忙啦，是吧？」

宋明輝沒有否認，只是期待地看著蘇小棠。蘇小棠的心思都在方景深什麼時候來這個問題上，壓根沒分出神來聽出舒甜的弦外之音，自然也沒注意宋明輝的眉目傳情。

眾人都覺得這事像是真的，宋明輝最近運氣不好，蘇小棠發展又越來越好的樣子，人也變得越來越有氣質了，人家真的突然想起前女友的好也說不定。至於蘇小棠，宋明輝對她而言條件算挺不錯的了，要是想通了復合還真是大有可能，不然難道還真肖想方景深去？

聽著舒甜口中那個條件很好的男人，李然然差點氣得笑出來，「既然條件這麼好，妳怎麼不自己留著啊？妳最近不也剛分手嗎？」

「呵呵，我有喜歡的人啦！」舒甜的表情看起來很甜蜜。

「什麼喜歡的人，我看是忘不了的人吧！」一旁跟舒甜關係比較好的女孩揶揄道。

「別胡說！」舒甜紅著臉嗔了一句。

女孩笑得曖昧：「胡說什麼啊，前天還看到妳跟方醫生一起吃飯來著，你們倆是不是也準備復合啊？」

這個「也」字，竟是肯定了小棠要和宋明輝復合的事。

眾人頓時哦哦的起鬨：「這是要雙喜臨門啊？」

李然然輕啐：「喜個屁！小棠妳可別想不開跟那賤人復合啊！那個賤人找了我好幾次，想讓我跟妳說點好話，我都是直接打出去的！」

「知道啦，我有那麼傻嗎！」

「妳？還真有！」

時間一點一滴過去，蘇小棠心急如焚，下意識地打開了冰冷的飲料拉環，準備喝點降降溫。

這時候，包廂的門被人推開了，方景深終於來了，眾人紛紛熱情寒暄。

「方醫生來啦！」

「快快，這邊坐！」

「景深，病剛好要好好休養注意身體才是！」

明明一直盼著他快點來，可是真的看到他來了，蘇小棠又烏龜了，只顧著埋頭喝飲料。

下一秒，飲料還沒喝到嘴裡，突然被一隻手給抽走了。

蘇小棠下意識順著被拿走的飲料看去，先是一隻修長白皙的手，然後是方景深那張一如既往嚴肅清冷的臉，此刻他正輕蹙著眉頭，略帶不悅地看著自己，將飲料放到一邊，然後開口斥責道：「生理期還敢喝冰的？」

話音剛落，整個包廂陷入了一種詭異的安靜中。

蘇小棠呆了呆，反應過來後羞得恨不得找個地洞埋了自己。幾個月的相處，尤其是為了自己制定減肥計劃，男神對她的一切了如指掌，她的生理期又向來很準時，所以他會知道一點都不奇怪。

可是，這麼當眾說出來真的沒問題嗎？為什麼你會知道我的生理期？你知我知，可是別人不知道啊！

罪魁禍首卻絲毫沒有察覺受驚的眾人，先是看了肉球一眼，肉球嗖地一聲從宋明輝那裡跑了回來，討好地繞著他打轉搖尾巴。

接著，方景深又看了李然然一眼，李然然眨了眨眼睛，不確定地往一旁挪了挪。

「謝謝。」方景深道了聲謝，在李然然騰出來的位置，也就是蘇小棠的旁邊坐了下來。

「拿著。」方景深將手裡的保溫瓶塞到蘇小棠懷裡。

「什麼？」蘇小棠更呆了。

「我媽做的湯，帶回去喝，現在喝也行。」方景深回答。

我……我還是帶回去喝吧！不對啊！這不是重點！

話說男神你媽好好的為什麼要給我燉湯啊？

她不明白的事真是越來越多了，難道是因為男神之前說的感謝嗎？如果是，真的不用啊！

第十三章 如喜歡是病

這劇情發展不科學啊？

就算是煲湯，也該是蘇小棠出於愧疚給方景深煲湯才說得過去啊，為什麼卻是方景深給蘇小棠帶湯，而且是他媽媽煲的啊！

方景深的媽媽可是方氏集團董事長夫人！以前不知道，但現在大家都知道了啊！

至於為什麼方景深會知道蘇小棠的生理期，這簡直太玄幻了，玄幻到他們根本就放棄了思考。眾人苦苦思索之下都沒能得出一個可信的答案，這不解和驚愕化作了熊熊的八卦之火，燃燒了每一個人。

蘇小棠被大家的眼神看得感覺自己就像是史前滅絕生物活生生的出現了一樣，脊背不由得有些發毛。而方景深呢，方景深姿態愜意悠閒地靠著沙發，手臂隨意地搭放在蘇小棠身後的椅背上，像是什麼都沒發生過一樣。

兩人肢體並沒有任何碰觸，但是方景深流露出來的氣場……是人都懂的，但是他們懂了又不懂啊！

「這段日子讓大家替我擔心了，我敬大家一杯。」方景深率先打破了沉默。

眾人好奇得抓心撓肺，卻沒一個人主動問出來，全都笑呵呵地舉起酒杯。

舒甜激動之下差點沒把指甲給掐斷了，但很快便冷靜下來，面露擔憂：「景深，你病剛好就喝酒不太好吧。」

「不礙事。」方景深不在意道。

舒甜不甘心地繼續說道：「可你晚上不是還要開車嗎，？要是……」

要是再出了什麼事可怎麼好！這顯然是在努力提醒蘇小棠害他出車禍的事情。

「沒關係，我沒開車過來，待會兒跟小棠的車走。」方景深如是回答。

舒甜：「……」

蘇小棠：「……」

眾人：「……」

這劇情發展已經猶如脫韁的哈士奇……拉都拉不回來了！

此時此刻，眾人還不知道，這還僅僅是個開始，更可怕的事情還在後面。

中途方景深出去了一下，李然然早就急得火燒屁股了，見狀趕緊挪過來想要逼問蘇小棠。

「蘇小棠，妳簡直太不講義氣了……」

一句話沒說完，由於太過激動，不小心壓到方景深放在茶几上的手機，餘光看到男神的手機桌面之後，李然然整個人都不好了。她無比呆滯地搖了搖蘇小棠，「天哪！我看到了什麼……我看了什麼……我看了什麼……一定是我睜開眼睛的方式有問題，一定是這樣的……」

蘇小棠也像是踩進棉花堆一樣神志不清呢，被李然然這麼一搖更迷糊了，「什麼啊然然？」

「方……方景深的手機桌面……」

「他的手機桌面怎麼了？」其他人也注意到李然然的異常，舒甜眉頭緊蹙，長手一伸將方景深的手機拿過去看，然後，表情比李然然還要誇張一百倍，看著蘇小棠的眼神就跟見鬼一樣。

接下來，方景深的手機被大家一個接著一個傳看了一圈。

蘇小棠百思不得其解，到底是什麼啊？為什麼他們每個人看完了之後的反應都是見鬼一樣看著自己啊？宋明輝更是激動得臉都綠了，滿臉的痛心疾首。

「然然，方景深的手機桌面是什麼啊？為什麼你們都這麼驚訝？跟我有關嗎？」蘇小棠悄悄問李然然。

「何、止、跟、妳、有、關！」李然然一字一頓，掐著她的手臂，「妳老實給我交代，妳什麼時候跟方景深搞到一起的！居然連我都瞞著，我會被妳嚇出心臟病的好嗎？」

「什麼搞到一起啊，妳胡說什麼……」

手機被傳到姜華手裡的時候，方景深回來了。

姜華剛看完，正滿臉驚愕呢，看到方景深回來了，尷尬地把手機放回原位，「咳咳，方醫生，你的手機桌面……蠻……蠻不錯的，我忍不住欣賞了一下！」

方景深挑眉，環視一圈便知道大概他們每個人都知道了，除了某個當事人。

方景深在原位坐下，隨手把手機交給了唯一蒙在鼓裡，好奇地不得了的蘇小棠。

蘇小棠也顧不得別的，連忙按亮螢幕，然後在看清照片的一剎那……石化了。

這……這是堆雪人的那天他讓表哥替他們拍的照片，畫面中的背景是一片白皚皚的雪地，右上角一枝梅花探了個頭出來，蘇小棠和方景深並排站在他們堆好的雪人旁邊，方景深一身黑色西裝，單手親昵地摟著她的肩膀，她雙頰暈紅，身上的花衣服被白雪襯得更加鮮豔，一旁蹲著憨態可掬的肉球……

蘇小棠覺得……男神很有可能是愛上肉球了。

一頓飯在無比詭異的氣氛中艱難吃完了。

臨走前，姜華終於忍不住撓撓頭湊過去，「方醫生啊，你別怪我八卦啊，我知道你不喜歡別人過問你的私事，可是實在太好奇了，你就當我是八卦吧！你跟蘇小棠……到底是怎麼回事啊？」

姜華一問，所有人狀似不在意，其實全都瘋狂地豎起了耳朵聽著，包括蘇小棠。

拜託，她也不知道好嗎，你們別不敢問男神就來問我啊！我才是最不明白的那個啊！剛才被一群人偷偷問了好多遍的蘇小棠快崩潰了，她桌子底下的腳都快被李然然踢腫了。

於是，男神的回答是——「如你所見。」

如你所見是什麼意思啊？他們是見到了，可是這畫面太詭異他們不敢猜啊！

得了，最後還是沒問出來。

眾人眼睜睜看著方景深上了蘇小棠的車，兩人一道走了。

路上。

「能開車嗎？」方景深問。

「我沒喝酒。」蘇小棠愣了下回答。
「呵呵。」方景深輕聲笑了下。
然後蘇小棠便明白過來了，方景深問這個問題的真實目的……她是沒喝酒，可是她現在大腦缺氧，智商混亂，神魂顛倒……蘇小棠抿了抿唇，為什麼突然覺得男神是在故意逗她？
「小棠，我們找個地方坐坐吧。」
太好了，她也正有此意，剛才人太多她一直找不到機會問清楚來著。
「去哪？」蘇小棠一邊想著周圍有沒有合適的咖啡廳茶餐廳之類的一邊問。
「去妳家可以嗎？」方景深回答。
「……」她可以說不可以嗎？

回到家，蘇小棠正準備給男神倒茶呢，方景深他自己熟門熟路地在冰箱裡拿了一瓶蜂蜜柚子茶出來，然後舒服地在沙發上坐下，還拍了拍旁邊的位置說：「坐。」
這到底是誰家啊……蘇小棠悶著頭坐下了。
坐下之後，兩人都沒有說話，蘇小棠不開口，方景深也不著急，慢條斯理地喝著茶，逗著肉球。
半晌後蘇小棠狠狠一捏拳，轉頭看著他，一口氣問道：「方景深，你那天傳的簡訊是什麼意思？」
方景深挑眉，「哪條？」

蘇小棠臉又紅了，極小聲地回答：「就是『想妳』什麼的……」

「還以為妳不會問了。」方景深低喃，然後回答，「字面上的意思。」

「……」男神你確定你不是在逗我嗎？

蘇小棠也有些惱了，「沒有傳錯嗎？是傳給我的？」

「當然是傳給你的，沒有傳錯，沒有打錯字，不是惡作劇。」方景深否定了她之前所有腦補的可能。

「那為什麼……為什麼想我？是朋友之間……」蘇小棠磕磕絆絆地問。

方景深放下手裡的茶，深邃的眸子看向她，「一個男人想一個女人，妳覺得是為什麼？」

蘇小棠猶豫道：「方景深……」

「怎麼？」方景深的眸子裡有著幾分緊張。

「你是不是因為靈魂轉換的後遺症突然染上奇怪的毛病比如愛上肉球什麼的所以才故意通過我接近肉球？」蘇小棠一口氣問了出來。

話音剛落，方景深捏爆了茶几上的瓶子，戾氣驚得腳邊的肉球嗚咽一聲躲到了床底下……

「蘇、小、棠！」

「在！」蘇小棠縮了縮肩膀，「你放心這件事我會保密的，我會跟你一起想辦法解決，你不要難……」

下一秒，未能說出的話被封在了唇齒間。

唇上突如其來的微涼的柔軟和強勢的壓迫讓蘇小棠連心臟都停止了跳動。

「呼吸……」方景深好心提醒。

蘇小棠動都不敢動，無比僵硬地喘息了一下，下一秒貝齒被柔軟的舌尖頂開，隨之而來的是無比強勢甚至略有些兇狠的吻……

不知過了多久，方景深呼吸不穩地用指腹輕輕擦過魂不附體的蘇小棠殷紅的唇，聲音沙啞低沉：「現在明白了嗎？」

「你……喜歡我？」蘇小棠終於木木地說出這個她藏在內心深處最隱祕的角落裡最無法置信的可能。

「是，我喜歡妳。」方景深給予她肯定的回答，再繞下去，她的腦子該壞掉了。

蘇小棠往後仰了仰腦袋，避開他迎面而來的呼吸，弱弱道：「方景深，你是不是病還沒好？」

方景深在她唇角落下一吻，嘆息，「如果喜歡妳是種病，我確實病得不輕。」

扔下重磅炸彈之後，方景深很體貼地直起身坐得離她稍遠些，好讓她的大腦儘快恢復運轉。此刻的蘇小棠就像是被迫清心寡欲吃了好幾年素的吃貨，眼前陡然出現了一大海盆的紅燒肉，太想吃又激動得無法置信，遲遲不敢動筷子。

「為什麼是我？」這無疑是蘇小棠內心深處的自卑導致的困惑。

方景深認真思索了一下這個問題，然後給出回答：「用妳表哥的話說，大概是因為我慧眼識珠，透過妳厚厚的脂肪層看到了妳的內在美！」

蘇小棠：「……」

他什麼時候跟她表哥勾搭上的？原來表哥早就知道了嗎？蘇小棠又想到一個可能，難道外婆也早就知道了？之前她還一直困惑外婆為什麼對方景深的態度這麼好，這麼一想就順理成章了，更有可能的是，恐怕她的家人已經全都知道了。

「我說過，妳很好，不用妄自菲薄，我也說過妳瘦下來會很漂亮，不要懷疑我的眼光，唔，用方景燦的話說就是醜是一輩子的，胖只是一時的。」方景深說完還無奈地感嘆了一句，「之前不是一直對我盲目崇拜嗎？現在怎麼總是懷疑我說的話？」

男神好會安慰人，蘇小棠感動得快哭了。

「那……」方景深頓了頓，然後專注地看著她問，「妳呢？」

「我……」蘇小棠絞著手指。

方景深見狀垂了垂眼眸，神情落寞，「真的變心了？」

畢竟之前她三番兩次信誓旦旦真的已經不喜歡自己了，還總是想盡辦法跟自己撇清關係，並且他一醒過來就躲得老遠，看都沒來看自己一眼，更可惡的是她居然還敢說如果沒有阻礙可能就會跟那個相親對象試試看，方景深越想越忐忑，臉上的表情也漸漸陰沉下來。

蘇小棠怎麼也不好意思直接說出答案，硬著頭皮說了一句：「其實，我……我的病還沒好。」

說完忐忑不已，啊啊啊！男神能聽得懂嗎？她幹嘛說得這麼隱晦，男神會不會覺得她神經病啊？

方景深稍微愣了幾秒鐘，然後一雙眸子如落滿星辰熠熠生輝，輕輕將她攬進懷裡，用極其具有誘惑力的聲音和語氣哄道：「那跟我一起放棄治療可好？」

男神你可是個救死扶傷的醫生啊，這麼公然邀請我放棄治療真的好嗎？

蘇小棠沒節操地默默地點了點頭。

蘇小棠大概花了三天才消化了男神那一句「我喜歡妳」，花了三個月才適應了「男神女朋友」這個驚人的身分，而她剛適應不久，又被方景深的傳家玉珮給驚到了，要開始馬不停蹄地適應未婚妻的身分。

據男神說這還是已經很循序漸進了。

蘇小棠正站在陽臺收衣服，看了眼坐在藤椅裡翻書的男人，「這種算是循序漸進，那不循序漸進是怎樣？」

「去妳外婆家找妳的那天，我身上就已經揣著這塊玉珮。」方景深回答。

「……」

「怕嚇到妳所以中途打斷計劃，那時候我碰一下妳的肩膀，妳都會全身炸毛。嗯，現在也會，不過稍微好一點了……」

「喂！」再說下去她快羞憤欲死了。

方景深不動口改動手了，伸手將她拉進了懷裡，「所以，我們什麼時候去登記？」

「太快了！」循序漸進這話題白討論了吧。

「哪裡快？我們都在一起快八年了！再說我們婚禮都舉辦過了才開始戀愛求婚登記，已經晚了很多步。更何況那場婚禮辦得太簡陋，登記以後肯定還要重新辦一場，算一算又要花不少時間，太奶奶臨走前我答應她今年就能抱上孫子……」方景深說了一大堆，然後蹙了蹙眉嘆道，「時間緊迫。」

哪裡有八年啊，八年那只是我喜歡你的時間吧！

「你答應的，我可沒答應。」蘇小棠嗔了一句，無奈地道，「不是說好了等我減到五十公斤再結婚嗎？現在還差好幾公斤呢……」

方景深摸了摸她肚子上不再綿軟的肉，「已經夠了，再減對身體不好，也不利於備孕，現在的狀態是最好的，不需要再繼續減。」

蘇小棠被備孕兩個字嚇焦了。不愧是醫生，這種羞澀的詞說出來眼睛都不眨一下的。

「去換衣服，帶妳去吃好吃的。」

「哦……」

和方景深在一起已經三個月了，生活沒有太大的變化，跟方景深穿越到肉球身體裡時差不多，也多虧了有那段時間相處的緩衝，不然兩個人相處起來她肯定更加手足無措。

從最初的缺乏自信，時時刻刻都覺得下一秒就會跟他分手，馬路上都不敢跟他走得太近怕給他丟臉，在後來的不懈努力和堅持下，如今的蘇小棠總算可以還算坦然地站在男神身邊了。

鏡子裡的女孩五官精緻，膚白貌美，身材高挑體型勻稱，前凸後翹，雙腿筆直修長，加以合適的淡妝，如今的蘇小棠不管站在哪裡都是個令人眼前一亮的美人，身上完全沒有過去肥胖臃腫的影子，說是脫胎換骨也不過分。

方景深帶著她來到一家烤肉店門口，蘇小棠大老遠就聞到了誘人的香味，之前那點對身材的擔心全都化作了對美食的期待。

看了眼店門口的牌子，蘇小棠忍不住笑出聲來，「這不是之前我們跟方景燦一起來過的烤肉店嗎？」

方景深也沒注意，聽到同事極力推薦才帶她過來的，被她一提醒也想起來了。

「當時方景燦喝醉了還酒後吐真言說想你來著……對了，好像好久都沒看到你弟了啊？他是長期出差嗎？」蘇小棠隨口問了一句。

「三個月。」方景深算了下時間，眸子裡的幽光一閃而過，「這個星期應該就會回來了。」

兩人邊聊邊進了店裡，點好菜之後便專心致志地開始吃了起來，兩人並不怎麼交談，但絲毫不會覺得冷場尷尬，而是自然流露出親近和默契。

蘇小棠心裡惦記著肉球，擔憂道：「把肉球一個人放在家裡挺可憐的，要不我們吃完了早點回去吧？」

自從跟方景深交往以後，肉球就不能時時刻刻跟著她了，尤其是約會的時候，男神說是要二人世界，蘇小棠很想說，其實帶了肉球也是二人世界，肉球不是人。

「回頭給牠打包一份。」方景深說。

蘇小棠點頭，這倒是個好主意，肉球只要有得吃就很開心，方景深雖然對肉球很嚴厲，但倒是很會投其所好收買狗心。

蘇小棠和方景深不遠處的一桌是本市某知名建築公司的同事聚會，其中好幾個還都是方景深和蘇小棠的熟人。

姜華、舒甜、林雪，還有本來已經辭職自己開公司結果公司破產灰溜溜又跑回去上班，並且又要從頭做起的宋明輝。

正吃著，林雪突然發現新大陸一樣激動地推了推身旁的舒甜，「你們猜我看到了誰？」

舒甜興致缺缺，隨口問了一句：「誰啊？」

「方景深啊！」林雪激動地回答。

一聽這名字，不僅是舒甜，對面的姜華和宋明輝也忍不住扭過頭去看了一眼。

舒甜的臉色變得不太好，接著訕訕道：「方景深就方景深，有什麼好激動的。」

「你們說的是誰啊？」旁邊有不知情的同事好奇地問了一句。

姜華笑了笑，神祕兮兮地湊過去道，「當年我們大學裡的風雲人物！全校女生的夢中情人！當年跟我們小舒還有過一段呢！」

「哦？」一旁的人更感興趣了，「小舒在學校肯定也很受歡迎吧！聽說當年還是校花呢！」

舒甜面上露出幾分得色。林雪見她這樣子倒是有些看不慣了，不就是跟方景深交往過幾個月，至於這麼久了還拿出來炫耀嗎？於是意味深長地開口道：「方景深有什麼好議論的，真正傳奇的人物是他現任女朋友才對吧！」

「這話怎麼說？他女朋友難不成比咱校花還優秀？」旁觀的同事不解地問。

「呵呵，恰恰相反，他女朋友是個一百公斤的大胖子！而且還被宋明輝甩過！」林雪說著還故意瞅了對面的宋明輝一眼。

自從分手之後，林雪處處跟他作對，宋明輝差點在公司待不下去，但又找不到更好的去處，只好苦不堪言地忍著，因為上次自己為蘇小棠說話，如今連鄭芳都對他愛理不理了，宋明輝徹底成了狗不理包子。

林雪這句話的爆點太多，成功引起了所有同事的關注，紛紛朝著方景深那桌看去。

「不會吧？開玩笑的吧？」

「就是啊！那個男人要是真像你們說的這麼優秀，怎麼會跟那樣的女人交往？」

「呵呵，可不是，況且還被小宋甩過……審美略奇葩吧？」

「而且他對面的……肯定不是你們說的那個傳奇人物吧？」

林雪聞言幽幽道，「好玩的就在這裡啦，那兩人的故事現在被傳得神乎其神，還一直被說特別恩愛，甚至還傳出快結婚了，可是現在呢？」

舒甜本來不高興被人打臉，一聽到這話立即興奮起來同仇敵愾了，「現在方景深和他對面那女人這麼親熱，關係肯定不一般！剛才還看到方景深餵她吃東西來著！」

這話說得酸酸的，交往那麼久方景深從來沒對自己這麼親熱過，不過不管那女人是誰，總比蘇小棠要好點。被蘇小棠那樣的女人比下去未免太沒面子了，為這事她都快被人嘲笑死了。

宋明輝也動了心思，猜測道：「他們會不會已經分手了？」

姜華聞言搖頭，很篤定地說：「不可能，雖然上次聚會之後就沒見過小棠了，但是昨天剛遇到方景深，說快跟小棠結婚了，還邀請我到時候一定要過去呢。」

宋明輝的臉色又沉了下去。

「那是怎麼回事啊？」聽到這裡，大家都一頭霧水。

舒甜冷笑，「這還不夠明顯嗎？就算現在還沒分手，不過看這樣子也快了吧？」

林雪聳聳肩，「我就說這事不科學，方景深就是美女看多了，一時興起想換換口味罷了。」

姜華還是不太相信，他總覺得方景深不像是這種人，況且昨天看他的表現是發自內心的喜悅，這完全是熱戀中的人才有的狀態，若不是真心喜歡，不可能有那樣的表情。

「我倒是有個好主意！」舒甜突然靈機一動，拿出手機找準時機偷偷朝著方景深那桌的方向拍了張照片，「我發給蘇小棠，看她是什麼反應！」

「這不太好吧？」姜華不贊同。

舒甜白他一眼，「有什麼不好的？好歹認識一場，給她提個醒又怎麼了？難道就這麼看著她被蒙在鼓裡？」

林雪是樂觀其成看熱鬧，宋明輝也巴不得他們分手，圍觀的其他人則是閒得無聊想看好戲。

於是，正在吃東西的蘇小棠便收到了一條附照片的簡訊，內容是一張她正在跟方景深一起吃飯的照片，照片裡的方景深正在餵自己吃東西。

「咦？」蘇小棠微驚，同時有種被偷窺的羞惱。

「怎麼了？」方景深烤好一片肉，姿勢優雅地用生菜包好，塞進蘇小棠嘴裡。

「唔，是舒甜，她傳了訊息給我。奇怪……她在附近嗎？傳這個給我是什麼意思？」蘇小棠一邊看照片一邊朝著周圍環視了一圈。

「我看看。」方景深接過手機，看了眼，然後勾了勾唇。

「你知道什麼意思嗎？」蘇小棠不解地問。

方景深沒有立即回答，而是建議：「妳可以給她回個電話問問。」

要是別人發這個給她看，她就當是開玩笑或者打招呼了，可是現在這個人是男朋友的前女友，身分還挺尷尬的，傳這樣的照片過來，動機肯定沒那麼簡單。

蘇小棠也不是那種擅長彎彎繞繞打啞謎的人，也覺得直接打電話問清楚比較好。

於是蘇小棠便回了個電話過去。

一群人都在等舒甜手機的動靜，然後終於等到她的手機亮了起來。

手機鈴聲剛響起來，舒甜便接通了電話，神情愉悅，心裡頗有幾分快意，「怎麼樣？照片看到了？」

「看到了……」蘇小棠一邊說話一邊觀察著店裡，想知道舒甜到底在哪，方景深則是繼續敬職敬業的烤肉，然後餵女朋友。

「我也是看在同學一場的份上才告訴妳一聲的……」舒甜像模像樣地嘆了口氣，「方景深那樣的男人，跟他在一起要承擔風險也是難免的，更何況是妳這樣的條件，不過妳也別太傷心了，回去好好跟他說吧……」

「唔，方景深，你不要餵了，我今天已經吃太多了……」方景深不停在那餵，蘇小棠不知不覺中又被塞了好幾口，急得嗔了他一眼小聲抱怨，說完才繼續：「抱歉，我不太明白妳說的話是什麼意思……」

舒甜正因為蘇小棠無意中跟方景深的對話而有些發怔，轉念一想，覺得她是不是故意的，畢竟方景深分明跟別的女人在一起，怎麼可能餵她吃東西，這也太好笑了吧，她是不是腦子有問題？

正想嘲諷幾句，卻聽到了那頭傳來男人熟悉的聲音：

「最後一口。」

「都最後好幾口了，你就喜歡餵我，最近總這樣，要是又胖回去了怎麼辦？」

「自然是我負責。乖，最後一口。」

「……」舒甜無法置信地抬頭看向方景深的方向，然後便發現他對面的女孩真的在打電話。

她還是不肯相信，但是這時候蘇小棠卻已經看到她了，還伸手跟她打了個招呼，同時手機裡傳來蘇小棠的聲音，「我看到妳啦，還有班長他們，你們公司聚會嗎？」

舒甜面如土色，顫抖著手「啪」一聲掛斷了手機。

剛才大家都順著舒甜的目光看到了那個女孩子在打電話並且朝這邊打招呼了，這會兒又看到舒甜這個表情，不由得面面相覷。

林雪輕咳一聲，「妳不要告訴我，那個女人不是別人，就是蘇小棠？」

姜華一拍大腿，「如果是這樣的話那就說得通啦！」

「說得通才怪，你們不是說她是一百公斤的大胖子嗎？」一旁有人質疑。

姜華開口道：「其實是林雪說得太誇張啦，最後一次見小棠的時候，小棠已經瘦下來不少了，這都三個多月過去了，人家瘦到這個程度完全是有可能的嘛！」

宋明輝驚愕不已地揉了揉眼睛扭著脖子看過去，脖子都快扭斷了，別說，那五官還真是越看越像小棠，剛才他就覺得面熟了，但是燈光朦朧，她的身段又太美好，他一直沒往那方面想。以前還可以自欺欺人，小棠那麼胖，他方景深不就是看上她的家世，什麼男神，跟自己還不是同類。而如今，宋明輝悔得腸子都青了，要是那時候沒有跟她分手，那麼此刻他就是蘇董的乘龍快婿，美人權勢什麼都有，哪裡還輪得到方景深。

這時不知道是誰說了一句，「這女孩我看怎麼也有些面熟啊？」

說話的是個公司高層，跟蘇小棠完全沒有交集，本該是不可能認識的，但他卻越看越肯定：「不會錯，我認出來了，這女孩不是S&N集團董事長的女兒嗎？半個月前在蘇董的五十歲壽宴上見到過，非常有氣質的女孩子，確實是你們說的那個名字，就叫蘇小棠！」

「你……你確定？S&N集團董事長的女兒？怎麼可能？」問話的是舒甜。

至於林雪和宋明輝，他們自然是早就知道了，聽了高層的話只是更加確定，這個女人居然真的是蘇小棠。

高層一臉篤定，「剛才沒注意，現在看清楚了，確實是她不會有錯，我對這女孩印象很深刻。當時我在花園裡醒酒，正好遇到她跟後媽交鋒呢，蘇夫人不高興她來蘇董的生日宴，說希望她不要來打擾他們一家三口的生活什麼的，當時那女孩幾句話就氣得後媽啞口無言，後來蘇董突然出現，看到她們的爭吵，蘇董還沒來得及說話呢，那女孩立刻就哭了，哭得叫一個傷心委屈，當時我明明看到她後媽本來也要哭一哭示弱告狀，結果誰知道那女孩哭得快了一步，還哭得那麼動情，最後蘇董心疼得跟什麼似的把她哄進屋去，把夫人晾在一邊……嘖嘖，真是一場好戲啊！我看蘇夫人想讓自己兒子獨霸家產怕是沒那麼容易了。」

見高層說得斬釘截鐵，舒甜失魂地癱坐在那裡，喃喃自語著怎麼可能，怎麼可能……

其他同事都在興奮地議論。

「哇，簡直神轉折，這可真算是瘦成一道閃電，亮瞎眾人的狗眼了！」

「哈哈是啊，太勵志了，好想去跟這女孩要個簽名！」

「得了，別去打擾人家恩愛好嗎？」

另一邊，直到蘇小棠微鼓著雙頰嚴肅地瞪著自己，徹底被惹毛了，方景深才訕訕地把烤肉拿回來自己吃了。

他最近新發現的樂趣：餵老婆吃東西。每次看著她吃東西他都覺得心情特別好。

蘇小棠瞥了眼對面垂著頭看都不看自己一眼的舒甜，還有正朝著自己打招呼的姜華，對姜華點頭笑了笑，然後抿了抿唇，猶豫了一會兒猜測道：「難道……難道他們全都沒認出我，以為跟你在這吃飯的是別的女人，以為你出軌了，所以才傳這種照片給我，還說那樣的話？」

方景深頗為意外地看著她，「變聰明了。」

表情至於這麼意外嗎？他肯定是看到照片的剎那立刻就明白了吧，相處得越久，蘇小棠就越是察覺到方景深聖潔的外表下隱藏的腹黑面。

蘇小棠撇撇嘴，「謝謝，我這是近墨者黑。」

吃完飯後，蘇小棠正跟方景深手拉著手散步，中途接到了一通電話，是方景燦打過來的。

「小棠，我回國啦！」手機那頭方景燦的聲音別提多有活力，讓聽的人都被感染了好心情。

蘇小棠笑道：「這麼快！剛還跟你哥提起你呢，你哥說你這個星期應該就能回來了。」

「我哥？妳跟他見面了？」方景燦的語調瞬間壓低了八度。

「是啊……」蘇小棠想起方景燦應該還不知道自己跟方景深交往的事情。

「可惡，在我未來老婆跟前瞎晃什麼……」

這一句蘇小棠沒有聽清，她正想著怎麼跟方景深解釋，只聽得他立即又興沖沖地繼續問道，「那小棠妳現在有空嗎？」

「這個……」蘇小棠看了眼方景深徵求他的意見，畢竟現在是他們的約會時間。

方景深這次顯得意外的大方，很爽快地點了點頭。

於是蘇小棠回答：「有空，你有事嗎？」

「妳到某飯店的音樂噴泉來，我有很重要很重要的話要對妳說！一定要來喔！」方景燦極其鄭重地叮囑。

怎麼覺得方景燦今晚格外亢奮的樣子啊？蘇小棠狐疑了幾秒回道：「好吧，我馬上去。」

「方景燦讓我去某飯店的音樂噴泉那邊，說是有很重要的話跟我說，你知道是什麼事嗎？」蘇小棠一頭霧水。

方景深悠悠道：「去看看就知道了，走吧，我送妳過去。」

蘇小棠更加狐疑了，微仰著頭嚴肅地盯著他：「快說，你是不是又知道什麼了？」

方景深一臉無辜，「這種事我怎麼會知道，我又不是神仙。」

太謙虛，他有時候真的是料事如神好嗎！

蘇小棠只好道：「那過去看看吧。」

二十分鐘後，方景深把蘇小棠送到了音樂噴泉附近。

「去吧。」

「嗯。」

蘇小棠正要下車，卻又被他拉住了。

「怎麼了？」蘇小棠問。

方景深明明沒有喝酒，雙眸中卻似彌漫著幾分醉意，在這幽光夜色中專注地看著她，沒一會兒便讓她呼吸急促心跳加快……蘇小棠感覺自己的臉越來越燙，忍不住推了推他，「到底怎麼了？」

看著她惱羞成怒的樣子，方景深彎了彎眉眼，低頭在她唇角蜻蜓點水般一觸而過，揉了揉她的頭髮，「沒事，去吧。」

然後蘇小棠便神志不清地下車了。

雖然已經交往了三個多月，甚至連婚都求過了，但除了方景深被她逼得不得不「動口」的那次之外，他們之間最親密的接觸也不過是牽手，所以方景深突然來這麼一下還真是嚇到她了。

蘇小棠揉了揉臉好半天都無法從男神的美色中清醒過來，暈暈地走到噴泉跟前，看到方景燦已經等在那裡，正焦急地一邊打手機一邊四處張望著。

因為離得有些遠聽不清他在說什麼，只能聽到些片段，什麼「等我信號再開始」、「千萬不能出錯，這可關係小爺一輩子的幸福」、「急什麼，等會就到了」之類的話……聽起來很忙的樣子，那他找自己到底是有什麼重要的事？

蘇小棠又走近了些，在方景燦跟前晃了好久，還揮了揮手，結果人家愣是看都沒看她一眼，最後還索性直接把頭一扭，一副妳誰呀小爺忙著呢別來煩小爺的表情。

見方景燦越過自己一邊看錶一邊東張西望地找人，蘇小棠無奈了，只好喊了一聲：「方景燦！我在這裡！」

方景燦聽到她叫自己的名字，面色一滯，蹙著眉頭道：「妳是……」

蘇小棠嘆氣：「我是蘇小棠啊……」

方景燦驚疑不定地從頭到尾打量了她好幾遍，臉上的表情就跟被雷劈過似的，連手機都啪一聲摔在了地上。

蘇小棠的臉黑了黑，不就是瘦了點，需要震驚到這種地步嗎？

「你找我到底是什麼事啊？」蘇小棠直接問正事。

原本胖嘟嘟圓滾滾多可愛的女孩子他的心頭肉就這樣不見了消失了……

方景燦目光渙散精神恍惚地看著才幾個月不見就瘦到喪心病狂的蘇小棠，好半晌後才氣若游絲地喃喃道：「我失戀了……」

「啊……」沒想到是這樣的，蘇小棠頓時非常同情，不知道該怎麼安慰他才好，「你別太難過了。」

方景燦木乃伊一樣無比艱難地僵硬著脖子扭過來看了她一眼，看完立即就移開視線，慘不忍睹似的，「沒事……妳走吧！」

「……」難道他這麼著急找自己過來就是為了告訴自己他失戀的事嗎？可是聽他剛才在手機裡說話的語氣還歡快得跟下一秒就要娶媳婦一樣，怎麼也不像是失戀的樣子啊。

蘇小棠越想越不對勁，再加上他的臉色這麼難看，甚至都腳步虛浮站不穩了，怎麼可能放心就這麼一走了之，於是趕緊過去扶住他，「哪裡不舒服？我送你去醫院看看吧？」

方景燦無力地擺擺手，「不用。」

「那怎麼行，你要是出了什麼事，我怎麼跟方景深交代。」蘇小棠情急之下脫口而出。

方景燦身體一僵，「妳跟他……是不是在一起了？」

蘇小棠紅著臉點了點頭，「嗯。」

「什麼時候的事？」方景燦感覺自己兩邊的太陽穴瘋狂跳動，簡直頭疼欲裂。

即使蘇小棠神經再粗也覺得方景燦的反應不太對，弱弱地答道：「三個月前。」

方景燦一腳踩碎腳下的手機，暴躁地把身上昂貴的西裝外套脫掉，重重摔到了地上，然後小獸一樣悲憤地仰天怒吼了一聲：「方景深，你個卑鄙小人！」

蘇小棠：「……」

這又是演哪齣？

第十四章 最好的自己

「到底怎麼回事？方景深他怎麼了？」蘇小棠不安地問。

方景燦捏著拳頭，瞬間差點將一切和盤托出，好讓她看清身邊的男人壓根不是什麼憨厚無害的哈士奇而是一隻狡猾腹黑的大野狼，可到了最後關頭卻還是抿著唇別開了頭，悶悶道：「不關妳的事。」

一個在生悶氣，一個完全弄不清楚狀況，兩人正沉默著，身後的音樂噴泉突然啟動，整個噴泉在水面彩燈的映照下時而似大雨傾盆銀河傾落，時而似三月小雨淅淅瀝瀝，時而似妙齡少女輕歌曼舞，氣勢渾宏壯觀，流光溢彩、如夢似幻，緊接著，音樂聲響了起來。

「哎——今天是個好日子，心想的事兒都能成，明天是個好日子，打開了家門咱迎春風……」

大概是因為方景燦剛才把手機摔爛了，對方遲遲聯繫不到他，就自作主張地啟動了噴泉，卻忘了把平時放的音樂換成方景燦交代好的浪漫鋼琴曲。

耳邊一遍遍循環著「今天是個好日子」，簡直如魔音穿耳，方景燦被摧殘得弱柳扶風狀撐牆扶額，「心好累……」

蘇小棠倒是不覺得這音樂哪裡不正常，還讚嘆了一句，「這噴泉蠻好看的！」說完發現方景燦正渾渾噩噩地往馬路上走，於是不放心地追了上去，「你去哪啊？」

方景燦面無表情：「跳樓！」

蘇小棠嚇得不輕，「方景燦你可別想不開，想想生你養你的父母，疼愛你的太奶奶，還有你哥……」

爹不疼娘不愛的方景燦一張俊臉越聽越黑，哀怨道：「小棠，妳再說下去，我真的要去跳樓了。」

蘇小棠趕緊閉上嘴巴，卻不知道自己到底哪裡說錯了。

最後，方景燦當然沒有去跳樓，而是去ＫＴＶ喝得爛醉如泥，鬼哭狼嚎了一整晚。

「你把我灌醉，你讓我心碎，扛下了所有罪，我假裝無所謂，才看不到心被擰碎，我的寂寞，虛空失落，蔓延如野火，找一個最愛的深愛的想愛的親愛的人，來告別單身，一個多情的癡情的絕情的無情的人，來給我傷痕……」

蘇小棠聽得滿頭黑線，從他手裡把酒杯搶過來，「夠了，不能再喝了方景燦，今天就到這裡吧，我送你回家好不好？」

不知道哪個字刺激了他，方景燦又嚎起了怨婦歌：「為所有愛執著的痛，為所有恨執著的傷，我已分不清愛與恨，是否就這樣，血和眼淚在一起滑落，我的心破碎風化，顫抖的手卻無法停止，無法原諒……無法原諒……」

蘇小棠不禁好奇到底是哪個女人對方景燦做了怎樣喪心病狂的事情，才能讓他這樣又愛又恨死都不能原諒。

方景燦被蘇小棠扶著硬拖了出去，一邊搖搖晃晃地踉蹌著，一邊不停地叨念著：「方景深你個變態外星人猥瑣神經病卑鄙老狐狸……」

方景燦完全不重複的罵詞聽得蘇小棠抽了抽嘴角，好好的怎麼又扯到方景深身上去了？

「從小到大收到的情書能繞 A 市一圈有什麼了不起……」聽到這一句，蘇小棠正感慨男神果然好受歡迎，方景燦又冒出一句：「小爺光一個情人節收到的情書就能把 A 市繞成毛線團子……」

「……」這也太誇張了吧。

本來正張牙舞爪的方景燦突然安靜下來，表情看起來別提多落寞可憐，輕聲低喃道：「為什麼妳寧願喜歡一個變態也不喜歡我……」

蘇小棠聽到這一句，心裡頓時咯噔一下。不得了啊，難道方景燦喜歡的女孩子愛上了方景深？

事情似乎越來越複雜了。

蘇小棠將方景燦送回家後已經是凌晨一點多，這個時間方景深肯定睡了，她擔心吵醒他，輕手輕腳地打開門，卻發現屋內燈光大亮，方景深支著腦袋坐在沙發上絲毫沒有睡意的樣子，聽到開門聲後神色淡定地走過來，接過爛醉如泥的方景燦。

「方景燦好像失戀了，喝了一整晚的酒。」蘇小棠解釋，然後關心地問，「這麼晚了，你怎麼還沒睡？」

就在這時候，變故突發，被方景深扶住的方景燦突然發瘋，一拳砸在方景深的臉上。

「啊——」蘇小棠驚呼一聲，正想上前，方景深卻一個眼神制止了她，「別過來。」

「可是……」蘇小棠驚魂未定地看著紅著眼睛小狼崽子一樣隨時都可能再次撲上來咬人的方景燦。

方景深隨手擦一把嘴角的血跡，「小棠，去樓上。」

這種情況下蘇小棠怎麼可能放心離開，搖搖頭不肯。

「乖，去我臥室等我。」方景深極耐心地哄，語氣溫柔但卻不容置疑。

蘇小棠看看方景燦又看看方景深，咬了咬唇爬上樓了。

一陣打鬥的嘈雜聲響之後，客廳只剩下兩人此起彼伏的喘氣聲。

半晌後，方景深率先爬起來，整了整衣服居高臨下地看著躺在地上的弟弟：「在說我卑鄙之前想想你自己之前做過什麼，還有，我給過你機會，今天你打電話過來的時候，我就在小棠身邊，但是我沒有阻止她去找你，而是親自把她送到你面前，最後的結果如此，你真的認為完全是我的錯？」

方景燦狠狠砸了一下地板，憤恨地瞪著他：「混蛋，你明知道……」

「我知道什麼？方景燦，我勸你去看看心理醫生或者神經內科。」

「滾！你這個變態神經病都沒去看醫生，居然好意思讓小爺去看醫生？」

「我自己就是醫生。」

「……」

「想通了來找我，不用掛號。」

「滾！」

「不管怎麼說，還是要謝謝你。」

方景深這是謝他終究沒有跟蘇小棠透露今晚的真實目的，否則日後她若嫁給自己，與方景燦相處起來總免不了尷尬。

對於某人的道謝方景燦不屑地哼了一聲，心想小爺做事向來是買賣不成仁義在，哪像某些衣冠禽獸啊。

蘇小棠一個人在樓上臥室裡擔驚受怕地等了十幾分鐘，總算見到方景深回來。見方景深的衣服亂糟糟的，除了剛才臉上的傷，也不知道還有沒有傷到別的地方，急忙迎上去焦急地詢問：「到底發生了什麼事，好好的怎麼就鬧成這樣了？之前我還以為方景燦叫我過去是有急事，誰知道見面以後他什麼也沒說，只是告訴我他失戀了，可是他之前在手機裡跟我說話時的語氣還很開心，完全不像是失戀的樣子，難道在我去找他的路上短短幾分鐘內他就失戀了？更奇怪的是，他失戀了為什麼要找我過去，還說有重要的事情跟我說，後來他喝醉了，無意中透露出他喜歡的女孩好像移情別戀愛上你了。對了，中間他還問我是不是跟你在一起了，還罵你是卑鄙小人來著……」蘇小棠越說腦子越亂，但是這麼理順邏輯，說了一遍之後，某些線索卻漸漸可以連成一串了。

就在蘇小棠快要得出答案的時候，方景深雙眸微瞇，蹙起眉頭痛苦地輕哼了一聲。

蘇小棠的思路頓時被方景深痛苦的呻吟給打斷了，她趕緊扶著他坐下來，找出醫藥箱給他處理傷口。

「疼不疼？」

「沒事。」

蘇小棠想起方景燦剛才突如其來兇狠的一拳，到現在還有些心有餘悸，喃喃道，「不知道是不是我想太多，還自作多情，可是如果這麼想的話，確實有些事情就說得通了啊。你說方景燦他是不是是……」話未說完，方景深收拾著醫藥箱，漫不經心地說：「今天太晚了，別回去了，就在這住一晚吧。」

蘇小棠瞬間徹底當機並且自動格式化了，剛才糾結的問題甩到了千里之外，滿腦子都被「男神邀請我晚上留下來過夜，我該怎麼辦怎麼辦……」給占據了。

「住……住一晚？」蘇小棠結結巴巴地問。

「嗯。」方景深邊說邊去衣櫃給她拿換洗衣服，「先穿我的可以嗎？」

蘇小棠呆呆地點頭。

「去洗澡吧。」

看她抱著衣服進了浴室，方景深鬆了口氣。

有個成語怎麼說的來著，色令智昏。方景深顯然充分利用了自己的先天優勢。

蘇小棠洗好出來的時候，方景深正拿著本書靠坐在床頭。

儘管很努力想要讓自己看起來淡定一點，可是閃避的目光還是出賣了她的緊張。

「過來。」

蘇小棠乖乖坐過去。方景深拿了吹風機給她吹起了頭髮。

蘇小棠怎麼可能敢讓男神為自己做這種事情，趕緊道：「我自己來就可以……」聲音卻被嗡嗡的風聲掩蓋了。

臥室裡靜悄悄的，只有吹風機的聲音，還有髮間他溫柔穿過的手指。

「謝謝。」

方景深指尖纏繞著她一縷碎髮，輕聲道：「已經齊腰了。」

「嗯……」

「所以，妳什麼時候嫁給我？」

待我長髮及腰，少年娶我可好。這句名台詞似乎不應該由他來說吧？

自從上次的求婚之後，方景深隔三差五就要問一下這個問題。蘇小棠眸子中的幽暗一閃而逝，「你說過要等我的。」

我沒辦法做到最優秀，只能努力做最好的自己，不能在最美的時候遇見你，卻可以努力在最美的時候嫁給你。

方景深凝視著她：「妳在我眼裡已經是最美的了。」

「……」男神求你恢復原本的高貴冷豔好嗎？她有點吃不消。

方景深輕笑，「不逗妳了，放心，我會等妳。」

「那個，我要睡哪裡？」這可是今晚的重大問題。

「就睡這裡。」

那他呢？蘇小棠沒敢問，應該不是她想的那樣吧？

「我就在隔壁書房，有事叫我。」方景深收好吹風機。

蘇小棠聞言一直提著的小心臟總算是回歸原位，可同時還湧起淡淡的失落。

這時，方景深突然湊近了些：「妳的表情，我可以理解成想要我留下來嗎？」

她的表情怎麼了？蘇小棠心虛地捂住臉，撥浪鼓一樣猛搖頭。看著她避之不及的樣子，方景深雙眸微瞇，「不想我陪妳一起睡？」

蘇小棠繼續搖頭，但明顯沒有剛才那麼堅定了。

「真的不要？」方景深又問。

這一次，蘇小棠僵硬著沒敢有任何動作，半晌後，點了點頭，剛點完又立刻搖了搖頭，搖完頭似乎又後悔了。

方景深終於好心放過這隻選擇困難的可憐小白兔，掀起被子直接在她身邊躺下，關上了燈，「睡吧。」

蘇小棠咬了咬唇，慢吞吞地縮著身子躺進被窩，身體直挺挺的，動都不敢動，生怕不小心碰到他。可是，下一秒，楚河漢界化為虛無，方景深將她整個攬進懷裡，一手圈著她的腰身，下巴抵著她的額頭，微熱的呼吸就在耳側。

跳得亂七八糟的心在這一刻陡然平靜了下來，蘇小棠微微仰了仰腦袋，在黑暗中看了他一眼，接著，鼓起勇氣小心翼翼地在他的下巴上輕啄一口，然後立即緊緊閉上了雙眼，「晚安。」

這還是她第一次主動親近自己，方景深先是面色微滯，接著彎起嘴角，親吻她的髮梢，「晚安。」

樓下依舊躺在地板上的方景燦同學此刻正盯著頭頂的天花板，淒涼地哼著：「看見你和他在我面前，證明我的愛只是愚昧，你不懂我的那些憔悴，是你永遠不曾過的體會，為你付出那種傷心你永遠不瞭解，我又何苦勉強自己愛上你的一切……」

第二天早上。

蘇小棠一下樓就被躺在地板上死屍狀的方景燦給嚇到了，而且那傢伙臉上還頂著兩個烏青的黑眼圈，看來昨晚那一架方景燦也沒占到便宜。

根據今天早上方景深的分析，方景燦本來興高采烈地想跟喜歡的女孩求婚，找她過去是因為需要好友幫忙見證，但就在這時候，意外發生了，本來想要給女朋友一個驚喜的方景燦卻親眼撞見女孩跟別的男人在一起，於是求婚就變成失戀啦。

蘇小棠當時沐浴著晨曦，躺在男神的懷裡，對這個解釋深信不疑。

方景燦聽到聲響，揉了揉亂糟糟的頭髮站起身來，接著坐到餐桌前木然地盯著桌子發呆，「餓……」

這傢伙有些低血壓，每天早上起來都是半死不活的夢遊狀態。

「稍微等一會兒，我去做早飯，很快就好。」蘇小棠連忙說。

過了一會兒，精神煥發、容光熠熠的方景深從樓上走了下來。他先是去門口拿了報紙，然後去廚房幫蘇小棠的忙，方景燦在方景深出現的剎那，眼睛嗖嗖射出幾支小箭，然後繼續發呆，總之，三人暴風雨之後的相處還算和諧。

蘇小棠準備了簡單的早餐，還煮了三顆水煮蛋，一顆給方景深，還有兩顆給了方景燦。

方景燦看了看眼前的兩顆蛋，再看看方景深眼前的一顆，嘴角得意地揚了揚。結果，下一秒就聽到蘇小棠說道：「正熱著呢，用來敷一下眼睛，可以消腫。」

方景燦：「……」

方景深只挨了一拳，可是他卻挨了兩下，難怪給他兩個呢……

方景燦晴轉陰雨，用蛋抵著眼皮，隨口問了一句：「昨晚你們睡在一起？」

正在喝水的蘇小棠頓時被嗆住，咳得天昏地暗。

方景深一邊拍著她的後背順氣，一邊朝對面飛了個透明的眼刀過去。

方景燦咬了口吐司，吐字不清道：「幹嘛？我又沒有說錯……」

方景燦說完，面上帶了一絲興奮，「所以，我是不是可以搬出去住了？雖然當初說好除非我結婚了才可以搬出去，但是，現在這種情況要怎麼辦？你們這種秀恩愛的行為已經嚴重侵犯到了我的合法權益，打擾了我的正常生活！」

蘇小棠聽得面紅耳赤，完全不敢插話。她今天才第一次來過夜，而且還是被他害的好嗎！

方景深瞥了他一眼，在方景燦緊張兮兮的注視之下，輕飄飄地給了他兩個字，「隨你。」

方景燦頓時瞪大雙眼，他是不是幻聽了？他爭取了那麼多年都沒能實現的權益，今天居然就這麼輕而易舉地實現了？

方景燦沉吟片刻，懷疑地看著他，「你說真的？爸媽那邊怎麼辦？」

「我會去跟他們說，就算你現在就想搬出去也可以。」方景深說完頓了頓，「不過……」

來了來了，果然來了，他就知道沒那麼簡單！

「不過什麼？」方景燦一臉警惕。

「我有一個要求。」

「什麼要求？」

「這麼緊張做什麼？我的要求很簡單。」方景深看向身旁的蘇小棠，「叫聲嫂子聽聽。」

躺著也中槍的蘇小棠一怔，滿臉尷尬，「不用了吧？」她現在畢竟還不是啊！

無恥啊無恥，小人啊小人……愛情誠可貴，自由價更高，方景燦咬牙切齒地瞪了他一眼，然後悶悶叫了一聲：「嫂子！」

於是，到此為止，方景深終於成功地讓家裡所有成員都承認了蘇小棠的身分。

跟方景深交往後，在男神的金手指規劃之下，蘇小棠的淘寶零食店目前已經完全不需要她操心，定期給客服發薪水查業績就行。

這麼一來，空出很多時間，蘇小棠準備出去找工作，畢竟長期宅在家裡不與外界接觸，對身體和精神都不好。

得知寶貝女兒終於要找工作了，蘇建樹開心得跟什麼似的，為了近水樓臺跟女兒搞好關係，執意要她來 S&N。然而，蘇建樹用盡各種苦肉計，都快成功了，卻功虧一簣。因為最後，蘇小棠去了方氏集團。

方景深ＫＯ掉蘇小棠的親爹只用了一句話：「畢竟妳是我方家的人。」

於是，蘇建樹對方景深的怨恨可想而知。這小子會不會臉皮太厚了，在你們登記之前小棠還是我蘇家的人呢！

至於蘇小棠，她本來想說真的不需要麻煩他們，自己去找就行了，結果依然陣亡在方景深的糖衣炮彈之下。

當時方景深找方景燦安排的時候是這麼對方景燦說的：「有你照看我比較放心。」

方景燦聞言皮笑肉不笑地斜他一眼，一雙桃花眼眼角微挑，「你就不怕我監守自盜？」

方景深風輕雲淡地一笑：「只要你行。」

方景燦只差沒當場掀桌，混蛋老狐狸居然污蔑他「不行」！

可是……好吧，對著身段越發完美的蘇小棠，他確實完全沒有食欲。不過，他沒有，可不代表別人沒有啊。

方景燦站在落地窗前，看著樓下公司門口被獻殷勤的狂蜂浪蝶圍繞的蘇小棠，幸災樂禍地勾了勾唇角。外面雷電交加風雨大作，方景燦卻是陽光燦爛，愉快地打了通電話給方景深。

「哥，還在加班？」方景燦難得乖乖叫了方景深一聲哥，可見心情有多好了。

「有事？」方景深挑眉，看了眼外面的傾盆大雨，太陽打西邊出來了？

「也沒什麼事，只是好心提醒你一句，我們公司優質單身的男青年還是很多的。」

這些日子醫院很忙，方景深夜夜加班，等終於閒下來，竟發現已經有半個月沒有跟小棠見面了。小棠倒是經常來醫院給他送飯，可他連見她一面都沒時間，每次從手術室出來以後，看到的都是她精心準備好的飯菜煲湯和同事們羨慕的唏噓。

小棠每次來探班，都會順便幫他的同事們捎帶各種零食，那些本來還因為方醫生有女朋友，而對蘇小棠異常排斥的小護士們吃人嘴短，對蘇小棠的印象都好了起來，經常一起討論有哪些好吃的，得知蘇小棠以前很胖之後，更是跟她打成了一片，爭相請教減肥祕方。

方醫生在減肥方面頗有研究的傳言就這麼傳了出去，以至於有段時間不少來方景深這邊掛號的小女生開門見山就跟他說要治肥胖，搞得他哭笑不得。

這時方景深看外面下這麼大的雨，又好久沒跟小棠見面了，正準備去接蘇小棠下班，走出醫院大門時便接到了方景燦別有深意的電話警告。

「嫂子之前整天宅在家裡沒什麼見識，如今到了這花花世界，難免亂花迷眼啊……」方景燦故作擔憂地嘆道。

「不勞費心，移情別戀這種事不會出現在你嫂子身上。」方景深的語氣簡直像是在闡述真理。

方景燦不屑地哼了一聲，「做人還是別太盲目自信的好。」

方景深一邊開車一邊悠悠道：「你嫂子當初對我告白的時候說過，就算我變成一條狗，她也一樣喜歡我。」

「……」

這場十年難得一遇的暴風雨差不多癱瘓了大半個城市的交通，方氏集團附近的地下停車場完全被淹掉了。

這時下去太危險，蘇小棠只好棄車去對面坐公車回家。可是，從這裡到對面有一段路也全被淹了，水深過腰。

蘇小棠的同事從沒看她身邊有男人出現，儘管她說自己有男朋友，但大部分的人都不相信。看這麼惡劣的天氣也沒來接送，就算有，只怕關係也不好吧。

「小棠，妳就別逞強了，我背妳過去，沒關係的。」

「真的不用了，謝謝。」

不少男同事不死心地圍在小棠身邊獻殷勤，提議背她過去，不過都被她拒絕了。

旁邊幾個女同事早就對占了熱門職位的蘇小棠不滿已久，見狀都暗自幸災樂禍。

「什麼已經有男朋友了，看她那樣子，怕是被包養吧？」

「很有可能，不然怎麼從來沒看她男人出現過，顯然是帶不出手啊！說不定是個老頭子。」

「難怪怎麼都問不出她背後的關係到底是誰，要是我，我也沒臉說！」

身邊陸陸續續有女同事被自家男朋友接走，小棠等了一會兒，看這雨一時半會兒肯定停不了，要是等天黑了回家更不安全。

彼時方景深的車剛在馬路對面停下，按下車窗，一眼便在黑壓壓的人群中看到他的小棠。她毫不矯情，俐落地脫下了高跟鞋，將褲腿仔仔細細地捲上去，毫不猶豫地踏進污水裡。

方景深眉頭緊蹙。

就在這時，蘇小棠包包裡的手機響了起來。

蘇小棠看著手機，猶豫了幾秒鐘才接通，「喂？」

「站在那裡不要動。」

「啊？」蘇小棠不明所以，卻依言沒有邁出第二隻腳。

下一秒，她看到馬路對面熟悉的身影在風雨之中一步步朝自己走來。

看著突然出現在眼前的方景深，蘇小棠不禁呆住了。

在這樣糟糕的天氣裡，路上的行人無一不是狼狽不堪，而他一身黑色西裝，手裡拎著個花花綠綠的小袋子，半身踏在污濁的雨水裡，卻似乘風踏月般悠然。

「那個男人是誰啊？好有氣質！」

「怎麼覺得跟我們方總長得有點像？」

「還真是……」

「天哪，羨慕死了，不知道是來接誰的！」

「羨慕什麼呀？妳家那個待會兒不是也會來接妳？」

「那能一樣嗎？我家那個混蛋都走到門口了，看到這大水又跑回去，說身上的衣服貴，要換身不穿的爛衣服來接我！妳看那男人穿著名牌卻直接下水，眼睛都不眨一下！」

「那倒是，嘖嘖……」

幾個女人正猜測著他到底是來接誰的，眼見方景深走到蘇小棠跟前停住了。

蘇小棠看方景深板著臉很不高興的樣子，不知道自己哪裡惹到了他，眨著眼睛有些不安。

看他還是不說話，便帶著些討好意味地抬起袖子，擦了擦他淋濕的額角。

方景深終究還是無奈地嘆了口氣，將手裡花花綠綠的溫熱小袋子塞到她的手裡，是她平時最喜歡吃的糕點。

接著，方景深脫下外套嚴嚴實實地把她罩了起來，確定淋不到雨之後，轉身在她身前半蹲了下來。

蘇小棠呆呆地看著他，半晌沒有動作。

「上來。」直到方景深不耐地催了一聲，蘇小棠才趕緊趴了上去，輕輕勾住他的脖子，心跳如鼓。

身後的同事下巴眼鏡掉了一地。

「她真的有男朋友。」

「而且還是個大帥哥！」

「超級溫柔體貼的極品大帥哥！」

不遠處的一輛路虎裡，蘇建樹看著車窗外親密相依的兩個人，面色怔忡。

「老闆，老闆！」

「什麼？」

「怎麼開？」

蘇建樹長長地嘆了口氣，露出終於妥協似的表情，揮揮手道：「回去吧。」

回到家，兩人都洗了個熱水澡。蘇小棠熬了碗薑湯遞給方景深，「謝謝你來接我。」

方景深接過碗，看她一眼，蘇小棠被他看得有些心虛地低下了頭。

「為什麼躲著我？」方景深問。

終於被發現了嗎？蘇小棠絞著手指，「沒有……」

「沒有？」沒有他會整整半個月都見不到她一面嗎？雖然他很忙，但也約過她幾次，而每次她「正巧」都沒空。

她經常來醫院給他送吃的，時間卻總是掌握得那麼好，每次都在他手術的時候來，她要是真想見自己，完全可以在他中午休息的時間過來。一開始他沒有往那方面想，後來才不得不承認，蘇小棠最近真的有意躲著自己。

「告訴我理由。」

蘇小棠不想說實話，但又無法在他面前說謊，於是只好搖搖頭。

方景深向來淡漠的眉宇間染了幾分怒氣：「蘇小棠，妳有把我當成妳的戀人嗎？公司門口淹水不打電話給我，心裡有事也不肯讓我分擔，什麼時候妳才能把我當成妳的男人，而不是那個高高在上的男神？」

不僅如此，結婚的事情她也一拖再拖，看她的表現，完全不是想要變得更瘦再答應這麼簡單。

「我還沒做好心理準備，再給我一點時間好不好？」蘇小棠囁嚅。

「還是不想說實話嗎？」方景深說了句「好」，然後負氣轉身離開。

蘇小棠盯著關上的房門，紅著眼睛抱著膝蓋發呆，半晌後，終於下定決心，一骨碌爬了起來，換了雨衣出門。

半個小時後。

蘇家後院狗吠不止，燈火大亮，亂糟糟地喊著「抓小偷快來抓小偷啊」，而蘇小棠正狼狽地被幾個手電筒照在臉上。

「小棠，怎麼是妳？」蘇建樹看到蘇小棠滿臉驚愕，趕緊伸手把她扶起來。

蘇小棠避開他的手，冷著臉不看他。

蘇夫人看到「小偷」居然是蘇小棠，臉上的表情別提多精彩，「老蘇，你看到了，這就是你口口聲聲壓根不貪圖你錢的好女兒！現在居然偷到家裡來了！」

「妳閉嘴！」蘇建樹呵斥了一句。

「事實擺在面前你還讓我閉嘴？我要報警！」蘇夫人歇斯底里地叫著。

「隨便妳。」蘇建樹淡淡說了一句便不再理她，揉了揉眉心看著表情倔強地瞪著自己的女兒，嘆氣道：「小棠，我知道妳想要什麼，跟我來吧。」

蘇小棠眼前一亮，猶豫了一下跟著上樓了。

看著兩人上樓，蘇夫人在下面氣得直跺腳卻無可奈何。

樓上書房。

蘇建樹從抽屜裡拿出一本暗紅色的小冊子放在桌面上，「妳是在找這個嗎？」

蘇小棠抿了抿唇，迅速伸手把桌面上的戶口本子拿了過來，寶貝一樣地攥在手裡。

「其實就算妳今晚不過來，我也準備明天給妳送過去。沒想到妳這麼沉不住氣，那小子稍微給妳點甜頭妳就分不清東南西北，連這麼大膽的事情都敢做！簡直……」蘇建樹越說越生氣。「妳這麼傻的性子，我怎麼放心讓妳跟他在一起？現在談戀愛的時候妳就這麼事事順著他，以後結婚了他還不壓得妳死死的？我故意不鬆口，就是想吊著他，試試他到底有幾分真心，再說男人都是越難得到的越覺得珍貴，讓他多吃點苦頭沒什麼不好，誰知道……誰知道妳這麼沒出息！」

蘇小棠吸吸鼻子，心滿意足地看著手裡的戶口本，也不反駁，任由蘇建樹發牢騷。

漂亮聰明又會耍手段的女人那麼多，卻沒有一個能讓方景深如此死心塌地，她覺得和方景深交往戀愛根本和智商無關，否則以她的智商，根本不可能得到方景深的注意。

蘇建樹看著她神魂顛倒的樣子直搖頭，還好他私下調查方景深許久，那小子也勉強算是合格，以後他要是敢欺負小棠，他這個做老子的給女兒撐腰就是了。

送走小棠後，蘇夫人忙不迭地跑來問他小棠到底要什麼，聽聞是要戶口本，她一臉不信。

「她拿那個做什麼？」

「結婚。」蘇建樹回答。

蘇夫人笑了，「原來是想跟野男人私奔？你該不會拿我們的錢貼補他們了吧？」

「妳說的那個野男人是方澤銘的大兒子方景深。」蘇建樹哼了一聲，轉身離開。

蘇夫人張著嘴巴，面如土色，再也說不出話。

第二天是農曆七月初七，天空恢復了晴朗，大街上到處都是節日的浪漫氣息。傍晚，蘇小棠請假提前了兩個小時下班，揣著戶口本到醫院門口等著方景深。

終於等到方景深出來，蘇小棠正要迎上去，他的目光卻在她的身上一觸即離，接著就跟沒看到她似地徑直朝前面走去。

方景深走得很快，蘇小棠幾乎是小跑跟在後面。

蘇小棠心亂如麻，看來這次他是真的生氣了。她喘息著費力跟上他越來越快的腳步，看著前面清俊的背影，越走越慢，有那麼一瞬間，突然失去了繼續追上去的勇氣，漸漸地，漸漸地便停了下來。

她站在原地，垂頭看著自己的腳尖，心頭湧上一股令她無比害怕的念頭。她想，她是不是做錯了？原本就不是同一個世界的人，因為一場荒唐的意外勉強走到一起，這樣的關係能夠堅持多久？

他是不是後悔了呢，畢竟自己這麼糟糕，完全不會說話，不會討好他，也不像他身邊的女人一樣精明能幹，能夠輕易猜測他的意思，跟得上他的思維和腳步。

不知過了多久，蘇小棠深吸一口，緩緩抬起頭。

以為他這一次肯定已經走遠消失了，卻無比驚訝地發現此時他就穩穩地站在自己跟前，蹙著眉頭不耐又有些無措地看著她。

「哭什麼？」他板著臉問，語氣裡透著幾分不易察覺的慌亂。

蘇小棠也不知道自己居然哭了，傻傻地仰頭看著他，想把眼淚憋回去，結果卻流得更急。

方景深身形微僵，伸手給她拭去眼淚，語氣明顯軟化，「別哭了。」

這時「啪」一聲，有什麼東西掉在兩人腳下。

方景深俯身撿起來，指尖赫然捏著那本戶口本。

蘇小棠看著他手裡的東西，抽了抽鼻子，紅了臉。

「這是什麼？」方景深擰眉，他突然想到了一種可能，眉頭擰得更緊。

「然然她們都說今天是個好日子……本來我想問你今天要不要去……登記……」蘇小棠斷斷續續地回答。

「妳一直躲著我，就是因為這個嗎？」

蘇小棠沉默了。

方景深穩了穩情緒，又問：「妳爸不同意我們的事，不給妳戶口本是不是？」

事情到了這一步也瞞不下去了，蘇小棠只好點了點頭。

「那這個妳是怎麼拿到的？」方景深揚了揚手裡的戶口本問。

「我爸給我的。」

「真的？」

蘇小棠心虛地看了他一眼，想起自己昨晚瞞著他沒說實話，趕緊改口照實說了出來，「昨晚我去偷的。但後來我爸自己給我了，他昨天看到你去公司接我，就已經決定鬆口了，只是我沉不住氣……」

「妳這個……笨蛋！」方景深簡直不知道該說她什麼好。恐怕是因為自己昨晚的態度太急才逼得她出此下策，方景深又是懊惱又是心疼，最後胸腔裡鼓鼓的都化作了感動。

「對不起……」蘇小棠也快被自己蠢哭了，埋著頭不敢抬起來看他。

「為什麼不告訴我？」

「你已經為我做了很多，我不想連這點事情都麻煩你，不想讓你因為我家裡的事情心煩。雖然我很笨，能力也有限，但我希望我們之間不是只有你一個人在努力，我也想要為我們做些什麼……」蘇小棠終於鼓起勇氣抬起來，一口氣說完這些話。

看著認真凝視著自己的女孩，方景深第一次覺得無言以對，最後只能嘆息一聲，鼓勵地揉了揉她的腦袋，「妳已經做得很好了，我明白妳的心意，妳的事情對我而言從來就不是麻煩，懂嗎？」

蘇小棠懵懵懂懂地點點頭。

「那現在告訴我，我是妳的什麼人？」

「男朋友……」

方景深還算滿意地勾了下唇，隨即開口道：「待會兒就不是了。」

蘇小棠這一次倒是很快明白了他的意思。

方景深看著手裡蘇小棠費盡心機拿回來的戶口本，輕笑：「這算是情人節禮物嗎？」

蘇小棠不好意思地點點頭。

「謝謝，我很喜歡。」

她把最好的自己送給了他，他又怎能不歡喜。

《我的哈士奇男神》、完

番外

見自己的小妻子小心翼翼地揣著嶄新的結婚證，還偷偷用手捏自己的臉以確定不是在做夢，方景深心裡軟得像棉花糖。

蘇小棠正激動得暈暈乎乎的，手機響了起來，一看是蘇建樹打來的。

「喂？」

「趕上了嗎？這時戶政事務所應該下班了吧？」蘇建樹問。

「趕上了，我們是最後一對。」

「哦……」明顯挺失望的語氣。

「有事嗎？」

「有空的話過來一下吧，爸有事跟妳說。」

「現在？」蘇小棠看了眼方景深。

「要是沒空就算了。」這語氣已經酸得不行了。

「其實也沒什麼事……」

「那爸爸在家等妳！」蘇建樹說完就掛斷了電話。

「怎麼了？」見蘇小棠突然愁眉苦臉的，方景深問。

「我爸打過來的，讓我過去一趟，說是有事跟我說。」

「我陪妳去？」

蘇小棠撓撓頭，「我還是自己去吧。」

她知道蘇建樹不喜歡他，自然不想他去了看他臉色受委屈。方景深知道她擔心什麼，便道：「他畢竟是妳父親。」

這些日子他能感覺到蘇建樹是真心想要彌補小棠，他不想夾在中間讓小棠為難。

「唔……」蘇小棠想了想，一點都不為難地說：「反正我跟我爸關係也不好，你不用管他！」

蘇爸爸聽到會哭暈在廁所裡吧。

方景深忍不住用拳頭抵住唇輕笑了下，牽住她的手，緊緊握住，「我陪妳一起。」

我陪妳一起。簡單的一句話，讓她的心從夢幻的雲端悠悠落地，真真切切地相信，從今以後，自己不再是一個人。

聽到樓下響起門鈴聲，早就等在客廳的蘇建樹立即跑過去開門。

拉開門後，蘇建樹因為見到寶貝女兒而陽光燦爛的臉，瞬間在看到女兒身後面容清俊的男人後電閃雷鳴。

看在女兒的面子上，蘇建樹勉強沒有發作，只是選擇了無視，親熱地拉起了蘇小棠的手，特意說道：「寶貝，快進來，那個……妳聶阿姨打牌去了不在家。」

兩人剛一進門，從蘇建樹身後跑出了一個六七歲的小男孩，手裡拿著把玩具槍，飛快地衝了過來，拿著玩具槍對著蘇小棠一陣掃射。

「轟轟轟轟轟！打死妳打死妳！打死妳這個狐狸精！」

蘇建樹頓時變了臉色，「蘇浩洋！怎麼這麼沒禮貌！馬上給我道歉！」

「我不我不！我才不要道歉！媽說她就是狐狸精，狐狸精！」

唔，狐狸精……蘇小棠撓了撓頭，心裡不僅沒生氣，反倒有一種微妙的自豪感。這是怎麼回事啊喂？以她之前的身材，這輩子還從來沒有被人罵狐狸精的待遇哪。

蘇建樹趕緊拉著兒子不許他搗亂，滿臉尷尬地看著蘇小棠，「小棠啊，實在對不起，小孩子不懂事，被他媽媽慣壞了。別鬧，快叫姐姐！再鬧看我怎麼收拾你！」

「我不要，她才不是我姐姐，她就是狐狸精！」小屁孩掙開蘇建樹，猛地朝蘇小棠撞過去。

結果……卻在距離蘇小棠一步遠之處，啪一聲摔了個狗吃屎。

剛才迅速伸腿將小屁孩絆倒的方景深一臉沒事人一樣，漠然地站在那裡。

「你絆我你絆我！你居然敢絆我！爸，他絆我！」小屁孩爬起來，憤怒不已。

方景深一臉溫和，「你也可以絆我一下。」

蘇小棠：「……」

蘇建樹：「……」

「蘇浩洋！我警告你，你要是再不聽話，我就砸了你的遊戲機。給我到沙發上坐好！立刻，馬上！」

被掐中死穴的小屁孩恨恨地瞪了兩人一眼，乖乖跑去沙發上坐好了。

蘇建樹揉了揉眉心，「小棠，走吧，跟爸爸上樓去說。」

「哦……」蘇小棠不放心地回頭看方景深。

方景深將她一縷碎髮順到耳後，溫柔地道：「去吧，我在這等妳。」

蘇小棠這才一步一回頭地跟著上樓了。

進書房之前，她看到蘇浩洋趁著蘇建樹不注意，一臉不懷好意地朝著方景深舉起小手，很顯然手心裡偷偷拿著什麼惡作劇的東西，而方景深偏頭看了他一眼，嘴唇開合，似乎是說了什麼，然後就見那孩子一臉驚恐地瞪大雙眼，接著被鬼追一樣狂奔著回到自己的房間裡，砰的一聲關上了房門。

進了書房。

蘇建樹坐在書桌前，打開抽屜，從裡面拿出厚厚一疊文件推到蘇小棠跟前，「拿去看看。」

蘇小棠狐疑地翻看著那些文件，全都是一些房產、地契。

「這是……」

「都是給妳的。」蘇建樹說。

「給我？」蘇小棠蹙眉。

「妳性子太倔，之前爸爸根本就沒有機會跟妳好好說話，現在妳也成家立業了，現在連著妳媽媽的那份一起給妳。」

「爸……」

「妳先聽我說，畢竟妳嫁的是那樣的人家，要是自己沒點傍身的東西，難免會被婆家欺負看不起。」

「他們不會……」蘇小棠不滿地反駁，方家的所有人都對她很好。

「說妳傻，妳還真傻！總之爸爸給妳的，妳拿著就行了，就當是我給妳準備的嫁妝，這也是爸爸應該做的。放心，妳阿姨她不知道！爸爸早就給妳準備好了。」

蘇小棠蹙眉，雖然她確實是不想讓那個女人占便宜，但是她自己也不想要這些東西，總覺得自己拿了這些就等於是原諒蘇建樹了，是對不起媽媽。

考慮許久後，蘇小棠開口道：「我想跟方景深商量一下。」

蘇爸爸一聽這話立即就不樂意了，一口氣把東西裝進一個大袋子裡，直接塞進她的懷裡，「妳要是不要就扔掉吧！反正我送出去的東西是不會拿回來的。」

看著女兒傻傻的樣子，蘇建樹忍不住提點她幾句，「身為女人，妳知道什麼最重要嗎？」

「老公……？」蘇小棠想了想。

蘇建樹的臉黑了黑，「妳現在眼裡就只有妳老公！妳這個傻丫頭，最靠不住的就是妳老公！最重要的是妳自己！別整天圍著妳老公轉，結婚以後只知道做家務帶孩子，要多花點時間在自己身上，既然好不容易才減肥成功，就多花心思好好保持，這裡面還有張美容院的卡，爸爸親自去給妳辦的，妳記得多去逛逛。」

蘇小棠完全沒想到蘇建樹居然會對自己說出這樣一番話來，不由得有些震驚。

蘇建樹看著女兒的表情，一臉苦笑，「說出來妳肯定要罵我，小棠，爸爸不想妳跟妳媽媽一樣……」

蘇小棠聞言果然變了臉色。

蘇建樹嘆氣道：「直到妳出嫁了，爸爸才不得不跟妳說這些。男人總是喜歡追逐和征服，妳越是對他好，他越覺得理所當然。爸爸自然希望妳能一輩子幸福美滿，但更希望妳即使沒有男人，一個人也能有好好生活的資本。」

蘇小棠還是打斷了他，「爸，我知道你說的沒錯，但是你沒做到，不代表別人就做不到！我不會因為看過幾個人渣，就以為全世界都沒有好男人。而且，我也不是媽媽，在沒有男人之前，我已經一個人也能好好養活自己！」

說完也沒有拿蘇建樹給她的東西，直接下樓去了。

蘇小棠下樓以後，只有方景深一個人坐在客廳沙發裡，剛才突然跑回房間的小屁孩似乎再也沒有出來過。

「談完了？」方景深問。

蘇小棠點點頭，掩飾著自己不太愉快的神情，「我去下洗手間。」

「去吧。」

接著，蘇建樹也下樓了。

他走到方景深跟前，神情彆扭地把剛才小棠賭氣不肯要的東西扔給他，「你幫小棠拿著。

小棠涉世未深不懂事，你應該明白。我給她這些，跟她說這些話，可不是害她。」

方景深看了眼那些東西，不緊不慢地開頭道：「小棠不是不講道理的人。」說完煞有介事地思索狀沉吟片刻，問蘇建樹：「你說我的壞話了？」

蘇建樹的臉色僵了僵，恨恨地瞪了一眼這個拐走自己女兒的傢伙。

方景深看了他的反應，露出「既然如此你就是活該了」的眼神，更是氣得蘇建樹吹鬍子瞪眼睛。

臭小子，真是氣死他了！難道以後想跟女兒打好關係，就只能屈辱地去討好他了嗎？

不一會兒，蘇小棠從洗手間回來了。方景深先是看了蘇小棠一眼，然後把那張美容卡拿出來還給蘇建樹，在蘇建樹快要氣死的目光中，勉強叫了一聲「岳父」。

「謝岳父大人，這些我替小棠收下了。但這個就不需要了，您還是留著給自己老婆用吧。」

他有專業科學的飼養老婆法，更重要的是有愛情灌溉她，不需要這些玩意。

離開蘇家，蘇小棠一路上心事重重。

除了之前擔憂的那些，她還怕這會給方景深壓力，雖然他是方家的人，但他只是一個普通的醫生。直到方景深將她帶回方家老宅，然後去臥室將一大堆令人眼花繚亂的動產不動產票據放到她跟前。

「早年有些投資，放在那裡沒怎麼管，目前應該翻了好幾倍，還有我在方氏的股份，以後這些都交給妳保管，妳不用有壓力，繼續放著就好，不用太操心。」

蘇小棠很想問，那她拿著這些幹什麼，就聽方景深說，「需要的時候隨時可以動，沒事就數著玩。」

唔，數錢玩？還真沒想到如此陽春白雪的方醫生會給老婆這麼……實在的消遣方式。

方景深又問：「現在安心些了嗎？」

「……」安心個鬼啊！她更無語了好嗎？

「對了，你之前在樓下一個人跟蘇浩洋待著的時候到底對他說什麼了，他怎麼嚇得都不敢出來了？」

方景深嘴角微勾，「沒說什麼。」

「沒說什麼他會嚇成這樣？」蘇小棠明顯不信。

「我只是跟他說了四個字而已。」

「哪四個字這麼可怕？」

「我是醫生。很可怕嗎？」方景深一臉無辜。

對小孩子而言，這四個字簡直比史前怪物還要可怕好嗎？

真是相處得越久，越是發現之前印象之中高嶺之花般的男神壞壞的。

「小棠，什麼時候搬過來住？」方景深突然轉換話題，蘇小棠有些反應不過來，「啊？搬過來住？」

方景深挑眉，「我們現在已經是合法夫妻。」

蘇小棠這才反應過來，「唔，還要等段時間……」

「為什麼？」

「我那裡還有些存貨沒賣完，都是零食，總不能一起搬過來吧？太麻煩了……」

蘇小棠找了一個可靠的廠商，準備等家裡的貨賣完以後，都由廠商直接發貨，不用再自己囤貨發貨了。

方景深雖然很想說不怕麻煩，一起搬過來算了，但對她這個稱職的小賣家還是表示了理解，「那好吧，我等妳。」

這句我等你實在是意味深長，蘇小棠不由得紅了臉。

因為肉球還在家裡，當晚蘇小棠沒有留宿，跟方景深聊了一會兒就回家了。

第二天早上，蘇小棠醒來之後和往常一樣，第一件事是隨手打開電腦看訂單。

這一看之下，嚇得她差點把嘴裡的牙膏泡沫都給咽下去。她的存貨居然被人一掃而空，連一隻雞爪都不剩。

蘇小棠迅速查看了一番，更驚訝的發現這些零食是被同一個人同一時間一口氣掃掉的。居然買這麼多，就算是進貨也應該是去批發市場，不應該在自己店裡買吧？

自己吃的話……這也太能吃了！

蘇小棠手速飛快地打著字。

【這位客人，你的訂單有點多，確定全都要？自己吃還是團購的呢？確定要的話，我給你一點優惠吧，唔，你實在是買太多了……】

蘇小棠刷完牙回來的空檔，對方已經回覆她了。

【小棠，是我。】

【明天就搬過來住。】

「……」蘇小棠瞠目結舌之時，對話框裡又打出了幾行字。

【妳剛才說買多了有優惠？】

【那今晚就搬過來吧。】

方氏集團。

茶水間裡，幾個同事八卦得正興起。

「真的假的啊？妳別是看錯了吧！」

「我也覺得不可能，那個蘇小棠的男朋友我見過，可帥了！小艾，我知道妳喜歡方總，但我說句實話妳別生氣啊，那男人長得真不比我們方總差，蘇小棠沒必要跑去勾搭方總吧。」

「我也見過那男人！有次中午休息我看到小棠在選喜糖，她還叫我幫她參考來著，他們已經登記了！」

「什麼？都登記了？可是那天我們一起加班，下班後一起等公車回家，我那班車先來，結果走到半路上我發現有東西忘在公司，於是就半路下車回去拿，結果正好看到她上了我們方總的車！我還看到我們方總特別殷勤地給她提包包，兩人關係絕對不一般！」

「我倒是覺得有可能，登記了又怎樣？就不能在外面玩了？更何況對象是我們方總那樣的男人！」

「也是，蘇小棠也確實有那個條件玩啦！」

「妳們別亂說了，我覺得小棠人挺好的，不是妳們說的那樣。」

「知人知面不知心啊……」

「就是啊，我親眼所見還能有錯？」

「妳親眼所見什麼了？不就是見到小棠上了方總的車嗎？又不是上床！」

「呵，穆瑤，妳這麼幫蘇小棠說話，她到底給了妳什麼好處啊？」

「呵呵，小棠沒給過我什麼好處，倒是給過某人好處！不知道誰前幾天捅了簍子差點哭出來，還是小棠擦屁股的，這才幾天就翻臉不認人，背後說人家壞話了。嘖，這個世界還真不能光看臉！長得美的不一定蛇蠍心腸，長得醜的內心也不一定就美。」

「穆瑤，妳說誰醜呢！」

「哎呀，原來妳還是挺有自知之明的嘛！」

「妳……」

「剛剛本小姐怒戰一群賤女人，妳真該來看看我的英姿！怎麼樣，是不是特別有義氣？這年頭像我這樣正直的好人已經不多了！」

離開茶水間後，穆瑤得意地跟小棠複述著剛才的戰況，然後偷偷摸摸地黏過去問：「話說，到底是怎麼回事？妳怎麼上了咱方總的車？」

蘇小棠揉了揉眉心，「這才是妳的真實目的吧？」

「矮油，不要介意這些無關緊要的細節嘛！快說快說啦！好奇死了！」

「真相就是我的車前天被撞了在維修，方總跟我順路，所以就好心載我一程。」

「啊咧，順路？我記得妳家不是那個方向啊！哦哦，我知道了，妳搬去老公那住了對吧？唔，可方總他家那個方向住的可全都是有錢人啊！嘖嘖，妳老公是不是很有錢？」

「沒有，就是個普通的醫生。」蘇小棠被問得頭都大了，萬萬沒想到昨天一時心軟讓方景燦載自己回家會惹出這麼多麻煩，同時也有些擔心穆瑤。

「妳以後別跟她們吵了，小心她們暗地裡給妳穿小鞋！」

穆瑤「切」了一聲，「本小姐後臺這麼硬，誰敢給我穿小鞋？」

那倒是……穆瑤是方氏集團某大股東的千金來著。

蘇小棠本來這幾天挺高興的，被這事情鬧得有些心煩。

在方景深的洗腦之下，她已經養成了有心事一定要找他聊的好習慣，於是下班之後便給他打了個電話。

「怎麼了？」蘇小棠還沒開口呢，方景深似乎就已經料到了她有心事。

「唔，也沒什麼，公司裡在傳我的緋聞。」

方景深輕笑，「是嗎？跟誰？」

「方景燦。」

「……」

蘇小棠把事情全都跟方景深說了一遍，說完以後立即就覺得好了很多。

「就是為這事不開心？」

「嗯……」

「知道了，下班等我。」

十分鐘後，蘇小棠下了樓。

之前在茶水間八卦的幾個同事下班了卻沒有走，鬼鬼祟祟地跟在她後面。

蘇小棠走到公司門口，方景燦立即殷勤地把車子開到她旁邊停下，還特意下了車給她打開車門。

蘇小棠往後退了一步，「唔，方景深說待會兒過來，讓我等他。」

方景燦聞言立即變了臉色，「他來幹嘛？妳跟我回家不就行了？」

此話一出，立即引來周遭的竊竊私語。

蘇小棠額頭青筋暴跳，「方景燦，小聲點！你說話能注意點嗎！」

「我怎麼了？」方景燦一臉無辜。

蘇小棠深吸一口氣：「總之，我不坐你的車，你回去吧！」

「為啥？妳今天不回家？那誰給我做飯啊？我等了一整天的糯米排骨！妳昨天答應今天要做給我的！」方景燦委屈得不行。

「做做做！沒說不做啊！我只是讓你先回去。」就在蘇小棠都快崩潰的時候，方景深終於出現了。

方景深似乎沒有開車過來，是從計程車上下來的。他先是攬住蘇小棠的肩膀，習慣性地揉了揉她的頭髮，然後看向她身邊的方景燦。

方景燦同樣也盯著他，一臉被搶了食物一般的表情。他的糯米排骨！

一旁圍觀的人越來越多，這是要打起來了嗎？

這時候，公司一個董事路過，這位董事約莫五六十歲的年紀，頂著一頭地中海和六個月的啤酒肚，見狀極其熱情地迎了上來。

「哎呀，這不是方總嗎？好久不見！」這句話並無不妥，但卻是在叫方景深。

方景深跟來人握了下手，神色有些無奈，「穆叔叔，您該改口了。」

穆董事爽朗地笑著：「哈哈哈，叫習慣了，沒改過來！小方總您別介意啊！」

這回的「小方總」總算是看著方景燦了。

方景燦抽了抽嘴角，明明方景深在公司只待了一年，你哪裡來的習慣？說習慣，不是應該對我更習慣嗎？

其實，說起來方景深之所以對方景燦那麼嚴格是有理由的。

理由就是……他自己想跑路！

當年方景燦年少叛逆，又貪玩，整天不務正業，那段時間方媽媽身體很不好，方澤銘必須在近旁照顧，公司的事情根本忙不過來。於是，畢業後本該直接去醫院的方景深被迫在這個青黃不接的時期在方氏集團待了一年，然後在這一年內對方景燦進行魔鬼訓練，總算是讓他接了自己的班，然後繼續做他的逍遙醫生去了。

雖然方景燦對於自己被哥哥逼著接手公司相當不滿，但不得不承認，這傢伙跟清冷寡言的方景深相比，天生就是做生意的料，在這個圈子裡混得如魚得水，即使是當初激烈反對的股東們最後也紛紛心服口服地表示方景深的眼光果然毒辣。

對於這個認知，方景燦相當不滿，明明是他自己天才，為啥這功勞又歸功於方景深的眼光好了？若不是覺得自己被方景深陰了和出於年少叛逆，或許他會更喜歡現在的工作一點。

「想必這位美女就是你父親整日掛在嘴邊的兒媳婦了吧？哈哈哈，老方之前喝醉了酒，還一直嚷嚷著兩個孩子沒一個正常的，擔心自己這輩子都抱不到孫子，這下總算是可以放寬心了！」穆董事一臉欣慰。

方景深：「……」

方景燦：「……」

什麼叫沒一個正常的？這是親爹嗎？

「哎！侄媳婦兒啊，今天見面實在是太匆忙，下次叔叔一定給妳準備份特別的見面禮。」

蘇小棠有些不好意思，「穆叔叔，您太客氣了。」

「應該的應該的！」聽到蘇小棠叫自己叔叔，穆董開懷不已，又寒暄了幾句，「對了，方二啊，你也要加油了啊！」

方景燦：「穆董您能換個稱呼嗎？」

穆董：「哎，這都下班了不是，這麼叫親切嘛！」

「……」並沒有。
穆董跟三人交談甚歡的這一幕，讓暗處偷看的公司員工們面面相覷。
方景深看了眼手錶催促：「去開車。」
「哈？」方景燦沒反應過來他是什麼意思，看他在這個時間過來，還以為他會單獨帶著蘇小棠走。
「不是要吃排骨嗎？愣著幹什麼，去超市！冰箱裡本來一個星期的食材被你三天吃光了。」
方景燦一聽立即笑得一臉燦爛，「哥你早說啊！上車上車！咱買菜去！多買點就是了！」
於是，眾人眼見著三個人架沒打成，卻歡歡喜喜地上了同一輛車，臨走前他們方總還親自給蘇小棠的男人開了車門。
「所以說……這到底是什麼情況？」
「蘇小棠她老公跟方總認識？」
「而且和穆董事也很熟的樣子。」
「對不起諸位，我有一個大膽的假設不知道該不該說！」
「廢話！說啊！」
「我記得方董有兩個兒子，還聽說之前的總經理並不是現在的方總，而是方家的大兒子……」
「所以你的意思是？」
「天哪！不會吧！死定了！」

「穆瑤肯定把中午的事情告訴蘇小棠了！」

「呼，還好我沒說什麼過分的話！不過小艾就……我算是明白什麼叫禍從口出了！沒想到蘇小棠的後臺比穆瑤還硬。」

蘇小棠差不多了也明白了方景深這次出現的意圖，忍不住問：「這樣好嗎？」

方景深看她一眼：「或者妳更想被傳緋聞？」

蘇小棠頭搖得像撥浪鼓。

方景燦從後視鏡裡看到了蘇小棠在那搖頭立即炸毛，「嫂子妳搖啥頭啊！多少女員工想跟我傳緋聞我都不給人家機會！這可是看在糯米排骨粉蒸肉油燜大蝦蔥香雞剁椒魚頭梅干扣肉的份上我才勉為其難的。」

蘇小棠擦汗：「那真是謝謝你了。」

看著自家弟弟越來越傻的樣子，方景深輕飄飄地瞥了他一眼，顯然已經放棄對他的治療了。

方景深習慣性地用手指蹭了蹭自家老婆的臉頰，寵溺得如同逗弄小動物一般，雖然由於長年累月造成的性格原因，她還是不容易與人太過親近，但如今懂得有事情要找自己商量討論，已經是很大的進步。

「別擔心了，沒關係的，一開始就沒準備讓妳一直瞞著自己的身分。這段時間妳就當是一個經驗，讓妳知道哪些人可以結交，哪些人不可以，也省得以後身分曝光了被人利用。」

方景燦在一旁聽得一臉無語，為了老婆的智商，他還真是操碎了心。

偏偏當事人絲毫沒覺得自己的智商和情商被鄙視了，一臉幸福地靠在那衣冠禽獸的懷裡。

到了超市之後，方景燦簡直就跟脫韁的草泥馬一樣，不一會兒手推車就被他給塞滿了。

「嫂子，我要吃這個這個還有這個！」

這傢伙外面的東西吃多了，嘴越來越刁，偶然吃了蘇小棠做的家常菜以後，能推的應酬全推了，三天兩頭回家蹭飯。

當然，還有一個重要原因——為了讓方景深不開心。

他仔細想過了，之前受了方景深那麼多年的壓迫，就這麼捲鋪蓋離開實在是太虧了。於是，他反其道而行之，搬出去住了沒兩天就又搬回家來，整天在蜜裡調油的兩人跟前晃蕩。他的終極目標是晃蕩到方景深不舉為止。

「方景燦，你過來。」方景深在廚房裡喊了一聲。

彼時，方景燦正一副大爺模樣躺在沙發上看電視，手裡還捧著前幾天從蘇小棠家裡搬過來的零食吃得歡快，聞言不情願道：「幹嘛！我要看電視！」

方景深：「洗菜，或者出門右轉。」

方景燦：「……」

之前是被他用別想離家威脅，現在是被他用滾出家門威脅。還能不能愉快地過日子了？

方景燦認命地跑過去切洋蔥，切得淚流滿面，「寒葉飄逸，灑滿我的臉。吾兄重色傷透我的心。你講的話像是冰錐刺入我心底。弟弟真的很受傷……」

空間不大的廚房裡，到處是粉紅色的泡泡。

蘇小棠切菜的時候，方景深若無旁人地摟著她的腰，湊過去親了一下；方景深拼盤的時候，蘇小棠一臉陶醉地掏出手機偷偷給他拍了張照傻傻地微笑，方景深回眸一笑，餵她一塊糖拌嫩藕；菜出鍋了，蘇小棠首先夾給方景深嘗嘗；圍著桌子，他們兩人一狗其樂融融……發現自己連狗都不如的單身狗方景燦心中悲傷逆流成河，他終於醒悟自己大錯特錯，他絕對不是來虐方景深的，而是來自虐的。

就在方景燦快要堅守不住陣地，被敵方的秀恩愛閃瞎狗眼的時候，有一天，他在回家的路上撿到了一隻小貓。

那隻嫩黃色小奶貓軟綿綿毛茸茸的，萌得人心都化了，不過大概因為是野貓，帶回家以後不太親人。方景燦花了很長的時間培養感情，才終於得到了小傢伙的認可，開心地給牠取名為小軟。

如今小傢伙餓的時候會繞著他的腿打轉，無聊的時候會跳上他的肚子上一起玩耍，被忽視的時候會用腦袋蹭著他的手求撫摸，聲音又嬌又嗲，超級可愛，瞬間治癒了他飽經摧殘的心。

方景燦悉心照料，而小軟也果然不負他所望，整個家裡，牠只對自己親近，完全不搭理方景深。

光憑著這一點眼光，方景燦便把牠寵到了天上，什麼都給牠準備最好的，下班一回來就是逗貓，餵飯洗澡鏟屎全是親力親為，知道的說是養貓，不知道的還以為他包養小女朋友呢。

所以說，養成什麼的，還真是相當有成就感。

因為要去外地出差，方景燦萬分不捨地把小軟交給了蘇小棠，拜託她照顧三天。

「嫂子，養貓跟養狗不一樣，我們家小軟很嬌弱的，妳可千萬別把牠當肉球養，注意事項我全都寫在這個本子裡，妳好好看看，有不清楚的打電話問我！」

「知道了，我一定幫你照顧好牠。」

「小軟啊，哥哥走了，要記得想哥哥知道嗎？」

被養得胖嘟嘟圓滾滾的小球貓嬌軟地蹭了蹭他的褲腿，「喵……」

方景燦瞬間感覺自己被聖光普照，整個人都昇華了。

三天後。

方景燦晚上就回來了，身負重任的蘇小棠總算是鬆了口氣。

小奶貓確實很不好養，又好動，一不小心就會磕著碰著，再加上好奇心旺盛的肉球總是喜歡跟在後面撵牠玩，蘇小棠一刻都不能大意，好在三天平安度過，方景燦的寶貝小軟好好的沒出什麼問題。

可是……她自己卻出大問題了！不對，嚴格來說小軟也出大問題了！

總之，當蘇小棠以九十度角仰望著廚房高高在上的料理台時，整個人……不，現在是整隻貓都不好了。

這到底是怎麼發生的？她完全記不起來了。她只記得自己本來準備去廚房榨果汁，結果好好地突然就眼前一黑不省人事，醒過來的時候就看到自己的身體倒在廚房的地板上——她的意識是清醒的，以一隻貓的視角。

這粉嫩柔軟的爪子，這被方景燦養得圓滾滾的身材，這喵喵喵嬌軟的聲音……此情此景簡直比當初看到方景深變成了狗還要讓她崩潰，有足足十分鐘她都呆在那裡怎麼也回不過神來。

老天這玩笑開得未免太大了點！

這十分鐘裡，她終於確定了自己不是在做夢，並且被迫接受了這個事實，開始考慮要怎麼告訴方景深這件讓人抓狂的事情。

手機、電話、IPAD……全都放在桌子上，以她現在一隻才幾個月大的小奶貓身體，壓根就接觸不到。

於是她跑去院子裡用爪子在泥土上刨了幾個字，準備等方景深回家的時候拉他過來看，可是肉球卻跑了過來，每次她剛一寫好字，就被肉球給破壞了，而且她走到哪肉球就跟到哪，最後累得她半死也沒能成功。

這個身體太容易累了，蘇小棠在忍不住原地睡著之前拖著疲憊的身體爬到沙發旁邊的地毯上蜷縮起來，強撐著打起精神等方景深回家。

過了大概半個小時之後，門鈴聲總算是響了起來。

門外的人見沒人開門，自己掏出鑰匙開了門，蘇小棠原本以為是方景深回來了激動不已，看到是方景燦之後又垂頭喪氣地趴回地毯上。

方景燦叫了一聲「嫂子」，可是沒人應聲。

「咦？人呢……」

方景燦也沒多在意，一臉興奮地跑到他的寶貝小軟跟前，「小軟啊，哥回來啦！看我給妳帶了什麼好吃的！」

方景燦從包裡掏出一大袋小魚乾，溫柔無比地撫摸著小軟的小腦袋。

溫暖的大掌撫摸著頭頂讓蘇小棠昏昏欲睡，同時也有些不太喜歡除方景深以外的人如此親密的動作，於是晃了晃腦袋躲開了方景燦的手，趴到了另一邊。

方景燦立即發現了小軟的不對勁，趕緊把牠抱起來，「小軟，妳怎麼了？生病了嗎？看起來很沒精神……可嫂子明明說挺好的，奇怪……」

蘇小棠從他手裡掙脫下來，又趴回了原位。

方景燦更著急了，湊過去一聲聲小軟小軟地叫著，「唔，為什麼不理我啊！不會是真的生病了吧？」

「喀嚓」一聲，是大門門鎖旋轉的聲音，緊接著，方景深逆著光推門進來。

就在他彎腰換鞋子的時候，突然一個黃色的影子離弦的箭一樣朝著他衝了過來，猛地跳到了他的懷裡。

方景深換好鞋子站起來，於是懷裡的小東西噗通掉到了他的腳邊，一個勁地「喵喵」叫著繞著他的腳打轉。

緊接著，肉球也跑了過來，搖著尾巴圍著主人轉，時不時還不小心踩到小貓一腳。

方景深摸了摸肉球，然後隨意地掃了一眼那隻方景燦撿回來的黃色小奶貓，今天怎麼這麼熱情？餓了？

而一旁的方景燦早就驚得眼珠子都快瞪出來了。

他無法置信地看著剛才還病怏怏的小軟突然撲向方景深，深情地投懷送抱、繞著他打轉，甚至還跟狗一樣搖起了尾巴。

「方景深！你個禽獸！你對我的小軟做了什麼！」方景燦怒吼。

方景深只當他是無理取鬧，「我能做什麼？」

「那為什麼我才離開三天牠就不認識我了一樣對我這麼冷淡，還突然對你這麼熱情！」

「大概是智商成長了。」

「你……」

不就是這隻小奶貓突然對自己熱情了一點嗎？相比方景燦的激動，方景深壓根沒把這件事放在心上，「你嫂子呢？」

「我怎麼知道！又不是我老婆！」方景燦怒氣沖沖地跑過去把依舊在用爪子不停刮著方景深褲腿的小奶貓抱了過來。

結果，他剛抱起牠，就被狠狠撓了一爪子，手背上頓時好幾道紅紅的貓爪印。

方景燦簡直委屈得快哭出來了，像被小嬌妻背叛的可憐丈夫一般難過地說，「小軟，妳好狠的心……」

雖然方景燦的表情特別悲憤淒涼令人不忍，可是再淒涼也比不上變成了一隻貓的她淒涼啊，所以蘇小棠只能從他的懷裡跳下來，繼續去追方景深。

方景燦在後面悲痛欲絕地嚎叫，「小軟啊，我的小軟，妳怎麼就變心了……那傢伙是禽獸，妳別被他騙了啊……嗚嗚嗚……我才走了三天而已啊……方景深你不是人！」

方景深平時回家的第一件事是洗澡。

這會兒進了臥室，脫了外套之後，正跟往常一樣一邊解白色襯衣的紐扣一邊拿起換洗衣服準備去洗澡，蘇小棠從門縫裡鑽進來，順著他的褲腳一路爬到他的膝蓋、大腿，然後跳到床上，用剛才在花園沾滿泥土的爪子壓在了他的換洗衣服上不許他走，焦急不已地喵喵叫著。

方景深看著衣服上黑黑的小爪印，無奈地將小奶貓拎下來，然後在櫃子裡重新找了一套換洗衣服。

家裡現在又是貓又是狗又是方景燦，實在太吵了，他覺得有必要提前帶著小棠去度蜜月了。

在小奶貓跟進浴室之前，方景深砰一聲關上了門。蘇小棠用雙爪劃了幾下浴室的玻璃門，然後心灰意冷地趴在了地上。

唔，方景深壓根就不理她。

為什麼當初方景深告訴自己時挺順利的，輪到自己就這麼艱難呢？這種深深的無力感和未知的恐懼幾乎令她崩潰。

方景深洗完澡擦著頭髮出來的時候，只看到剛才一直纏著自己的小奶貓正沒精打采地垂著腦袋蹲在門邊，被主人無情拋棄了一般，看起來別提多可憐。

方景深正要抬腳，卻莫名地頓住腳步，蹲下身子。

感覺頭頂落下一片陰影，蘇小棠抖了抖耳朵抬起頭，看到方景深後，琥珀色的眼睛頓時閃閃發光，極其激動地「喵」了一聲。

難道是方景深發現什麼了嗎？剛才她努力用爪子在他腿上寫字，可是當時情況太混亂，也不知道他有沒有察覺。

「怎麼弄得這麼髒？」方景深打量了她一眼。

還是沒有發現。蘇小棠頓時失望不已，用極其渴望的眼神死死盯著方景深的手。

方景深看著那雙閃閃發光的眼睛，腦海中有一瞬間的恍惚，他蹙了蹙眉，順著小貓的目光看了眼自己的手，然後鬼使神差地將手伸到了小貓跟前。

就在蘇小棠激動不已地準備在方景深掌心寫字的時候，樓下傳來方景燦的鬼哭狼嚎。

「哥！哥！哥哥哥哥哥哥！不好了，嫂子暈倒了！」

方景深面色劇變，迅速衝出了門。

蘇小棠又氣又惱，只差一點就能告訴他了。現在讓他看到自己莫名其妙地暈倒該怎麼辦？

蘇小棠追下樓的時候，看到方景深臉上表情的剎那，整隻貓都呆在了那裡。

那個滿頭大汗地抱著自己的身體，面上滿是惶恐不安，整個人方寸大亂的男人，真的是一向鎮定自若風輕雲淡的方景深嗎？

她突然發現，自己暗戀了他那多年，卻從未真正瞭解過他，包括他對自己的感情。

因為人是在廚房暈倒的，懷疑是食物中毒，方景深抱著蘇小棠先離開了，方景燦則留下來收集廚房裡的食材準備帶過去化驗。

方景燦回家之後換了一件有帽子的休閒裝，蘇小棠趁機輕手輕腳跳進了他的帽子裡躲著，然後跟著他一起去了醫院。

兩個人跑上跑下忙了老半天，醫院詳細檢查過之後卻表示並不是食物中毒。

更加令他們震驚的是，蘇小棠的情況居然與方景深去年車禍時的情況完全一致。只是方景深是由於車禍腦部遭到撞擊而昏迷，而蘇小棠的身體沒有任何受傷和病變的跡象，就這樣莫名其妙地進入了深度睡眠。

當時負責方景深的幾位專家進行了會診，也嘗試了各種方法，均無法使蘇小棠醒過來。

「方醫生啊，你仔細想想，病人暈倒之前身體真的沒有任何異樣嗎？」

方景深神情恍惚，也不知道到底有沒有聽到一旁醫生的問話。

方景燦撓撓頭，代替方景深回答：「這三天我不在家，也不知道嫂子到底有沒有什麼不對勁的地方，但是我離開之前還是好好的。」

「病人的身體很正常，基本可以排除是物理和病理造成的，唯一的可能是心理上的問題。」

「心理？」方景燦摸了摸下巴，看了正神遊天外的方景深一眼。

小棠跟他哥這個死變態在一起，心理會不會出問題還真說不定。

「是的。」一旁的醫生建議道，「方便說一說你們的夫妻關係嗎？當然，越詳盡越好。」

方景深依舊沒有理會他，扶著額頭，神情相當複雜，不知道在想些什麼。

方景燦聳聳肩，「我哥受的打擊太大了，還是我來說吧！白教授你也知道，我哥那人的性格，一般人實在很難接近。雖然他平日看起來人模人樣，但如果你想跟他拉近關係，基本上是不可能的，除非他自己主動接近一個人。我嫂子呢，屬於比較缺心眼的那種，尤其是對我哥，基本是言聽計從。暗戀了那麼多年好不容易才在一起，我哥身邊又桃花不斷，即使結了婚，投懷送抱的小護士和那些衝著他來掛號的女病人依舊絡繹不絕，嫂子肯定非常沒有安全感，她又不是喜歡抱怨的個性，說不定長期憋在心裡，但願長睡不願醒了呢。」說到最後，好好的病情分析差不多成了方景燦對方景深的控訴大會。

白教授聽完後有些尷尬地沉吟，「不排除有導致心理病態的誘因的可能，只是似乎還是不夠充分……」

「白教授你的意思是我哥還不夠變態，不足以讓我嫂子變成這樣？」方景燦問。

白教授的嘴角抽了抽，無奈地笑了笑，「我聽說蘇小姐之前很胖，這確實可能導致她的性格有些自卑，但是我見過蘇小姐幾次，很開朗的一個女孩子，更何況以她現在的條件，那些追方醫生的女孩裡，可真沒有比蘇小姐好看的。再說方醫生平日的作風和對老婆的態度大家有目共睹，為了這事抑鬱到不想醒來……不至於吧？」

「那可不一定，我深受其害這麼多年最有發言權了，我哥屬於那種只可遠觀的類型，實際上有嚴重潔癖還有強迫症，當花瓶欣賞也就算了，要是跟他一起生活一定會累死，而且剛才我還忘了說很重要的一點，據我所知，我哥他至今都還沒碰過……」

說未說完，一直沒有說話的方景深突然一把揪住了方景燦的衣領。方景燦立即嚇得抱住腦袋，「哥我錯了，哥我不敢了，哥我再也不說你壞話了！哥我什麼都不知道！」

白教授覺得這個弟弟自己比較有問題。

「小軟呢？」方景深問，以一種激動得不太正常的語氣。

「啥？」方景燦一臉迷茫。

「小軟，我的貓！」

「你的貓？呸，分明是我的貓！我……我的貓怎麼了？小軟牠在家裡啊……」

「該死！」方景深重重地鬆開方景燦的衣領，然後拉開門拔腿就跑。而就在他拉開門的瞬間，一團黃色的不明物體突然從方景燦的帽子裡「喵嗚」一聲跳了出來。

眼見著那隻小奶貓就要重重摔在地上，聽到貓叫聲的方景深猛然回頭，及時撲過來，半空中用雙手接住小奶貓，緊緊地抱在懷裡，一臉驚魂未定的表情。

方景燦眨了眨眼睛，又摸了摸自己的帽子，「啊咧，小軟妳什麼時候跟過來的！」

回答他的是方景深帶著他的小軟絕塵而去的背影。

方景燦：「教授，現在你相信我說的話了吧！」

白教授：「……」

來不及找其他地方了，方景深將小奶貓帶到了醫院一處很少有人經過的樓梯口。

蘇小棠看方景深的樣子就知道他終於明白了，簡直激動得不知如何是好，拚命地在他懷裡蹭著腦袋，舔他的手指，委屈不已地喵喵嗚咽著。

方景深一臉無奈，「好了好了，乖，先別撒嬌了，快告訴我到底怎麼回事？」

「不……妳……真的是小棠？」方景深又不確定地問。

蘇小棠立即焦急不已地看著他「喵」了一聲。

「妳要怎麼證明？」方景深蹙眉。

「喵？」

「一加一等於幾？」方景深問。

蘇小棠的臉黑了黑，男神的證明方式也沒比自己當初高明多少嘛。

「喵～喵～」蘇小棠喵了兩聲。

「一加一加二等於幾？」

「喵～喵～喵～喵～」蘇小棠繼續喵。

「一加一加二加三等於幾？」

「喵～喵～喵～喵～喵～喵～喵～」蘇小棠一遍數一邊喵，生怕喵錯。

「一加一加二加三加四等於幾？」

「……」蘇小棠默默轉過身，屁股對著他表示抗議。

方景深把她轉過來，忍不住輕笑，「對不起……」

混蛋，他真的不是故意的嗎？

回家之後，蘇小棠總算是用ＩＰＡＤ磕磕絆絆地把經過告訴了方景深。

「對不起，都是我的錯……」方景深一臉愧疚。

【怎麼會是你的錯呢！跟你沒有關係的！】

「妳是跟我在一起以後才這樣的。」

呃，蘇小棠一想，還真是。他們戀愛時一直沒有真正親密接觸過，婚前是因為方景深的原則，婚後則是因為……無時無刻不在的大功率電燈泡方景燦。直到昨天晚上，好不容易等到方景燦出差不在家，而第二天就發生了這種事。

似乎確實巧合。不過他們想不出兩者到底有沒有關係，如果有，又有何種關係。

這個無法用科學解釋的問題實在是無從思考，方景深嘆了口氣不再胡思亂想，點開小遊戲給她玩，溫柔地撫摸著她的腦袋，「別著急，一定會有辦法的，我不是成功換回來了嗎？」

終於讓方景深知道並且相信了這件事，蘇小棠安心了許多，用腦袋蹭了蹭他的手背安慰他不用擔心自己。

「抱歉，一開始沒有認出妳。」

通過這件事，方景深覺得很有必要想個辦法讓他們以後能夠第一時間認出對方，以免再發生這種事情。

蘇小棠點點頭，也表示很有必要，下次方景深要是給她出一道微積分多元函數什麼的她就要哭了。

「知道摩斯密碼嗎？發出聲響，三短三長三短。這樣我就知道是妳。」方景深建議。

蘇小棠搖搖頭：【還是不夠明顯】

這招 SOS 現實中使用還是挺容易被人忽略的，誰會特別去注意一隻貓一隻狗怎麼叫的，就算是方景深也不可能時時注意到啊。

「有什麼好主意？」方景深挑眉。

【繞著你，順時針三圈，逆時針三圈，就像這樣……】蘇小棠打完字便親自示範了一遍。

方景深看著小奶貓賣力地繞著自己一圈圈打轉，雙眸中盈滿寵溺的笑意，「嗯，不錯。」

方景燦這兩天很焦躁。

不僅因為嫂子昏迷不醒，更因為他發現親哥瘋了。

老婆還躺在醫院裡呢，他卻整日抱著一隻貓當成皇后娘娘一樣伺候著，而且還遛狗一樣帶著小軟散步，小軟也快成精了，好好的一隻貓居然能跟狗一樣歡快地被人溜，亦步亦趨不亂跑，見了他就搖尾巴，對自己這個正牌主人卻完全視而不見。簡單來說，方景深厚顏無恥地完全霸占了他的小軟，一副這隻貓已經被我承包的欠揍模樣。

「別碰牠，洗過手沒有？」

「起來，那是給小軟買的。」

「別動，那是給小軟吃的。」

看著眼前方景深親自下廚為小軟準備的豪華大餐，而自己卻只能在家吃泡麵，方景燦摸了摸跟自己一樣完全被無視的肉球，「球兒啊，你主人一睡不醒，一個好好的瘋了，只剩我們倆相依為命了，走吧，哥帶你出去吃……」

方景深上次會換回來是因為看到小棠有危險受到了刺激，按照這個理論，是否小棠也需要一些刺激才能換回來呢？

一人一貓這些天想了很多方案，可是最後全都被一一否決了，因為要讓蘇小棠受到刺激，必然至少會傷害到他們其中的一個。

目前方景深和蘇小棠都請了婚假暫時不用去公司，小棠的事情家裡那邊還瞞著，但宴客的日期越來越近，眼見著也瞞不了多久了。

為了不讓自己的行為太過怪異引起方景燦的懷疑，蘇小棠有事沒事還是會跑去安撫一下方景燦受傷的心靈。但是，很快她就後悔了。

方景燦一個人待著的時候有個壞習慣——自言自語。這個習慣其實不會影響到別人，但，前提是他真的是一個人。

「不愧是我一手拉扯大的孩子，真是太聰明了！寶貝，快再來一次！」

方景燦看著用粉嫩的爪子玩遊戲的小奶貓，被萌得心都化了。

蘇小棠心不在焉地左爪子踩踩右爪子劃劃哄他開心。

方景燦托著下巴看得興致盎然，還用手機錄了下來，得意地傳到了朋友群裡炫耀。他正玩得不亦樂乎，又心事重重地嘆了口氣，「可憐的小棠，當初我千叮萬囑要妳離我哥遠一點偏不聽，現在好了，弄成這樣……」

「不過，真是奇怪，植物人難道還可以傳染？那為什麼沒傳染給我呢？唔，難道是方景深那傢伙……剋妻？別說，還真有可能！嘖，現在知道什麼是一失足成千古恨了吧！要是早選了我多好！」

蘇小棠在一旁聽得嘴角直抽搐，剋妻？真虧他想得出來。

方景燦摸了摸小軟毛茸茸的腦袋，語氣沉重：「眼下還有更棘手的事情，雖然現在那傢伙把小棠轉到私人醫院，消息也全都封鎖了，可世上沒有不透風的牆，尤其是那傢伙的事情，外面多少居心叵測的人盯著呢，肯定該知道的都知道了！」

「哎，小棠嫂子……妳要是再不醒過來，可能我這聲嫂子就要換人叫啦！」

蘇小棠聽得如同被人兜頭澆了一盆涼水，這傢伙說話實在是太欠揍了。

方景燦繼續自言自語，「嘖，可不是我危言聳聽，之前有人不相信我哥是認真的，直到婚禮開始操辦了，請柬都發出去了才著急上火，可是這時候醒悟有什麼用，人家都登記好了！聽說某人收到請柬後直接氣得住院了還得了憂鬱症！嘖嘖，平日總是一副清心寡欲高貴冷豔的樣子玩欲擒故縱，誰知道人家壓根就沒把她放在心上過，二話不說直接結婚去了……」

蘇小棠心情煩躁地躲開方景燦在自己腦袋上揉來揉去的手，這傢伙說的人到底是誰？

下一秒，蘇小棠見識到了什麼叫烏鴉嘴。

門鈴聲響了起來。

蘇小棠這個角度看不太清楚，於是爬到了方景燦的肩膀上蹲著，透過明亮的落地玻璃，看到方景深打開門，而站在門外的是……她仔細辨認了一下，發現來人有些眼熟，不正是那天試婚紗的時候故意給自己難堪的Ａｍｙ？

方景燦吹了聲口哨，「哦呀，真是說曹操曹操就到！乖小軟，我們有好戲看啦！嘖，我要不要錄下來回頭給嫂子聽呢？說不定能直接把她氣得從床上蹦起來也不一定！」

不用了謝謝。

這個距離聽不太清楚裡面說什麼，只見Ａｍｙ的臉色看起來異常憔悴，確實如同方景燦所說，應該是大病了一場。

方景深招呼著她在沙發上坐下，然後自己在她對面的沙發坐下。

Ａｍｙ不知道說了什麼，紅著眼睛開始落淚，神情越來越激動。

一開始方景深還不為所動，最後坐到她的身側，Ａｍｙ雙眸一亮，立即撲進了他的懷裡。方景深的身體頓了頓，沒有推開她，而是緩緩抬起手拍了拍她的後背安撫。

躲在院子裡旁觀的方景燦雙眸簡直比Ａｍｙ還要亮，見狀驚呼一聲急忙掏手機，「真是失誤了！還以為沒什麼好看的呢，居然這麼勁爆！方景深我看錯你了，啊呸，不對，我真是看對你了，你果然是衣冠禽獸……」方景燦剛拿出手機又遲疑地放了下來，「哎不行，我是不是該去阻止一下？這樣嫂子也太可憐了！」

方景燦正躊躇著，方景深已經起身扶著Ａｍｙ出了門。接著傳來汽車引擎的聲音。

這是送人回家了？方景燦在客廳來回踱著步，越想越不對勁。

雖然自己嘴上一直損方景深，但他卻比誰都明白方景深絕對不會做這種事。

「那傢伙到底搞什麼鬼！」想來想去，方景燦還是給方景深打了個電話，結果對方居然直接告訴他今晚不回來，然後就掛斷了電話。

這下方景燦更是不解，「吃錯藥了？」

方景燦沒有注意到，剛才還在他身邊的小奶貓此刻已經不知道去了哪裡。

凌晨三點，方景深回來了。他意外地發現方景燦居然還沒睡，正打著手電筒在院子裡不知道幹什麼。

「小軟！妳出來啊！小軟……啊——靠！方景深，你想嚇死人啊！你怎麼回來了？」

「小軟呢？」方景深黑著臉問。

方景燦有些心虛，「要你管，我們正玩躲貓貓呢！」

「什麼時候不見的？」方景深的臉色更黑了。

方景燦撇撇嘴，「大概就是你跟Amy卿卿我我的時候……怎麼辦，我找遍了全家都沒有，小軟不會是迷路了吧？可牠平時很乖，絕對不會跑遠的……」

「分頭找。」

看方景深的臉色異常難看，方景燦沒敢再惹他，拿著手電筒去院子外面繼續找了。

兩個人找了大半夜，最後連肉球都被方景深叫起來一起找了，可還是連根貓毛都沒找到。

她現在那麼小一隻，如果有心想躲，要找到基本是不可能的。

方景深越來越焦躁，同時也懊惱不已。

送Amy回家之後他立即就去了醫院，可是等了好幾個小時都不見蘇小棠有醒來的跡象，就知道肯定是失敗了，於是這才趕了回來，誰知道一回來就得知她不見的消息。

他這也算是病急亂投醫了，那丫頭……肯定是生氣了吧……

方景深捏了捏眉心，然後突然神色痛楚，捂著胸口蹲了下來，接著倒在地上一動也不動。

下一刻，一團黃色的球狀物體嗖地一聲從樹叢中竄了出來，飛奔到方景深身邊，擔憂不已地伏在他的胸前，用爪子拍著他的臉。

這時，一隻大掌猝不及防地將她按在了懷裡，剛才還緊閉的雙眼不知何時已經睜開，正亮如星辰，熠熠生輝地看著她：「抓到妳了。」

蘇小棠看著那雙美麗的眸子，一時愣住了，明白自己被騙後惱羞成怒地亮起了爪子，最後卻不忍心撓他，只能恨恨地瞪著他。

方景深討好地捏了捏她軟軟的肉墊，「對不起，以後不會了。」

這招居然沒用，說起來方景深還真有點失落呢。

蘇小棠立即激動地用爪子在他手心裡劃來劃去，最後寫出了「美人計」三個字。

方景深輕笑，連連保證，「知道了知道了，以後只對妳用！」

在這種蘇小棠早有準備可以猜出他意圖的情況下，看來這招是行不通了，但從另一方面來說，他又很欣慰，至少她是相信自己的，方景燦一直認為她沒有安全感，但事實證明自己的努力沒有白費。

眼見著距離婚宴只剩不到一星期，方爸爸和方媽媽已經準備回國，蘇小棠外婆那邊的親戚也都熱情地提議要過來幫忙張羅婚禮。方景深絞盡腦汁才勸了他們不用這麼早過來，但紙包不住火，就算小棠外婆那邊還沒察覺，但他父母那邊肯定已經有所懷疑了。

方景燦咬著薯片，「你確定還要繼續瞞著？不然隨便找個理由先延期好了！」

「理由？你給我一個蘇建樹聽到後不會立即找上門的理由！」

「唔，沒有。」方景燦看著方景深一臉疲憊的樣子，突然有些同情他了，「不然這樣，對外就說改變主意了，你們準備先去度蜜月，然後趁機去美國給嫂子看病，史密斯醫生那邊我還保持著聯繫。」

「也只能這樣了。」

一旁趴在沙發上的蘇小棠喵嗚一聲跳上方景燦的膝蓋，很真心地用腦袋蹭了蹭方景燦的手背，感謝他這些日子的幫忙。

方景燦正因為小軟難得親近的動作感動得淚眼汪汪，方景深輕咳一聲將小奶貓抱了回來，「我去一趟醫院，今天是小棠全身檢查的日子。」

「幹嘛每次去醫院都把我的小軟帶著啊！」方景燦不滿。

「動物療法。」

「真有這種療法？」方景燦咕噥著跟了上去，想著之前蘇小棠也總是帶著肉球去醫院，便沒有多懷疑，「我陪你一起去吧！」

醫院裡，方景深抱著小奶貓在跟專家們討論，方景燦去病房看小棠去了，正掏出耳機準備給她放歌試試，突然眼尖地發現她的手指似乎動了一下。

幾分鐘之後，病房裡傳來一陣鬼哭狼嚎，然後是乒乒乓乓桌椅板凳等倒地的聲音。

當方景深跟專家們聊完過來病房看小棠的時候，打開病房門的剎那，直接被裡面的情景驚呆了。

「蘇小棠」居然醒了！

方景深立即低頭看了懷裡的小奶貓一眼，小奶貓也看了他一眼，接著掙扎著跳到地上，繞著他左轉三圈右轉三圈。

方景深：「……」

小奶貓依舊是小棠，那……那現在醒著的「小棠」到底是誰？

「啊啊啊！哥，救我！嫂子瘋了！」

此時此刻，可憐的方景燦頭髮亂糟糟的，衣衫不整，領帶掉在了地上，嘴裡發出如同被野獸追趕一般的慘叫聲，而他的身後，一臉委屈表情的「蘇小棠」正鍥而不捨地追趕著他……這「人」到底是誰，似乎已經很明顯了。

方景深突然非常慶幸當初自己沒有出現這種情況。

他實在無法想像肉球用自己的身體會做出多麼可怕的事情。

「啊啊啊！哥！你就這麼看著不管嗎？嫂子！嫂子我知道妳可能一覺醒來之後突然被打通了任督二脈，知道誰才是這個世界上最完美的男人，但……妳矜持一點啊啊啊！我不是那麼隨便的男人！」

話音剛落，「蘇小棠」不再繼續追趕，而是手腳並用地爬到了桌子上，接著挑準時機，撲在正埋頭猛跑的方景燦身上。

一旁的方景深及時拎起了「蘇小棠」的後衣領，冷著臉看向方景燦：「你先出去！不許任何人進來！等等，讓人送份飯過來，要有魚！」

方景燦也不知道聽到沒有，小媳婦般哭著跑出去了。

看到自己親愛的主人被趕走了，「蘇小棠」頓時炸毛了，一爪子撓上了方景深的臉。

方景深偏了一下頭，卻還是被抓到了，脖子上鮮紅的五道指甲印，因為捨不得對她太用力，於是身上又被她撓了好幾下，連帶著看到主人十分激動，湊上來求撫摸的肉球都被撓了，嗷嗚一聲可憐兮兮地縮到了角落裡。

然後……然後一旁的小奶貓就爆發了，跳上桌子後飛撲過來一爪子狠狠撓上了「蘇小棠」的臉。

方景深：「……」

總之，接下來的場面一片混亂。

十分鐘後，「蘇小棠」被餵了一條魚，吃飽以後睡著了，總算是暫時安靜下來。

方景深一邊給「蘇小棠」臉上擦藥一邊蹙著眉責備一旁的小奶貓，「下手怎麼這麼重？這可是妳自己的臉！」

小奶貓不高興地看著他小心翼翼地給自己的身體上藥，氣呼呼地扭開了頭。

哼，這傢伙欺負她的狗還撓她的男人，她能不還手嘛！

方景深考慮過後立即將「蘇小棠」接回了家。

專家得知病人居然自己醒了都非常驚訝，建議他等全身檢查的結果出來再出院，不過方景深拒絕了，以現在的情況她留在這裡實在是太容易被發現異常了。

回到家裡之後，大概因為貓的習性，「蘇小棠」大部分時間都在睡覺，沒惹出什麼事。

正當方景深一籌莫展的時候，第二天，他接到了醫院那邊打來的電話。

「方夫人的身體一切正常，不過……」

「怎麼？」

「別緊張，只是要恭喜方先生而已！」

「恭喜？」

「沒錯，方夫人已經懷孕了。」

「你……說什麼？」

「之前大概是因為時間太短所以沒查出來。」醫生說完還特別貼心地將檢測結果用手機傳給他看。

看時間應該就是那一次，方景深的大腦空白了一剎那，然後又喜又憂，一時之間竟不知道該往哪走。樓上臥室裡睡著蘇小棠的身體，而蘇小棠的靈魂在院子裡的小奶貓身上。

方景深最後還是朝院子裡走去。

結果，他沒有看到剛才還在那裡曬太陽的小奶貓，卻看到了令他膽顫心驚的一幕。

閣樓之上，「蘇小棠」居然從陽臺翻了出來，整個身體危險地攀在欄杆上，正伸長了手想要抓晾在牆上的小魚乾。

方景深驚得魂飛魄散之時，客廳裡傳來方景燦的聲音，「哥！不好啦！爸媽回來了！都快到家門口啦！嫂子她恢復正常了沒有啊？哇啊啊啊，嫂子妳怎麼爬得這麼高！哥，你們到底在玩什麼啊？再這麼下去我心臟病都快被你們嚇出來了！」

「閉嘴！」方景深低咒一聲趕緊跑上樓。

方景深這輩子都沒像現在這樣害怕過，這種彷彿整個世界都在眼前搖搖欲墜一般的心情。短短一分鐘的距離，他全身上下都汗濕了，粗重地喘息著，如瀕臨死亡的魚類。

他驚恐地看著攀在欄杆上的女孩，聲音顫抖得不成樣子，「妳……」

他不知道該叫她什麼，喉頭滾動了幾下，「小軟，下來……」

一陣清風吹過，那在風中搖搖晃晃的女孩看著他，突然露出令人無比安心溫暖的微笑，瞬間安撫了他全身每一個驚恐不安的細胞。

「妳……」

女孩小心翼翼地回到陽臺，然後撐著欄杆自己爬了回來，最後在他呆滯的目光中一步步走近他，伸出纖弱的手臂攬住了他的腰身，「是我。」

方景深紅著眼睛將腦袋埋進她的頸窩，身體顫抖著，緊緊摟住了她，但立即又小心地鬆開了些，不敢太用力。

當看到他驚恐表情的剎那，她回到了自己的身體裡。

「景深！到底是怎麼回事？小棠呢？為什麼Ａｍｙ說小棠昏迷不醒成了植物人？」

「方景深你給我出來！我把女兒好好的交給你，你到底是怎麼照顧她的！」

「天啊！妹夫不久前才剛醒過來，現在表妹又成了植物人？沒這麼倒楣吧！會不會是有人造謠啊！」

「深深，深深你在哪啊，快出來！你這是要急死太奶奶嗎？」

這哪裡是方爸爸、方媽媽兩個人，分明是全家總動員一起跑過來了。

一干人等終於在閣樓看到相擁的兩人時，全都大眼瞪小眼地愣住了。

片刻的寂靜之後是七嘴八舌的詢問。

方景深被問得頭都大了，「你們能安靜點嗎？孕婦需要靜養！」

再次寂靜。

連蘇小棠都愣了，「孕婦……」在哪裡？

十分鐘後，蘇小棠被眾星拱月般地圍住了，方景深把事情瞞過去之後，一家人又恢復了其樂融融。

一旁的方景燦目瞪口呆地看著這神一般的轉折遲遲回不過神來，想插一句嘴都沒機會。

「那個，請問……」

一旁的太奶奶：「你怎麼還在這啊！你嫂子都懷孕了，抓緊時間趕緊搬走！」

「我……」

方媽媽接話：「就是，胎教很重要的，萬一寶寶被你傳染了什麼不良的習性怎麼辦？」

「呃……」

方爸爸本來想安慰幾句，可是一想到最近報紙上關於他那些不像話的傳聞，立即沒了好臉色，「你也該帶個女孩回家了，就算不想好好交女朋友，也別總是來打擾你哥哥嫂子！」

方景燦：「……」

未來的老婆妳在哪裡，快來帶我離開這個無情的世界……

《我的哈士奇男神・番外》、完

038

我的哈士奇男神

國家圖書館出版品預行編目(CIP)資料
我的哈士奇男神 / 安就著. -- 初版. --
臺北市：聯合文學, 2017.4
352面 ;14.8X21公分. -- (N038)
ISBN 978-986-323-209-4 (平裝)

857.7　　106004420

出版日期／2017年4月 初版
定　價／280元

ISBN 978-986-323-209-4 (平裝)
《我的哈士奇男神》，由北京晉江原創網絡科技有限公司授權出版。
本書如有缺頁、破損、裝幀錯誤，請寄回調換

作　　者／安　就
發 行 人／張寶琴

總 編 輯／李進文
責任編輯／S.J.　陳雅玲
封面設計／C.Wen-J　Aloya
資深美編／戴榮芝
美術助理／胡珊華
業務部總經理／李文吉
行銷企劃／許家瑋
財 務 部／趙玉瑩　韋秀英
人事行政組／李懷瑩
版權管理／黃榮慶

法律顧問／理律法律事務所 陳長文律師、蔣大中律師
出 版 者／聯合文學出版社股份有限公司
地　　址／110臺北市基隆路一段178號10樓
電　　話／(02)2766-6759轉5107
傳　　真／(02)2756-7914
郵撥帳號／17623526聯合文學出版社股份有限公司
登 記 證／行政院新聞局局版臺業字第6109號
網　　址／http://unitas.udngroup.com.tw
E-mail:unitas@udngroup.com.tw
印 刷 廠／沐春行銷創意有限公司
總 經 銷／聯合發行股份有限公司
地　　址／234新北市新店區寶橋路235巷6弄6號2樓
電　　話／(02)29178022